SECOND CHANCE
한국판 레프트 비하인드

두번째 기회

권여원 지음

Edia

| 추천사 |

  20여 년 전 근본주의 종말론 학자들의 Deacon(학장)으로 불리는 팀 라헤이와 소설가 제리 젠킨스가 공동 집필한 소설 '레프트 비하인드(남겨진 사람들)'를 보면서 막연하게만 느껴지던 요한계시록의 말씀과 성경에서 예언하고 있는 종말의 사건들에 대해 눈을 뜨게 된 기억이 있습니다.

  이 소설이 계기가 되어 구글에 올려진 (영문으로 된) 자료들을 검색하며 종말에 관한 성경의 말씀들을 공부하다가 '이 세대가 가기 전에'라는 블로그 사역을 시작하게 된 것이고, 이곳에 올린 글들과 강해들을 엮어 종말에 관한 책(이 세대가 가기 전에)과 '요한계시록 강해(아멘 주 예수여 오시옵소서)'를 출간하게 된 것입니다.

  '레프트 비하인드(남겨진 사람들)'가 20여 년 전에 발간된 소설이긴 하지만, 시간이 지날수록 오히려 책의 내용이 새롭게 다가오는 것은 이 소설이 철저히 (일점일획도 틀림없다 하신) 성경 말씀에 기초해서 쓰여졌기 때문인데, 그럼에도 한국교회 성도들이 이 소설을 힘들어하는 것은 12권으로 된 방대한 분량과 미국이라는 생소한 지역에서 벌어지는 사건들을 담고 있기 때문이라 할 수 있습니다.

이런 이유로 한국교회 안에도 '레프트 비하인드'와 같은 소설이 나왔으면 하는 바람이 있었는데, 이번에 권여원 사모님이 대한민국을 배경으로 요한계시록의 사건을 다룬 '두 번째 기회'라는 책을 발간한다는 소식을 듣고 보내주신 원고를 살펴보았습니다.

원고의 처음 페이지를 보자 마지막 페이지를 다 읽기까지 멈출 수가 없었는데, 한편으론 휴거 사건 이후 대한민국에서 벌어질 종말의 사건들을 요한계시록의 말씀을 따라 기술한 이 소설이 너무 생생하게 느껴져 마음이 힘들기도 했습니다.

부디 이 소설이 20여 년 전 제가 그랬던 것처럼, 한국 교회 안에서 잠자는 영혼들을 일깨워 마지막 때를 깨닫게 하고, 혹시 남겨지는 사람들에겐 하나님이 주신 '두 번째 기회'를 놓치지 않는 기회가 되길 바랍니다.

방월석 목사(예레미야)

| 작가의 말 |

예수님은 왜 다시 오신다고 했을까
그 날과 그 시간을 왜 모른다고 했을까
하나님은 왜 인간에게 죽는 날을 알려주지 않았을까

7년환난의 소설을 쓰는 것은 죽어보지 않고 죽음을 집필하는 것과 같았다. 어느 날 찾아온 심장의 고통으로 구급차에 실려 가면서 피상적이던 죽음이 현실로 다가왔다. 연이어 암을 진단받고 항암을 하면서 낯설었던 죽음을 연습할 수 있었다. 통증의 한계에 부딪혀 주님께 마지막 감사를 올리던 그때 재림신앙이 죽음을 준비하는 지혜를 뛰어넘는다는 것을 알게 되었다. 다시 살게 하신 주님의 뜻을 헤아리다 환난에 대한 소설이 쓰고 싶어졌다.
레프트비하인드 12권 소설을 요약하다가 대한민국에서 벌어질 환난의 시나리오를 구상했다. 또한 말씀의 잣대로 건강하게 계시록을 설교하는 방월석목사님의 블로그를 보면서 이 소설을 쓸 수 있는 배경을 얻을 수 있었다. 주님을 기다리긴 하지만 미혹되어 잘못된 방향으로 나가는 사람들을 보면서 마음이 안타까웠다. 나도 이 소설을 쓰기 위해 계시록을 공부하며 말씀에 따라 건강하게 주님을 기다리는 삶이 무엇인지 돌아보게 되었다.

인간은 멸망의 날을 모르기에 자기만의 길로 질주하고 자기 생각으로 타락하는가 하면 그날을 모르기에 오늘이 마지막인 것처럼 후회 없이 주님을 사랑하기도 한다. '두 번째 기회'를 읽는 독자들은 부디 환난의 등장인물이 되지 않기를 소망한다. 훗날 남겨진 자들에게는 이 소설이 슬픈 베스트셀러가 될 것이다.

　태양이 누구를 비칠지 모르고 궤도에 홀로 서 있는 것처럼
　별들이 누구를 만날지 모르고 밤하늘에 마중 나와 있는 것처럼
　이 소설은 그날에 남겨질 누군가를 위해 먼저 환난의 바다에 뛰어들었다

　암의 고통은 이 소설을 꿈꾸게 만든, 신의 한수였다

주님의 옷자락소리에 뒤돌아보는
시월의 창가에서
권여원

차례

추천사　2
작가의 말　4

프롤로그 남겨진 사람들　9

Ⅰ. 환난 전반기　53
　1. 왜 내가 남겨졌을까　55
　2. 잃어버린 1계명을 찾아서　93

Ⅱ. 환난 후반기　165
　1. 짐승의표, 짐승의 제국　167
　2. 세상이 감당하지 못하는 사람들　200

에필로그 영광의 재림　241

프롤로그

남겨진 사람들

새로운 질서를 위해
나는 휴거사건을 기다린다
계획했던 야심찬 어젠더는
성경을 믿는 근본주의자들에 의해 번번이 무산되었다
교회가 사라지면 세워질 New World Order
천하를 통일하는데 가장 거슬리는 건
예수에 목숨을 건 인간들이다
내 이름으로 세워질 밀레니엄왕국은
반역자들의 피로 길을 내는
검붉은 도시가 될 것이다

남겨진 사람들

외부인 출입금지.

최학주는 5년 전 저 팻말 앞에 내부인이 되지 못해 쫓겨난 일이 떠올랐다. UN의 산하기관인 아시아 차별금지위원회 회장인 홍이강은 정치 사회 종교의 구심점 역할을 했다. 사람들은 아차회라고 줄여서 말하기도 했다. 뉴욕 대형교회 장로였던 홍이강이 아차회 회장으로 부임한 후로는 교회에 가지 않고 리셉션에서 매주 월요일 축복신우회로 대신했다. 여기 설교자로 뽑히기 위해 들어오는 이력서는 한 주에 200통이 넘었다. 중형교회였던 최목사가 자신의 유능함을 직접 어필하려고 찾아갔다가 외부인 출입금지라는 말만 되풀이하며 경비가 내쫓았었다. 강남의 대형교회 담임이 되고자 미국에서 학위를 받은 것도 그날의 굴욕 때문이었다. 그때 그 경비가 축복신우회 설교자로 초청받은 방문증을 보고 귀빈 대하듯 싹늣하게 거수경례를 했다.

아차회 회장실에 야망이 큰 정치인이 줄을 대면 정치에 하이패스를 달게 되고 목사가 줄을 대면 대형교회를 차지하게 된다는 소문이 파다했다. 공항보다 더 까다로운 보안검색을 통과하자 보안요원이 엘리베이터 버튼을 눌러주며 90도로 인사했다. 권력의 원천이라는 홍이강의 홈그라운드에 입성하는 최학주 어깨에 힘이 들어갔다. 이제는 이곳의 내부인이 되어 권력의 새 가지로 뻗어나가다니! 대형교회 주인이 되기 위해 청빙위원회에 찔러준 돈만 해도 아파트 두 채 값이었지만 아깝지 않았다.

예배가 끝나고 바이오마커 피검사 결과를 말해준다며 홍이강이 집무실로 불렀다. 그곳에 아름다운 여성이 앉아 있는 것을 보고 움찔하자 홍이강이 소개했다.

"이름은 카도샤, 내 AI비서입니다. 루카대통령이 선물해주신 로봇인데 성별을 선택하라고 해서 젊고 예쁘면 좋겠다고 했더니 카도샤가 왔지 뭡니까. 가끔 카도샤가 사람보다 더 사람 같아서 곤란할 때가 있습니다."

"너무 예뻐서 얼핏 봐서는 로봇인줄 모르겠습니다."

최학주가 카도샤의 깜빡이는 속눈썹을 훔쳐보자 홍이강이 결과지를 들며 말했다.

"그러다 반하겠습니다. 바이오마커 피검사는 사람의 피로 미래를 예측하는 기술입니다. 최목사 나이가 50대 중반인데 2년 안에 혈액암 걸릴 확률 42% 1년 안에 심장병 위험이…"

듣고 있던 최목사는 침이 바짝 말랐다. 눈썹을 내리깔며 홍이강이 말했다.

"유전자편집기술이 우리 같은 상위 1%를 위해 발전되었으니 젊어지고 건강해질 기회는 특별한 성과를 내는 분에게 돌아가겠지요. 난 왠지 최목사가 내 사람이 될 것 같은 예감이 듭니다. 나는 왕의 DNA를 가졌다고 나왔어요. 한반도를 다스릴만한 특별한 존재라는 건 알았지만 DNA

까지 나를 왕으로 지목했으니 얼마나 내 미래가 탄탄한 정치노선인지 아시겠지요?"

최학주는 넙치처럼 마음을 바닥까지 끌어내리며 말했다.

"저명한 예언가들이 홍회장님을 왕이 될 관상이라고 놀라워하는 기사를 보았습니다. 저는 그 왕을 모시는 충성된 신하이고 싶습니다."

"그 마음 아니까 이런 검사를 해드리는 겁니다. 부록으로 나온 결과가 재미있네요."

카도샤가 끼어들었다.

"살인 확률 36%입니다."

억울한 표정의 최학주를 보며 홍이강이 말했다.

"그 사람의 혈기나 숨은 심리에 대한 패턴으로 예측되어 일기예보 같다고 보시면 됩니다."

"좀 당황스럽네요. 벌레 한 마리도 못 죽이는 저한테..."

홍이강이 웃으며 대답했다.

"일기예보라고 하잖습니까. 저는 49% 인걸요? 하하. 이제 본론으로 들어갑시다. 제 5의 유엔사무국이 되는 인천 송도 오프닝행사 때 최목사를 초대한 건 특별한 의미가 있어요. 프랑스 루카대통령이 오시는 건 앞으로 내 권력의 무대가 높아진다는 뜻입니다. 언제나 논란의 중심에 있던 기독교가 하나님이 원하는 방향으로 흘러가도록 최목사가 시대를 잘 리드할거라 믿어요. 석가탄신일에 제가 조계종에서 합장을 했더니 어떤 목사가 저보고 장로가 어떻게 배도할 수 있냐며 비판의 글을 올렸더라고요. 나 원 참."

최학주는 이때다 싶었다.

"신주철 목사죠? 저희 목사들끼리는 사이비라 욕하니 신경 쓰지 마세요. 성지인은 다른 시선으로 봐야죠. 나랏일 하는 사람은 자신의 종교가 기독교라 해도 하나님께 치우쳐서는 안 됩니다. 불교에서는 그들의 요구대로, 이슬람에 가서도 예의를 갖추는 게 국민을 포용하는 정치인의 자세라 생각합니다. 저희 교회도 장로 3명이 국회의원이지만 석가탄신일에는 교회 안 오고 절에 가서 합장합니다."

"제가 최목사를 높이 평가하는 이유가 여기 있지요. 하하."

최학주는 루카대통령에게 줄 선물을 위해 많은 찬조금을 홍이강에게 전달했다. 성공이 가져다주는 안정감을 위해 확실한 노선에 투자하고 있었다.

인천 송도가 제 5의 유엔사무국이 된다는 소식은 전세계를 놀라게 했다. 이미 송도에서 탄소세를 관리하는 세계정부의 건물이 상주했기에 인천이 동북아시아 수도가 될 거라고 말해주고 있었다. 전세계 각국 대표들의 방문이 예정되어 행사의 규모와 기대는 클 수밖에 없었다. 세계정부 건물 옆에 생긴 오벨호텔과 RISC 쇼핑몰은 송도를 화려하게 만드는 배경이 되었다.

UN 사무국 오프닝 행사가 시작되었고 루카대통령이 축하연설을 하자 전세계 여성 팬들이 열광했다. 키는 189, 베일 것 같은 콧날에 쌍꺼풀이 큰 눈은 온 세상을 비출 것처럼 반짝거렸고 카메라는 소매를 걷어올린 팔의 근육을 클로즈업했다. 연예인보다 더 눈부신 외모에 압구정에서 온 여성 팬은 비명을 지르다 기절하고 말았다. 그는 한국이 동북아시아 최대 거점이 될 놀라운 인적 자원을 가졌다고 칭찬했다.

"한국은 마이크로 칩에 대한 기술과 적용력이 세계최고라 베리칩 시범국가가 되었습니다. 발전된 과학기술은 앞으로 인간의 천년왕국을 연결시킬 것입니다. 과거 무너졌던 바벨탑을 다시금 기초부터 쌓아올린 영원한 탑으로 여러분을 모실 생각입니다. 저의 신념과 파트너가 될 한국은 제 마음속에 조연으로 빛나게 될 것입니다."

홍이강은 정치 경제 종교에 힘이 될 만한 인사들을 초대했지만 분위기상 현직 대통령이 설자리는 없었다. 최학주는 어릴 적부터 끼가 많았던 자신의 딸을 가수로 데뷔시키는데 투자를 많이 해서 티니 걸그룹 리더가 되었지만 실력은 리더감이 아니란 평가를 받았다. 이번 오프닝 행사에 티니 그룹을 무대에 올리기 위해 로비했던 최학주 덕분에 여러 매체에서 주목받았지만 무대에서의 립싱크가 발각되면서 최한나는 불명예를 안았다.

담임목사가 테이프 커팅식에 참여한다는 소식을 들은 김로건 장로는 벤츠리무진을 대기시키며 말했다.

"프랑스 대통령이 오신다 해서 제가 준비했습니다. 목사님을 담당하는 의상코디가 있듯 저는 목사님을 모시는 날개가 되겠습니다."

센스에 감탄한 최학주는 로건의 손을 잡으며 말했다.

"김장로! 어디 있다 이제 나타났나? 김장로와 나는 멋진 콜라보레이션이 아닌가."

만찬이 열리는 디럭스 룸으로 걸어가면서 루카대통령이 홍이강에게 물었다.

"홍회장이 뉴욕에서 교회 장로였다니 몰랐습니다."

"세계정부를 실현하려면 기독교를 알아야 했습니다. 시끄럽기만 한 교회들이 우리 편이 된다면 하나의 정부로 가기 위한 불편요소가 없어지는 것 아니겠습니까?"

"역시 스마트하십니다. 오늘 오신 목사들이야 말로 새정부의 불편요소를 없애는 일등공신이 되겠군요."

사교계의 왕으로 등극하며 갑부 소문이 난 김로건이 만차교회 장로가 된 건 초스피드 승진과도 같았다. 로건은 캐나다에서 장로로 섬겼던 이

명증서를 보이며 교회에 거액을 헌금한 후 만찬교회 젊은 장로가 되었고 그 후 새로운 사업에 필요한 모임을 만들었다.

'재벌의 영을 초대하라' 재영초모임을 만찬교회 모르게 결성했다. 사회적으로 저명하고 교회 중직에 있던 회원을 모아 경기도 가평, 울타리가 높은 대저택에서 비밀모임을 가졌다. 회원들은 로건과 유명배우 은나엘이 사촌이라서 그런지 이 모임을 더욱 신뢰했다. 바벨 쉐프가 만들어주는 출장뷔페로 마당은 스테이크 굽는 소리와 랍스타 찌는 냄새가 담을 넘었다. 회원들은 연예인들과 전화번호를 교환하며 친분을 쌓느라 여념이 없었다. 식사가 끝나고 거실에서 설명회가 시작되었다. 김로건이 손바닥을 보여주며 말했다.

"제가 인천 송도 테이프 커팅식에 초대받아 갔는데 이 손이 루카대통령과 악수한 손입니다. 얼마나 좋으면 그날 안 씻고 잤습니다. 그분의 손을 잡을 때 제 안에 부유의 영이 임했습니다. 물질이 풀려야 영적인 새 노래를 부를 수 있음을 아십니까? 가난의 영이 파쇄되고 부의 영이 임할 때 사명을 감당할 수 있습니다."

깊이 공감한 사람들이 고개를 끄덕였다. 로건이 말했다.

"전세계는 전쟁, 화산, 지진, 전염병 등 생존을 위협할 재앙으로 시끄럽고 성경학자들까지 주님 오실 때가 매우 임박했다고 합니다. 그래서 세상을 이끄는 엘리트들은 비밀리에 벙커를 소유해야 하기에 여러분께 소개하고자 합니다."

그때 오프숄더 원피스를 섹시하게 입은 은나엘이 마이크를 이어받았다.

"제가 배우로서 깨달은 게 있어요. 영화계의 거장 김충식 선배님이 인생에는 뜻하지 않는 기회가 사람과의 만남에서 찾아온다고 했습니다. 그분은 좋은 감독을 만나 세계적인 배우가 되었고 여러분은 저희 사촌오빠를 만나 멸망 속에서 한그루 나무를 심는 앞선 자들이 되었습니다."

사람들은 은나엘 미모가 은혜스러울 지경이라고 했다. 로건은 벙커의 입구를 클릭했다.

"여러분들 외에 다른 사람을 초청하지 않은 건 비밀보장 때문입니다. 만약 벙커의 위치가 노출되면 재난의 때에 그 벙커로 찾아와 두드릴 것 아닙니까. 노아의 방주처럼요. 한 번 닫힌 구원의 문이 안 열리는 것처럼 이 벙커도 계약자와 가족 외에 절대 들어갈 수 없습니다. 하나님은 저에게 다른 사업으로 부를 누릴 생각 말고 엘리트 성도들에게 말세를 준비하는 벙커를 안내하라 말씀하셨습니다."

사람들의 눈동자는 로건의 제스처를 따라 움직이고 있었다.

"벙커에는 유해 물질을 차단해주는 8겹의 보호막이 있고 수백미터 지하의 암반수를 공급받습니다. 출입문은 방사능, 생화학 물질을 모두 막아낼 수 있습니다. 또한 수경재배를 통해 아쿠아파닉스 먹거리를 제공합니다. 옥합을 깨뜨릴 믿음이 있는 자만이 리미티드 에디션인 명품 벙커를 누릴 수 있습니다."

스텝들이 계약서를 나눠주었다. 로건은 핵과 전염병으로 죽어가는 영상을 보여주었다.

"말세에 벙커가 없으면 사명감당도 못하고 인생이 끝나버립니다. 주님오실 때가 임박했는데 뭘 아끼겠습니까? 주변에는 권유하지 마십시오. 이제 티오는 없습니다. 잔금 절차가 끝난 후 열쇠를 드리는 것도 중도에 포기하시면 벙커만 노출되고 다른 계약자까지 위험에 빠지기 때문입니다."

남자 스텝 권기준이 두바이에서 일했던 로건과의 경험담을 말하며 그를 추켜세웠다. 은나엘과 로건이 웃으며 대화하는 모습을 보증서처럼 여긴 사람들은 계약서에 자연스럽게 사인했다. 회원들은 스케줄이 바쁜 은나엘을 배웅하고 돌아갔고 권기순도 수고비를 받은 후 돌아갔다. 진혜란은 계약서를 보던 로건에게 물었다.

"우리 둘만의 벙커도 있어? 이 사업 규모가 너무 커서 난 솔직히 겁나."
"믿음이 좋은 사람은 종말을 준비해. 하나님은 믿습니다를 백번 외치는 자보다 믿음을 위해 주님 오심을 준비하는 자를 축복하셔. 난 그 믿음으로 나가는 것뿐이고."

$$\text{A}\Omega$$

신노아, 그는 레지던트 3년차로 경기도 청우대학병원에서 근무하다 병원서 가까운 미린아파트로 이사 왔다. 창가교회 목사인 그의 아버지 신주철은 아들이 사귀는 유정이를 딸처럼 아꼈지만 노아는 오직 예수로 가득한 유정이가 부담스러워졌다. 마음이 떠난 걸 모르는 유정이는 언제나 거기 서있는 나무처럼 뿌리 깊은 마음으로 노아를 대했다.

며칠 전 조깅하다가 보았던 사고현장을 지나며 그 순간이 떠올랐다. 길이 뚫리고 신호등이 처음 작동되던 날 불법유턴을 하던 자가용과 속도를 줄이지 못한 덤프트럭이 부딪혀 자가용 운전자가 그 자리에서 사망했다. 바닥은 스키드마크가 길게 그려져 있었다. 죽음을 비껴가고 싶었던 브레이크 자국을 보며 노아는 생각했다.

'그날 자신의 죽음을 짐작이나 했을까. 인간은 누구나 죽지만 죽음이란 말은 언제 들어도 낯설다. 그날이 언제인지 몰라서 오늘 영원할 것처럼 살아가는 걸까? 의사로서 많은 죽음을 선언했지만 나에게 만큼은 낯선 죽음이 가장 멀리 있었으면 했다.'

아파트 후문 뒤에 이슬람 사원이 크게 지어져 아잔소리가 확성기를 통해 안방 샤워실까지 따라오자 주민들의 삶에 파문을 일으켰다. 처음엔 종교부지 건축이라 해서 눈여겨보지 않았다가 초승달이 걸리면서 아파트는 플랜카드를 걸며 법으로 항의했지만 법은 이슬람의 손을 들어주었고 크고 화려한 사원은 결국 완공되었다. 인터넷 카페에서 주민들의 의견이 올라왔다.

테러가 일어날까 무섭고 우리 아기가 경기를 일으켜요.
이슬람 사원 때문에 아파트 값이 떨어질 거라는 게 가장 큰 문제에요.

포기한 마음으로 살았는데 관리사무실에서 안내방송이 흘러나왔다.
"이미 공지해드린 대로 라마단 기간이 끝나는 오늘 저녁 7시, 이슬람 사원에서 아파트 주민들에게 특별한 선물을 나눠준다고 합니다. 죄송한 마음을 담아 준비한 선물이니 사원으로 가셔서 받아 가시기 바랍니다. 이상은 관리사무소에서 알려드렸습니다."
창으로 내다보니 사람들이 사원으로 걸어가는 게 보였다. 같은 동에 사는 창가교회 윤집사도 보여 전화했다.
"집사님! 혹시 선물 받으러 가요?"
"아니. 아잔소리 때문에 확성기를 못 쓰게 하려고 동대표들이 모이기로 했거든."
"저도 엄청 스트레스죠. 좋은 결과 있기를 바랄게요."
노아가 책상에서 컨퍼런스 준비를 하다가 바깥에서 탕, 탕, 소리가 들려 내다보니 총성이었다. 선물을 던지고 도망치는 사람들과 선물을 받으러 오는 사람들이 엉켜 아수라장이 되었다. 이어지는 총소리는 저녁하늘을 공포로 몰아넣었다. 노아는 본능적으로 응급키트를 들고 사원으로 향했다. 근무 중인 의사동기에게 전화했다.
"여기 용골마을로 166번지! 이슬람사원에서 총격사건이 벌어졌어 cardiac arrest 가 많을 거 같아. 일단 내가 블리딩 잡고 있을 테니까 코드블루 띄워주고 CPR팀 현장으로 보내줘. 하이브리드 방 최대한 확보해주고 마취과에 연락해놓고 최대한 빨리 구급차 보내줘."

　사이렌 소리가 가까워졌다. 사람들은 발을 동동 구르거나 그 장면을 휴대폰으로 찍기도 했다. 출입문 쪽에 쓰러진 남자는 총알이 위를 뚫었는지 천공이 생겨 음식물이 빠져나왔다. 패혈증에 노출되지 않도록 드레싱을 한 뒤 붕대로 감았다. 도착한 경찰특공대들이 오백년 된 느티나무에 올라가 옥상에 있는 범인에게 총을 쏘자 팔에 맞고 떨어졌다. 경찰들이 범인을 둘러싸자 노아는 죽어가는 윤집사를 발견했다. 거즈를 모조리 대어도 출혈은 잡히지 않았고 곧 숨이 멎었다. 그때 구급차가 도착해 의사들이 환자들을 살펴보았고 노아는 윤집사의 CPR을 하고 있었다. 땀에 젖은 노아에게 경찰이 범인의 응급치료를 요청했다. 범인은 한국인이었다. 분노가 솟구쳤지만 의사의 사명이 먼저였다. 구경하던 남자는 살인자를 치료해주지 말라고 소리쳤다. 구급차에 실려가는 소리, 희생된 가족의 울부짖는 통곡이 느티나무를 잠들지 못하게 했다. 아침까지 부상자들의 수술을 집도했지만 치명상을 입은 사람들은 과다 출혈과 장기 파열로 운명을 달리했다. 뉴스에는 대학을 휴학하고 사원에서 경비로 일하던 남자가 기독교에 대한 적개심으로 범행을 저질렀다고 진술했다. 부축을 받으며 나온 범인에게 기자들이 왜 그랬냐고 질문하자 그가 입을 열었다.

　"제가 살던 동네 사도제일교회를 사람들은 전투교회라 불렀습니다. 아버지는 그 교회 옥상에서 십자가를 수리하다가 추락사고로 반신불구가 되었고 1년 후 세상을 떠났습니다. 백성주 목사는 아버지 과실을 이유로 치료비조차 주지 않았습니다. 우린 전세금을 빼서 병원비를 감당했고 엄마가 하시는 식당에 다락을 만들어 생활했습니다. 저희동네가 재개발 예정지가 되자 백성주가 저희 식당을 헐값에 팔라고 요구했습니다. 아버지가 십자가 공사를 제대로 해주지 않아 손해배상 청구중인데 원하는 가격에 넘기면 소송을 취하하겠다고 협박했습니다. 유일한 재산이었던 식당을 백성주가 헐값에 사서 10배 비싸게 팔아먹은 걸 보며 어머니는 화병이 나셨고 돌아가시면서 백성주에 대해 이를 갈았습니다. 그래서 이슬람을 찾아 믿었고 동대표 중 한 사람이 백성주 심복이라 해서 범행을 했습니다."

"경찰은 그 심복이 그날 회의에 참석하지 않았다고 합니다. 알고 계셨습니까?"

그는 입을 꾹 다문 채 호송차에 올라탔다.

이 사건을 계기로 백성주에 대한 악랄함이 사람들 입방아에 오르내렸다. 총상환자는 6명이었지만 뛰어나오다가 압사사고가 일어나 3명이 죽고 33명이 치료를 받고 있었다. 희생자 9명의 장례식이 치러졌다. 이슬람 사원은 사건발생 일주일이 지나자 확성기를 틀며 하루 5번 신께 기도했다. 기독교 내 이단 판정을 하는 교단마저 전투교회로부터 뇌물을 받아 그는 목사로 살아가는 데 지장이 없었다. 신도들은 백성주 말에 중독되어 그의 모든 행위를 비호했다. 자신의 존재와 백목사를 일치시키는 마음이 종교성에 가까웠다. 백목사가 언론에 공격받으니 신도들도 공격받는다고 생각해 자원해서 백목사의 보디가드가 되겠다며 그를 추앙했다.

청우병원에서는 매년 해외 의료봉사를 나가는 데 이번엔 인도로 결정되었다. 노아는 아버지를 통해 인도 선교사를 연결해주었다. 힌디어를 할 줄 아는 유정이도 가게 되었다. 최학주는 한나의 이미지 세탁을 위해 기부금을 내겠다고 병원 총무에게 제안했고 한나도 같이 가게 되었다.

이슬람사원의 총격범인 25살 하대호는 검찰에 넘겨졌고 재판을 통해 사형이 확정되었다. 사이코패스 성향이 사회에서 전염병처럼 번져 연쇄 살인 뉴스가 하루가 멀다 하고 쏟아졌다. 사형제가 부활되어 하태호는 죽음만 기다리고 있었다. 교수형 당하는 자신의 모습이 매일 꿈에 나타나 음식을 먹으면 설사가 나왔다. 부활된 사형제도의 첫 집행자가 하태호라고 연일 뉴스로 보도되자 태호는 장전된 총알처럼 식음을 전폐했다.

며칠 후 감옥의 취침 명령이 떨어지고 30분 뒤 교도관이 하태호를 불러냈다. 그는 이제 죽었구나 싶어 다리에 힘이 풀렸다. 누군가 자신의 심장에 빨대를 꼽은 것처럼 숨소리가 쪼그라들었다. 그의 얼굴에 자루를 씌운 교도관이 하태호를 데리고 사형장으로 향했다. 생의 마지막 길이라 소변이 저절로 새어나왔다. 철문이 철커덕 열리고 하태호는 전기의자에 앉혀졌다. 자루를 벗겨준 교도관이 마지막 인사인 듯 측은하게 어깨를 두드려주고 나갔다. 머리 위에는 둥그런 밧줄이 마침표를 찍기 위해 매달려 있었다. 입술이 파랗게 질린 태호가 지난날을 생각하며 엉엉, 콧물을 흘려가며 우는데 문을 열고 남자 두 명이 들어왔다. 그때 대학교수 같이 생긴 남자가 태호에게 말했다.

"사형수 하태호, 너를 지옥으로 끌어내리는 게 저 밧줄인데 오늘 너를 천국으로 끌어올리는 게 바로 내가 될 수도 있단 말이지. 나는 수비학적으로 완벽한 관상을 보고 움직여. 네 놈의 관상이 나한테 큰 도움이 될 거라는 누군가의 조언에 따라 너를 구입하려는데… 어때? 나를 위해 목숨 값을 해낼 수 있겠어?"

태호는 어안이 벙벙했다. 지린내로 썩어가는 시체에게 생기를 불어넣어주는 것 같았다. 벌써 죽어서 저승에 있는 게 아닐까 싶을 정도로 이 상황이 믿어지지 않았지만 있는 힘껏 충성을 바치겠다고 대답했다. 그가 웃으면서 말했다.

"나는 하나님을 믿는 장로라서 그런지 뜻대로 믿지 않는 신도들을 보면 그들을 심판해야겠다는 정의감이 생겨. 난 말이지 잘못된 세상을 바로잡고 싶어. 내가 하는 말이 먹히는 정치, 내가 내리는 명령에 굴복하는 사회, 종교의 영으로 가득 찬 교회를 새롭게 하려고 너 같은 비밀요원을 두는 거야. 지옥에 떨어졌다가 천국으로 올라와 보니 어때? 난 너의 구세주? 너를 얼마에 주고 샀는지 알면 충성심이 끓어 넘칠 거다. 내 명령에 순종해볼 텐가?"

하태호가 고개를 끄덕이다 울부짖으며 말했다.

"뭐든지, 개처럼 일하고 충성하겠습니다. 맡겨만 주십시오."

흡족해하는 그가 나가자 고실장이 태호의 수갑을 풀어주며 같잖은 표정으로 말했다.

"저분은 아시아 차별금지위원회 홍이강 회장님이셔. 네가 내세울만한 스펙이 있냐 구르는 재주가 있냐 그놈의 관상하나로 목숨을 건지다니... 개과천선이다."

고실장이 요원증과 카드를 내밀며 말했다.

"먼저 네 얼굴부터 공사하자. 언론에 얼굴이 알려져 스타일을 바꿀 필요가 있거든. 그 후에 특수 비밀요원이 되기 위한 엘리트 코스를 밟게 될 거야. 이제 하태호는 죽었고 네 이름은 Z13번이야. 이제부터 정신과 육체를 훈련시켜 암살 명령이 떨어지면 네 손에 처리되도록 맹훈련을 받게 될 거다. 네 정체가 발각되면 어떻게 자살할지, 무기를 다루는 기술과 암호처리능력도 배울 거야. 살아도 보스를 위해! 죽어도 보스를 위해! 알겠나?"

"충성을 다하겠습니다."

태호가 지낼 오피스텔은 신축 건물에다 풀옵션이었고 모든 요원들이 이곳에서 생활했다. 사형장에서 살아 돌아온 기분을 뭐라 표현할 수 있을까? 그렇게 혐오했던 기독교인이 어떻게 자신을 구해줄 수가 있었는지 꿈만 같았다. 돼지보다 못한 자신을 건져준 높이 계신 홍이강은 이날부터 태호에게 하나님이 되었다. 뉴스에서는 하태호가 사형집행이 되었다고 보도되었다.

창가교회 신주철 담임목사를 보는 오현제 부목사의 시선은 곱지 않았다. 시대에 뒤떨어진 설교에 평소 불만이 많아 요즘 뜨는 만찬교회로 옮기기로 했다. 오현제 아내는 반대했지만 남편의 고집을 꺾을 수 없었다. 2시쯤 이삿짐차가 오기로 했는데 아침부터 비가 내리고 있었다. 신목사가 오현제를 당회장실로 불렀다.
"큰 교회로 간다니 말릴 수는 없고 못해준 것만 생각나네. 내가 맨날 주님 오심을 준비하자해서 힘들었지? 오목사를 보면 내 아들 노아를 보는 것 같아 마음이 짠하고 밉지 않아. 난 신학을 늦게 했어. 예수님의 십자가와 부활사건은 내 가치관을 통째로 바꿔 놓았고 목사까지 되었지. 그 주님이 우리를 데리러 오겠다는 약속은 반드시 이뤄질 언약이니까."
멘트가 오글거렸지만 마지막이라 괜찮았다. 오목사가 말했다.
"성지순례 갔던 성도들 공항 픽업이 모레인데 못하고 가서 죄송합니다."
신목사는 봉투를 건네며 말했다.
"내가 가면 돼. 그동안 수고 많았어. 이걸로 반석이 맛있는 거…"
악수를 하던 신목사 손이 갑자기 증발했다. 그의 양복과 시계가 툭, 주저앉았다.. 정지화면 같은 이 순간이 오목사를 충격에 빠뜨렸다. 놀란 가슴으로 예배당으로 달려갔다. 말씀을 읽고 기도하던 수십 명의 성도들이 옷가지들을 남기고 사라졌다. 유일하게 남겨진 장은혜 성도는 주여! 주여! 목청을 높이더니 허공을 휘저으며 자기도 데려가 달라 외쳤지만 중력은 그녀를 붙잡고 놓아주지 않았다. 뛰쳐들어오는 오목사와 눈이 마주쳤다.
"어떻게 하나님이 나만, 나만 안 데려가실 수 있어요? 어떻게요!"

장은혜가 치를 떨며 억울해했지만 오목사가 해줄 수 있는 건 없었다. 세상의 허물을 내려놓고 사라진 것을 목격한 남겨진 사람들은, 숨 쉬는 이 세상이 충분히 지옥이었다.

엄청난 속도로 달리다가 절벽 앞에 급브레이크를 밟은 것처럼 길이 끊어진 마음은 까마득한 높이를 드러냈다. 아내에게는 이삿날이니 기도회 참석하지 말고 어린이집에 간 딸을 데려오라고 시켰었다. 집으로 달려가며 자신과 같이 남겨진 것을 바래야 하는 건지 만감이 교차했다. 집에는 아내와 딸의 흔적이 없었다.
"오! 하나님."
휴대폰에서는 재난문자가 세 번 연달아 울리며 잠든 영혼을 흔들어 깨웠다.

> 원인 모를 다수의 실종사건 발생
> 교통사고와 화재도 곳곳에 발생, 외출 금지

충격이 너무 커서 두뇌 회로가 돌지 않았다. 일단 PC방 갔을 아들을 찾아 나서기 시작했다. 대로변 사거리는 20중 넘게 추돌 사고로 아비규환이었다. 비까지 내려 공포감이 더해졌다. 주인을 잃은 반려견이 바닥에 떨어진 주인의 옷가지를 돌며 깨갱거렸다.

휴거의 순간, 내부순환도로에서 달리던 운전자가 사라져 도로 높이에 있던 아파트 5층 집을 뚫고 차량이 꽂힌 모습이 눈에 들어왔다. 거실에 있던 사람을 덮쳤고 붕괴위험까지 생겨 사람들이 울음을 터트리며 도망쳤다. 3층 사람은 천장 위에 꽂힌 차의 충격으로 혼절하기도 했다. 강변

도로에는 대형트럭이 앞차를 밀어 강물에 떨어졌고 여기저기 교통사고가 동시다발로 일어나 구급차는 더 이상 사건현장에 닿을 수 없었다. 옷과 소지품이 내려앉은 장소에는 사람들의 비명소리와 도망가는 외침으로 대혼란이었다. 오현제가 우산 속에 떨어진 누군가의 이어폰을 꼽으니 찬송이 흘러나왔다. 이렇게 슬픈 찬송가는 처음이었다. 세 번째 PC방으로 들어섰을 때 많은 초등생들이 이 땅에 벌어진 사건을 알지 못한 체 헤드폰을 끼고 게임에 열중했다. 아들의 어깨에 손을 얹자 죄인처럼 눈을 깜빡거리며 말했다.

"아빠! 이제 가려고 했어요."
"반석아, 좀 전에 휴거가 일어났어. 우린 남겨졌단다."
"신목사님이 설교하시던 그 휴거요?"
"빨리 가자. 엄마를 찾아야해."

어린이집으로 향하는 길, 거리에는 드문드문 남겨둔 흔적들이 빗속에 젖어갔다. 벤치에는 노인의 지팡이와 틀니도 보였다. 어디선가 헬기가 추락했고 아파트나 빌딩에 불이 났다. 사람들은 믿을 수 없는 장면에 영화를 찍고 있나 생각했다. 소방차 출동이 늦어져 화재진압이 어려워 대형화재로 번져가는 모습에 사람들은 멘탈이 붕괴되었다. 어린이집에 도착할 무렵 요란하게 재난문자가 또 들어왔다.

> 수많은 실종자 발생, 옷과 소지품을 남기고 몸만 사라진 특징이 있음
> 화재사고, 교통사고 다수 발생, 안전한 지대로 대피바람
> 알몸으로 다니는 자나 알몸의 시신을 발견하는 자는 신고바람
> 떨어진 소지품을 훔쳐가는 자는 절도죄에 해당

어린이집 교사는 하얗게 질린 얼굴로 울먹였다.

"슬기는 엄마랑 집에 갔어요. 좀 전에 아이들이 놀이터에서 놀다 사라졌는데 같이 찾아주시면 안될까요? 아이들 못 찾으면 저는 해고돼요."

오목사는 휴거를 설명해준 후 아내를 찾기 위해 나왔다. 골목을 빠져나와 보니 저 앞에 노란 어린이집 가방이 떨어진 게 보였다. 누군가 아내의 가방을 뒤지고 있어 오목사가 달려가며 소리치자 지갑만 꺼내 도망쳤다. ○○어린이집 오슬기. 아내의 반지는 옷 밑에 깔려 있었고 성경책이 가방 안에 들어 있었다. 아내와 딸의 옷을 만져보니 저절로 알아졌다. 무늬만 믿음이었던 가짜였음을... 그는 교회로 돌아가 아들에게 용서를 구했다.

"미안하다. 아빠가 제대로 믿었다면 너도 남겨지지 않았을 텐데..."
"아빠! 우린 하나님께 버림 받은 거야? 이제 우린 지옥 가?"
"버림받은 게 아니라 첫 번째 구원을 놓친 거야. 우리에겐 두 번째 기회가 있어. 그 두 번째가 마지막 기회야. 말씀 속에서 주님을 만나야 해. 우린 언제 순교할지 모르니까. 7년 후에 예수님이 심판의 주로 재림하실 거야. 그 후엔 예수님이 통치하시는 천년왕국에서 살게 된단다. 엄마도 만날 수 있어."
"나 엄마한테 잘못한 게 너무 많아. 아침에 용돈 적다고 문을 쾅 닫았는데 미안한 마음도 없었어. 사춘기 타령 안하고 하나님을 잘 믿었다면 상황이 달라졌을까? 왜 나는 사사건건 반항심이 가득했을까? 너무 후회스러워."
"이제 대환란이 시작되면 말씀을 가진 자와 말씀이 없는 자로 나뉘어져. 그래서 말씀이 첫 번째가 되어야 해."

오목사는 십자가 밑에서 기도했고 반석이는 엄마의 성경책을 끌어안고 울었다. 휴거된 사람들의 흔적을 보고 있자니 저절로 무릎이 꿇어졌다. 누군가 시끄럽게 들어오는 소리에 오목사가 일어났다. 머리가 엉클어진 여인이 기저귀를 들고 따지듯 물었다.

"태어난 지 두 달밖에 안된 내 아기 기저귀를 갈고 있었는데 갑자기 사라졌어요. 뉴스 보니까 전세계 아기들이 사라졌다는데 목사님은 아세요? 엄연히 내가 엄마이고 아기는 내 거에요! 어떻게 나한테 묻지도 않고 데려가요? 뭔 놈의 하나님이 그래. 내 아기 돌려주세요."

아기엄마가 오열하자 부축하던 남편 서창호가 말했다.

"미션스쿨을 다니면서 휴거에 대해 들었지만 실제 일어날 거라고는 상상도 못했어요. 아내가 충격이 커서 그래요. 죄송합니다."

"저도 남겨질 만큼 믿음 없는 목사였습니다. 아기를 만나려면 그 아기를 데려가신 예수님을 영접하는 길밖에는 없습니다. 7년 밖에 안 남았으니 말씀 안에서 일어서야 해요. 저도 두 분의 신앙을 돕겠습니다."

"누가 누구를 도와? 내 아기나 돌려줘. 내 아기는 내거란 말이야!"

부부가 떠나고 오목사는 신목사가 휴거되던 장소로 들어갔다. 휴거는 현실보다 더한 현실이었다. 인류역사가 끝에 와 있다는 것을 소방차와 구급차 소리가 깨우고 있었다. 신목사 컴퓨터에서 자료를 백업받기 시작하는데 전화가 빗발쳤다. 성지순례 갔던 가족이 연락이 안 된다는 전화였다. 남겨진 자들의 탄식소리가 사망소식보다 더 큰 오열로 메아리쳤다. 오목사는 이제야 성경의 위대함이 크게 다가왔다. 잠들지 못하는 충격은 이제 시작일 뿐이다.

뉴스는 동시다발적인 전세계 실종사건을 밤새 보도했다. 기관사가 사라져 달리던 기차가 정면충돌한 사건, 하늘을 날던 비행기 조종사가 증발하여 비행기가 추락하는 사고가 여러 건 일어나자 전세계를 경악하게 만들었다. 미국은 예전부터 기장을 배치할 때 두 명 다 크리스쳔으로 하지 않았다. 휴거를 성경 그대로 믿었기 때문이었다. 비행기 안에서 백일

된 아기가 잠투정하다 사라지자 옆 좌석에서 사라진 여성이 자기 아기를 데려 갔다며 비행기 안은 비명소리와 항의하는 소리로 난장판이 되었다. 텍사스로 날아가던 비행기에는 승객 절반이 사라져 남겨진 사람은 공포의 도가니였다고 인터뷰했다.

교통사고는 너무 많아 집계조차 되지 않았고 사고 난 고속도로는 상하행선 모두 속도가 멈춰버렸다. 119대원중에서 휴거된 자도 있었기에 출동이 지연되었다. 사고의 원인은 옷만 남기고 증발한 사람들에게 있었다. 어린이 병동에는 사라진 아기들로 인해 비명소리가 터졌다. 버스기사가 휴거되자 그 안에 탔던 승객은 영문도 모른 채 사고를 당해 담벼락에 부딪히면서 찌그러졌다. 비까지 내려 상황은 악화되었고 긴급전화마저 먹통이었다. 결국 응급처치도 받아보지 못하고 사고현장에서 죽는 경우가 다반사였다. 휴거된 의료진도 곳곳에 있다 보니 응급실은 마비되었다. 그러다보니 넘쳐나는 환자를 수용하지 못해 병원 앞 큰 길에까지 방치된 환자들로 차고 넘쳤다.

긴급재난상황이라 군대가 동원되었고 일급경계발령이 내려졌다. 도시는 약탈이 판을 쳤고 은행을 터는 강도들까지 무법천지가 되었다. 경찰인력이 닿지 못해 금은방도 표적이 되었다. 증발을 목격한 사람 중에는 떨어진 금목걸이와 지갑 시계 등을 훔쳐 달아났다. 공공기관은 보안이 뚫렸고 조폭들이 총을 들고 나와 원하는 것을 가져갔다. 장례 예배 중에 휴거를 본 사람은 패닉에 빠졌고 염을 하던 시신이 사라진 것을 목격한 사람은 큰 충격을 받아 정신감정을 받으러 달려갔다.

대규모 실종에 언론은 원인규명을 한다며 과학자를 동원하여 외계인설을 보도했다. 땅에서 실종된 사건이 외계인소행이라고 믿다가도 비행기에서 사라진 사람들도 과연 외계인 짓일까 생각하다가 사람들은 역사에 없었던 전무후무한 사건에 고개를 저으며 충격에서 헤어 나오지 못했다. 실종 신고접수가 시작되어 파출소나 주민센터, 지정된 공설운동장은 실종자들의 소지품을 확인하려는 발걸음으로 포화상태가 되었다. 가족이나 지인이 보는 자리에서 휴거된 사람들은 그나마 상황이 낫지만 어디서 사라졌는지 모를 가족의 흔적을 찾아나서는 두려움은 하늘이 무너지는 비통함이었다. 실종자 신고접수도 증거를 제출해야 해서 답답한 사람들은 거리에 직접 전단지를 붙이며 발로 뛰었다. 답을 아는 자들은 모두 올라갔고 남겨진 자들은 답을 찾아 나서기 시작했다.

0시 뉴스에 집중취재반 문기자가 D선교회의 지난 사건을 끄집어냈다.
"1992년 10월 28일 휴거불발 사건을 기억하십니까? 심지어는 가볍게 올라간다며 임산부가 낙태를 해 사회적 공분을 샀지요. 92년에 휴거될 거라고 했던 대표목사가 93년 만기되는 채권을 사놓았다는 것이 이해되지 않았습니다. 결국 그날 자정에 아무 일도 일어나지 않았던 그 사건은 휴거에 대한 안 좋은 각인을 심어주었고 성경을 왜곡한 이단으로 남아있습니다. 그러나 이번 사건은 그때와는 격이 다릅니다."

문기자는 준비한 자료를 띄우며 말했다.
"그 이후에도 사람들을 미혹시키며 활동을 이어갔던 일부 D선교 출신들은 이번 사건에 휴거되지 않았습니다."
"문기자는 종교가 무엇이고 왜 이런 조사를 하게 되었나요?"
"저는 무교입니다. 지금 보고 계신 CCTV장면은 제가 지인과의 약속 때문에 카페에 들어선 순간인데 휴거된 지인이 사라지면서 컵을 떨어뜨린 장면입니다. 믿은 지 세달 밖에 안 되었지만 그는 성경에 심취되어 있었습니다."
"그럼 이번 사건을 휴거라고 본다면 어떤 사람이 사라졌다는 걸까요?"
"성경을 그대로 믿고 말씀대로 살아가는 리얼 크리스천들입니다. 데살

로니가전서와 마태복음에 나옵니다. 예를 들어 사도제일교회 목사는 휴거되지 않았습니다."

"문기자의 내용을 뒷받침할 공신력있는 정보가 있을까요?"

"전 세계적인 이번 실종사건은 차원이 다릅니다. 어린 아이들, 뱃속의 태아까지 같은 시간에 지구상에서 사라진 건 인간이 개입할 수 없는 기이한 현상인데 그게 성경에 예언된 말씀이어서 충격을 받았습니다."

"몸만 사라진 실종사건은 전무후무하지만 과학계는 외계인의 소행이라고 봅니다. 성경의 휴거라고 보는 건 시청자들이 납득하기에는 어렵지 않을까요? 사랑의 하나님이 불공평하게 누구는 데려가고 누구는 남겨놓으실까요? 살아남은 저는 하나님을 이해할 수 없군요. 지금까지 수고해주신 문기자 감사합니다."

앵커가 마무리 하자 문기자는 급하게 말을 이었다.

"7년대환난이 끝난 뒤 예수님이 재림하시면 천년왕국의 수도가 예루살렘이 됩니다. 이처럼 적그리스도 세력은 종말과 심판에 대해 이스라엘이 핵심적 역할을 감당할 것을 알기..."

화면은 다음뉴스로 넘어갔다. 세계적인 인도 갑부의 9개월된 손녀가 실종되어 동원된 경찰 병력이 2천 명이 넘었고 태국 왕실의 3살된 왕자가 잔디밭에서 걷다가 사라져 왕실이 발칵 뒤집혔다는 뉴스도 흘러나왔다. 또한 실종자들의 소지품을 훔쳐간 자를 구속했다는 소식도 들려왔다.

인도 뱅갈로르에 도착한 의료봉사팀은 현지 목사의 안내로 불가촉천민이 사는 따따까레라는 산동네로 향했다. 하늘이 유달리 파랗고 높았다. 산을 한참 오르다보니 믿기 어려운 큰 호수에 코끼리들이 물을 먹고 있었다. 어렵게 현지교회에 도착해보니 그곳 주민들이 아침 일찍부터 천막교회로 몰려와 기다리고 있었다. 간호사들이 먼저 예진한 후 차트를 작성하여 의사의 진료를 받게 했다. 생필품과 쌀을 주민들에게 나눠주다 보니 10시가 넘었고 동네는 잔치분위기였다. 다리에 고름이 흐르던 아이에게 인도찬양을 가르치며 치료해주던 유정이를 쳐다보던 노아는 눈을 의심했다. 두 사람의 옷이 내려앉고 의료용 가위, 핀셋이 짤그락거리며 떨어졌다. 그때 여기저기 사라진 주민들을 보며 충격을 받았는지 인도 사람들이 천막으로 달려오며 고함을 질렀다. 노아는 옆에 있던 선교사와 현지목사도 사라진 것을 보고 등골이 오싹했다. 유정이와 한 명의 간호사가 사라지고 아이들과 주민들 30%가 사라졌다. 갓난아기를 안고 있던 한나가 손에 남겨진 빈 옷을 보며 비명을 지르자 노아가 달려가 말했다.
"지금 휴거사건이 일어났어요."
"말도 안 돼. 저는 목사 딸? 그쪽은 목사 아들인데..."

노아는 잘 살고 있다고 생각했던 모든 것이 부정당한 느낌이었다. 누구보다 휴거에 대해 전문적인 지식이 있었기에 큰 충격이었다. 휴거된 전세계 공항직원들로 인해 공항마다 대혼란에 빠졌고 많은 비행스케줄이 캔슬되었다. 의료팀은 3일 만에 비싼 가격으로 좌석을 겨우 구했다. 가족과 연락이 안 된다고 호소하는 의료진들에게 노아가 휴거에 대해 말해 주었다. 남의 종교 일에 왜 우리가 고통 받냐며 분노하는 닥터도 있었다. 궁금한 게 많았던 한나는 노아 옆에 앉았다.
"아빠가 만찬교회 목사지만 휴거? 종말? 들어본 적이 없어요. 물질의 복이 풀려야 제대로 된 신앙이라고 배웠어요. 엄마랑 명절 때 본 영화가 레프트비하인드였어요. 어떻게 영화 같은 일이 눈앞에서..."
"본과 때 기찬이라는 친구를 전도했는데 주님이 곧 오신다는 말씀에 2년 열심히 다니다가 주님 왜 안 오시냐며 내 아버지를 비난했고 재림설교가 성도들을 허무주의에 빠지게 한다며 교회를 나갔어요. 다른 교회들은 축복 설교가 대부분인데 왜 우리 아버지만 주님 오신다고 하는지 저도 불만이 쌓여갔어요. 의대에서 킹이었던 그 친구의 주장이 하나님보다 커보였고 아버지가 이단스럽게 보였어요. 그러면서 유정이와도 거리감이 생겼는데…"

"유정씨는 내가 가질 수 없는 것을 가진 사람처럼 보였어요."

"유정이는 답답해 보일 만큼 주님을 사랑했죠. 그 후로 기찬이는 은사만 추구하는 변질된 교회에 다닌다는 소식을 들었어요. 길의 시작을 볼 게 아니라 길의 끝이 어디로 가는지를 살펴야 했는데… 내가 얼마나 복된 가정에 자랐는지 이제야 깨닫네요. 엄마아빠 모두 휴거되셨다고 부목사님한테 문자가 왔어요."

"제 주변에 휴거된 분은 없어요. 다만 휴거로 인한 교통사고로 친구가 죽었다는 문자를 받았어요. 아빠가 우리 교회엔 실종사건이 일어나지 않아 은혜라고 했데요. 사실 연예계는 내 길이 아니에요. 실력도 부족해서 그만두려했지만 아빠가 뿌린 것 타령을 하세요. 대형교회 부임한 후로 아빠는 가치관이 전혀 다른 사람이 되었어요."

"만찬교회 가려던 오목사님이 창가교회 남겠다고 하셨어요. 저희로서는 감사하죠."

"제가 목사 딸이지만 휴거사건을 목격한 저는 틀린 아버지를 따라갈 수가 없어요. 저도 노아씨 교회 가고 싶어요. 이제 놓치고 살았던 말씀을 제대로 알고 싶어요."

한나가 집에 와 보니 엄마의 입술이 터져 피가 흘렀다. 화가 난 한나가 소리쳤다.

"세상이 뒤집어졌는데 우리 집은 똑같아요. 아빠! 우린 남겨졌다고요! 구원에서 탈락…"

최학주의 거친 손이 한나의 뺨을 후려쳤다. 내동댕이쳐진 딸을 감싸며 엄마가 말했다.

"하나님의 음성을 듣는 사도인데 왜 남겨졌을까요? 당신의 목회를 쫓아가다 내 영은 더 피폐해졌어요. 우린 확실히 잘못 믿었다고요."

"남겨진 사명에 감사할 생각은 안하고 뭐? 잘못 믿어? 내가 대형교회 담임목사고 교계의 리더인데 하나님이 감히 날 안 데려가? 그건 하나님도 아니야."

"아빠! 잘못 믿었다고 인정하세요. 다시 시작하면 되잖아요. 제 눈앞에서 아이들과 성도들이 사라졌어요. 그들은 천민이었지만 영혼까지 가난하지 않았다고요! 난 한 번도 아빠한테 주님 오신다는 말을 들어본 적이 없어요. 하나님께 버려진 현실이 얼마나 두려운지 아세요?"

최학주가 손을 쳐들 때 사모는 딸의 몸을 덮었다. 그의 눈은 핏줄이 터져 붉게 타올랐다.

"나 때문에 호화롭게 살아놓고선 감히 나를 판단해? 한 번만 더 그런 망언을 한다면 둘 다 용서하지 않을 거야. 당신은 딸 교육을 이따위로 시켰어?"

최학주가 문을 쾅 닫고 나가자 액자가 떨어져 유리가 산산조각 났다. 한나는 절망감이 눈물처럼 흘렀다.

병원은 휴거를 증명해주는 곳이었다. 생존율이 높은 환자부터 치료해주며 생존율이 낮은 환자는 우선진료에서 밀려났다. 의약품도 바닥났고 의료진도 턱없이 부족해 의료진들에게 비상근무 문자가 계속 들어왔다. 환자가 갑자기 사라졌을 때 발령하는 코드그린, 신생아실 아기들이 모두 사라져 코드 엠버가 떴고 재난사고를 알리는 코드블랙에 코드오렌지까지 온갖 코드가 울려 병원전체가 응급실이 되었다. 남겨진 사람들은 닥치는 대로 사재기를 했고 매장은 흉물스럽게 변했다. 정부는 시체가 없으니 사망자로 보기 어렵고 사망의 근거도 없어 실종자로 처리하기로 했다. 다미선교 휴거불발사건 이후 성도들은 휴거의 성경구절에 동의하지 않았고 재림을 말하는 사람들을 비난했다. 남겨진 자들은 서로를 위로하며 말했다.

'증발했던 자들, 그들은 다시 우리 곁으로 돌아올까?'
'아니, 아무도 돌아오지 않아. 과거가 한 번도 돌아온 적이 없는 것처럼.'

오목사는 신목사 책상을 살피다가 쓰레기통에 버려진, 구겨진 편지를 발견했다.

오현제 목사에게
그날이 언제인지 모르지만 만찬교회가 아니다 싶으면 언제든지 우리교회로 돌아왔으면 좋겠어. 만약 우리 살아 있을 때 주님 오신다면... 만약 자네가 남겨진다면... 내 책상으로 돌아와 주게. 7년에 필요한 것을 USB에 담아 두었네. 그리고 내가 주석을 정리한다고 도와달라고 했던 거 기억나나? 그 창고에 도움 될 만한 것들을 모아두었어. 자물쇠 비번은 오목사가 부임했던 추수감사절 날짜야. 그날에 남겨진 성도들을 부탁하네. 7년 환난이 끝나고 주님 재림하는 날, 나는 자네가 잘했다 칭찬받는 하나님의 종이 될 것을 믿네.

오목사는 편지를 끌어안으며 눈물을 흘렸다. 왜 내가 이런 목사님을 몰라보고 정죄하며 비판했을까... 왜 내가 하나님의 말씀을 몰라보고 돈을 위해 살았을까... 깊은 후회가 눈물로 맺혔지만 자신에게 주어진 7년은 주님이 주인 되신 삶으로 살아가리라 서원했다. 40평 지하실에 온도와 습도가 유지되게 만든 것을 보며 감탄했다. 7년 환난 책들이 쌓여 있었고 수백 권의 성경책, 침낭, 건조식량, 은박 담요, 휴대용 정수기와 정수 알약까지... 그야말로 환난마켓이었다.

저녁에 오목사의 친구인 구도빈목사가 찾아왔다. 그는 의외로 말쑥한 얼굴이었다.
"오목사! 많이 놀랐지? 그날 내 생일잔치로 뷔페에 있었거든. 음식을 담던 여성과 접시를 치우던 알바생이 사라진 걸 보고 황망하더라. 너도 알다시피 내가 총학생회장도하고 교회오빠 유튜브로 사역했는데 왜 내가 휴거되지 못했을까? 그나마 너도 남겨져서 위로를 받는다. 나, 다음주에 만찬교회 부목사로 가게 되었어."
오목사가 고개를 저으며 말했다.
"휴거에서 탈락되니까 보이는 것만 믿으려했던 내 모습이 보이더라. 모든 인간은 무언가를 위해 살아가게 되어있어. 그것이 가짜 신이면 결국 멸망의 길이 되어버려. 최학주는 종교적인 이익을 추구하는 사람이야. 우리가 두 번째 구원도 놓치면 안 되잖아. 종교적인 사람은 하나님의 유용함을 발견하지만 성장하는 그리스도인은 시편 27편4절처럼 주님의 아름다움을 발견하는 자야. 구목사! 말씀으로 돌아가자. 이젠 실패할 시간이 없어. 지금 회개하지..."
구도빈은 발끈했다.
"오목사가 아무리 충격 받아도 이건 아니지. 우린 주식투자 동기야. 번데기 앞에서 주름잡지 마. 난 하나님께 무지 서운해. 아니 화나! 내가 얼마나 하나님을 위해 헌신했는데 헌신짝처럼 버려졌어. 아담과 하와가 에덴동산에서 쫓겨나가는 심정을 이해할 것 같아. 버림받은 거절감! 감히 하나님이 날 싫어하다니! 그나마 최목사님이 우리가 실종되지 않았음을 감사하라는 말에 위로가 되었어. 난 너와 같은 길을 가고 싶었는데 헛걸음했네."

"도빈아! 성경을 아는 것과 말씀대로 사는 것은 달라. 내가 그렇게 비판했던 신목사님이 옳았다고!"

남겨진 서운함이 폭발한 도빈은 성경책을 던진 후 또 던질 것을 찾다가 나가버렸다.

ΑΩ

7년 환난에서 이스라엘은 성경이 말하는 예언의 중심무대였다. 예루살렘을 빼놓고는 환난을 설명할 수 없었기에 세계 뉴스는 이스라엘의 곡과 마곡의 전쟁소식을 메인으로 보도했다.

휴거이전 이스라엘이 먼저 이란의 핵시설을 공격하여 초토화시킨 사건 이후 이란은 이스라엘에게 확실히 보복할 기회를 엿보며 전쟁준비에 만전을 기하고 있었다. 그러다 갑작스럽게 휴거사건이 일어나 미국마저 대규모실종사건으로 혼란에 빠졌다. 이란과 튀르키예 러시아가 주축이 된 곡과 마곡의 군대가 리비아 수단 주변 나라들까지 합세하여 제 2홀로코스트처럼 이스라엘을 멸망시키겠다고 선언했다. 러시아는 이스라엘 천연가스와 에너지가 유럽으로 수출되는 꼴을 볼 수만 없었고 전쟁을 일으켜 풍부한 이스라엘 원유와 천연가스를 취할 생각에 부풀어 있었다.

성전산에 올라온 성지순례자 수백 명이 옷을 떨어뜨리고 사라지자 성전산을 지키던 무슬림 군인들이 남아있던 순례자들을 체포하는 일이 발생했다. 또한 무슬림 군인의 집에 있던 아기가 몸만 사라졌다는 연락을 받고 놀라서 자리를 이탈하는 일까지 발생했다. 경비가 느슨해진 틈을

탄 정통유대인들이 성전산에 올라와 예배하는 모습에 이란은 격노했다. 다음날 혁명수비대의 후원을 받는 팔레스타인 해방기구 조직원들이 성전산에 올라온 유대인들에게 총격을 가하며 전쟁의 불꽃이 튀었다.

러시아는 전쟁의 큰 변수가 될 미국이 실종사건으로 혼란에 빠진 이빨 빠진 호랑이라는 것을 알게 되어 자신들의 일방적인 승리를 예감했다. 주변나라들도 이스라엘을 치기 위해 하나가 되었지만 나토나 미군의 도움 없이 고립무원으로 전쟁을 치러야 했던 이스라엘은 누가 봐도 패배가 자명해보였다. 적군들이 골란고원을 넘어 이스라엘을 침노할 때 골란고원지대에 17개의 화산이 일제히 터지기 시작했다. 큰 지진과 동시에 주먹만 한 우박이 쏟아졌고 용암이 흘러 적군들은 무기를 써보기도 전에 진멸당하고 있었다. 앞으로만 전진하던 군인들은 갈라진 땅으로 매몰되거나 압사되어 죽어나갔다. 용암이 흘러나와 쓰러진 군인들 위를 덮어버렸고 최첨단 무기들은 용암의 열기에 녹아버렸다. 헬몬산 근처의 군인들은 화산 터지는 소리에 놀라 심장이 멎은 자도 있었고 화산가스에 질식해 죽거나 화산탄에 맞아 화상을 입었다. 곳곳에 불이 붙어 용광로에 빠진 개구리가 되었고 2차대전 이후 가장 큰 전쟁이 되었지만 예상을 크게 빗나가 이스라엘의 승리가 펼쳐졌다. 이스라엘과 아랍과의 전쟁에서 이스라엘 국민의 많은 희생자를 내었던 이전의 전쟁과는 차원이 달랐다. 이란은 승리를 자랑하려 드론방송을 띄웠는데 일방적으로 전멸당하는 모습을 생방송으로 내 보내고 말았다. 밀려오는 후발대 군사들은 화산이 터지는 걸 보며 달아났지만 도미노처럼 심장마비를 일으키며 쓰러졌다고 살아남은 군인들이 증언했다. 군인들은 싸워보지도 못하고 갑자기 하늘에서 왜 불이 내리는지 모른 체 그 자리에서 주검이 되었다. 이스라엘을 치러오는 군대는 개미떼처럼 많았지만 그만큼 떼죽음이 되었다. 예루살렘에서는 이스라엘군이 밀려 후퇴하는 순간, 성문 벽과 길바닥 돌 틈에서 기어 나온 작은 전갈들이 적군들의 다리에 기어 올라가 허벅지를 물었다. 군인들은 독침의 괴로움에 자신의 다리에 총을 쏘아 이스라엘은 적들을 손쉽게 제압할 수 있었다.

히스기야 터널 안에서 명령을 기다리던 한 유대인이 경직된 군인에게 말을 걸었다.

"난 마체인 예후다 시장에서 과일가게를 합니다. 휴거 이후 문을 달아 손해가 많지만... 이번 전쟁이 너무 중요하거든요. 그쪽은 학생 같은데?"

청년은 여전히 불안한 눈빛으로 말했다.

"벤구리온 대학에 다닙니다."

보조개가 보이는 청년에게 유대인은 친근감으로 말했다.

"우리 가게 종업원이 일을 잘했는데 기독교인이었어요. 일요일에 예배 가길래 그만 두라 했지만 믿을만한 직원 구하기가 쉽지 않아 다시 불러 들였죠. 그날 아침, 손님을 응대하다가 갑자기 증발되어 손님이 비명을 질렀고 시장은 아수라장이 되었죠. 직원 점퍼 안에는 마태복음 성경이 있었어요. 그전에 직원이 2천 년 전에 오셨던 예수그리스도가 메시아였다고 하더군요. 결론만 말하자면 이번 전쟁이 곡과 마곡의 전쟁이고 예언이 성취되는 순간입니다."

청년은 놀란 눈으로 물었다.

"전쟁이 예언된 거라뇨? 이스라엘과 이란은 원래부터 사이가 안 좋았습니다."

"인류역사는 성경의 예언에 따라 이뤄지고 있어요. 역사의 주관자는 하나님이니까요. 지금 주변나라가 우릴 죽이려고 쳐들어오지만 성경은 이 전쟁에서 하나님이 개입하셔서 이스라엘이 완벽한 승리를 이룰 거라고 해요. 골란고원 영상 봤어요? 벌써 적군들이 하나님의 손에 아작나고 있어요. 얼마나 놀랍습니까? 난 그리스도인이 아니지만 이번 전쟁에서 하나님이 하신 일들을 목격하면 그리스도를 영접할 겁니다."

"예수가 메시아라니 말이 됩니까? 우리 조상 유대인들이 죽임당하는 순간 보았던 것이 십자가였습니다. 예수가 십자가라는데 그런 잔인한 신이라면 전 안 믿겠습니다."

"나도 같은 마음 때문에 그분을 못 알아봤어요. 덕분에 복음이 유대인에게서 이방인에게로 넘어갔고 전 세계에 전파될 수 있었대요. 저는 전쟁이 끝나면 통곡의 벽으로 가려고요. 7년 환난동안 이스라엘이 민족적으로 회개하여 제사장 사명을 감당한다고 하니 유대인으로서 가슴 뛰는 일임엔 틀림없어요."

예루살렘에는 몰려오는 탱크가 불을 뿜고 첨단 무기들이 터졌지만 이스라엘 군인은 한 명도 사상자가 나오지 않았다. 공격을 퍼붓다가 무엇인가에 홀린 듯 자기네들끼리 총을 쏘며 쓰러졌다. 이스라엘은 하나님의 하시는 일에 감탄의 경지를 넘어섰다. 적군의 드론은 추락했지만 이스라엘 드론은 백발백중이었다. 큰 우박과 불과 유황이 적의 일대에만 떨어지니 어떻게 이 전쟁이 인간의 전쟁이라 할 수 있겠는가. 이스라엘을 치려했던 나라들은 심판을 받은 것처럼 초토화되고 수많은 시신들이 산처럼 쌓여져 갔다. 일방적으로 패할 수밖에 없는, 하나님의 위대하심을 드러내는 어메이징 그레이스의 장면이 전파를 탔다. 전쟁과 지진으로 황금돔이 무너진 장면을 성도들과 시청하며 오목사가 설명했다.

"지진으로 무너진 저 황금돔 자리가 모리아산으로 알려진 성전산이고 적그리스도가 저곳에 자신의 우상을 세울 날이 올 것입니다. 또한 황금문은 1541년 오스만제국 때 메시아가 감람산으로 재림하신 후 황금문을 통해 예루살렘으로 입성할 거라는 유대인의 믿음을 차단하기 위해 막아 놓았습니다. 7년이 끝나면 주님이 감람산으로 재림하셔서 황금문을 통해 제 3성전으로 들어오셔서 천년왕국을 다스릴 것입니다. 얼마나 벅찬 그림입니까? 7년 동안 인류역사의 대단원이 이스라엘을 통해 마무리 되고 많은 이방인들도 구원받게 됩니다. 하나님의 부르심에는 후회하심이 없기 때문입니다."

이스라엘 승리의 소식에 세계는 이란과 러시아가 지구의 평화를 깨는 주범이라고 비난했고 아브라함 협정에 서명한 사우디아라비아도 러시아를 비난하는 쪽에 섰다. 전쟁광이었던 러시아 대통령은 심판을 받을 것이라고 루카 대통령이 엄포를 놓아 세계정치는 살얼음을 걸었다. 사회 경제 정치적으로 추락하는 날개라는 오명을 가진 미국은 예전처럼 세계를 리드하는 주도권을 빼앗겼고 그럴수록 UN의 사무총장이기도 한 루카대통령의 행보에 관심이 집중되었다. 예수회, 프리메이슨, 일루미나티는 새세계정부 출범에 대한 필요성을 홍보했다.

이스라엘은 곡과 마곡의 전쟁이후 변화가 있었다. 전세계 디아스포라 유대인들이 이스라엘 땅으로 돌아오며 하나님께로 돌아가는 출애굽운동이 일어나 예루살렘은 절기 때처럼 북적거렸다. 또한 골란고원 하몬곡골짜기는 전쟁이후 엄청난 시체가 산더미처럼 쌓여 있는 어둠의 골짜기가 되었다. 7개월동안 매장해야 할 만큼 많은 시체더미는 까마귀들의 서식지로 자리 잡았다.

통곡의 벽에는 휴거이후부터 두 증인이 나타나 말씀을 선포하기 시작했다. 그들은 수천년 전에 온 사람처럼 덥수룩한 긴수염에 굵은 베옷을 입고 시로를 엘리와 모세라 부르며 구원의 마지막 소식에 응답하라고 소리쳤다. 군인 두 사람이 망언이라며 기관총을 들고 공격하자 불이 증인의 입에서 나와 그들을 불살라버리는 장면이 각종 매체를 통해 전해졌다. 유대인들은 이천년 전에 있을 법한 일이 통곡의 벽에 일어나는 것에 대해 놀라워했다.

АΩ

노아는 병원 직원들이 공유한 휴거 영상을 보며 또 한 번 충격에 빠졌다. 수술실에서 의사와 환자가 사라져 수술방은 공포의 무균실이 되었다. 암환자가 항암주사를 맞다가 휴거되어 붉은 주사액이 침대를 적셨고 심장위에 박아놓은 캐모포트가 피에 엉겨 침대에 놓인 것을 본 간호사는 무서워서 주저앉았다. MRI를 찍던 환자가 원통 안에서 사라진 일까지 더해졌다. 노아는 이제라도 예수님을 첫 번째에 두겠다고 기도했다. 휴거 후 맞는 첫 주일 창가교회, 주민들도 예수를 믿는 자들이 왜 사라졌는지 답을 찾기 위해 9시부터 북적거렸다. 오목사의 눈빛은 휴거 전과는 너무도 달라져 있었다.

"많은 분들이 오신 관계로 예배 전까지 간증을 나누겠습니다. 제 눈앞에서 신주철 목사님이 휴거되는 걸 보았던 저는 동기 목사의 권유로 주식을 하며 맘몬의 신을 섬겼습니다. 주식과 연애하는 것처럼 자려고 누우면 주가 그래프가 눈앞에 펼쳐졌습니다. 전세금을 빼서 투자하려고 사례비 많이 주는 대형교회로 옮기려다 휴거사건이 일어났습니다. 성경에는 두 주인을 섬기지 못한다 했는데 전 고통스럽게 그 진리를 깨달았습니다. 여러분, 우리가 남겨졌다고 해서 지옥 가는 게 아니고 하나님이 우릴 버리신 것도 아닙니다. 7년 대환난은 하나님이 주신 두 번째 기회이자 마지막 기회입니다. 적그리스도가 이스라엘과 7년 평화협정을 맺게 되는 그날로부터 7년 환난의 모래시계가 시작되니 예수님 재림의 시간이 명확하게 나옵니다. 예수님을 영접했으니 재앙이 비껴갈 거라고 약속드릴 수 없습니다. 이제 대환난이 시작되고 넷째 인의 재앙이 끝났을 때 휴거되지 못하고 남은 사람들 가운데 4분의 1이 죽을 것이라 했고 여섯 번째 나팔의 재앙 때 그렇게 살아남은 사람 가운데 3분의 1이 죽을 거라 말씀합니다. 인류의 반이 죽으니 얼마나 많은 죽음이 기다릴지 예상되지 않습니까? 그러나 로마서 8장 35절 말씀처럼 어떤 핍박이나 칼이 들어와도 하나님의 사랑에서 끊을 수 없다고 말합니다. 휴거가 외계인 납치설이라는 낭설에 흔들리지 마십시오. 외계인이 납치했다면 몸값을 요구하거나 지구를 점령했을 텐데 그런 일은 일어나지 않았습니다. 휴거는 어린애도 알 수 있게 말씀의 예언을 보여주는 극단적인 하나님의 일하심입니다. 오후까지 계시록 강해를 하겠습니다. 말씀의 전투력을 갖지 않으면 안 되는 절체절명의 시간입니다."

만찬교회 장로였던 조훈이 마이크를 잡았다.
"저는 만찬교회 장로지만 휴거된 아내가 다니던 창가교회로 옮겼습니다. 주님 맞을 준비를 하라고 유난떨었던 아내가 이단처럼 보였습니다. 교편을 잡았던 아내가 수업 중에 쓰러져 뇌경색 진단을 받았을 때 당신이 제대로 된 믿음이면 왜 쓰러졌냐며 책망했습니다. 아내를 위해 신목사님 부부가 오셔서 말씀으로 이 상황을 해석했고 아내는 주님을 여전히 찬양했습니다. 만찬교회는 아내가 하나님께 벌을 받았다며 회개하라고 정죄했습니다. 아내가 휴거되던 순간까지 저는 문을 잠그고 음란물을 보고 있었습니다. 아내가 사라진 것을 확인한 저도 그냥 알아졌습니다. 내가 얼마나 추악한 영혼인지를... 미국에 있는 아들도 사라진 손녀로 인해 큰 충격을 받았습니다. 저는 포르노를 들여다보던 노트북을 부셔 버렸습니다. 음란물에게 속은 내 자신이 너무도 미워 밤새 회개했습니다."

사람들은 눈시울을 적시며 통곡했다. 그때 바깥이 소란했다. 경찰서에 다녀온 여인이 분노를 주체하지 못해 찾아왔다.

"내 딸이 이 교회 다녔다고 해서 따지러 왔어요. 딸은 결혼 10주년으로 크루즈 여행을 갔는데 배에서 식사하다가 딸과 손자는 옷만 남기고 사라졌데요. 사위는 사라진 아내와 아들이 물에 빠졌을까 싶어 시신이라도 건지겠다며 바다에 뛰어 들었고... 흑흑. 인간의 행복을 짓밟는 게 하나님이야? 왜 이런 엄청난 일이 나한테 일어나! 아이고! 주현아!"

통곡하는 여인을 주영심 권사가 위로해주었다. 오목사가 강단에서 말씀을 이어갔다.

"남겨진 모두가 엄청난 충격입니다. 그러나 충격에 빠져있으면 환란의 뜻을 보지 못하고 멸망의 쓰나미에 휩쓸려가니 냉정하게 말씀위에 서야 합니다. 우리가 남겨진 이유중 가장 첫 번째가 하나님을 차선책으로 두었다는 겁니다. 저도 직업을 위한 목사였지 하나님을 첫 번째에 두지 않았습니다. 너는 나 외에는 다른 신들을 네게 두지 말라 하신 계명을 하나님이 첫 번째에 두신 것은 1계명이 회복되면 다른 계명이 저절로 지켜지는데 1계명이 무너지면 다른 계명이 도미노처럼 무너지기 때문입니다."

뒷자리에 앉은 여인은 내내 울기만 했다. 오목사가 말했다.

"대환난은 이스라엘이 중심무대입니다. 7년 동안 전 세계 많은 사람이 회개하고 돌아올 것입니다. 7년 초창기에 재림 예수를 흉내 내는 적그리스도가 세상을 구원할 메시아처럼 등장하지만 이 권세는 7년으로 제한되어 있습니다. 진짜 심판은 7년 후입니다. 통곡의 벽 앞에서 굵은 베옷을 입고 1260일 동안 예언하는 두 증인이 선포하는 말씀에 아멘하셔야 합니다. 3년 반이 끝나는 날에 사탄이 두 증인을 죽일 것이고 그 시체는 3일

후에 죽은 자 가운데서 다시 살아나 적들이 지켜보는 가운데 구름을 타고 하늘로 올라가게 됩니다. 환난의 때에도 회개하고 돌아오는 성령의 역사가 일어납니다. 여러분은 회개하고 돌아오는 사람들 속에 들어가야 합니다."

오목사는 지켜야 할 중요사항을 정리해주었다.

1. 언론의 말을 믿지 마라
2. 절대 자살하지 말아라 (환난의 때에도 성령께서 함께 하신다)
3. 하나님과 화평의 관계를 유지하고 두 증인의 설교에 귀를 기울이라
4. 대도시를 떠나라 – 교회에 가지마라 (교회 안에서 미혹이 이뤄질 것이다)
5. 적그리스도에게 미혹되지 마라 적그리스도가 그의 형상을 예루살렘 성전에 세우는 날을 기억하라 – 그로부터 1260일 후 예수님의 지상 재림이 이뤄진다
6. 오른손이나 이마에 표를 받지 마라 (마이크로 칩)
7. 도둑질하거나 성적인 범죄를 짓지 마라
8. 괴롭다고 마약을 해서는 안 된다
9. 환난의 중심에 서 있는 유대인과 이스라엘을 놓고 기도하고 그들에게 악한 말을 하지마라
10. 고난과 순교를 대비하라 (죽음을 준비하고 영광스런 순교를 위해 말씀으로 바로서라)

사람들은 예배가 끝났지만 집에 갈 생각을 하지 않았다. 휴거사건의 충격이 그들을 하나님 앞에 서게 만들었다. 한나도 말씀 앞에 서기 위해 열심을 내었다. 누군가 7년환난 책을 받으며 오목사에게 질문했다.

"목사님! 휴거가 왜 경고도 없이 갑작스럽게 일어났을까요?"

"믿는 성도들에게는 말씀으로 깨어있게 하셨습니다. 여태껏 안 오셨으

니 내일도 오겠나 하는 생각으로 저는 내 뜻대로 살았습니다. 요한복음 14장에 주님이 내가 너희를 위하여 거처를 예비하러 가노니 가서 너희를 위하여 거처를 예비하면 내가 다시 와서 너희를 내게로 영접하여 나 있는 곳에 너희도 있게 하리라 말씀처럼 주님은 승천하신 이후로 지금까지 거처를 마련하고 계셨고 약속대로 성도들을 데려가셨습니다. 우린 주님의 약속을 외면했기에 이렇게 남겨진 것입니다."

"그렇다면 이제 휴거는 또 없는 건가요?"

"없습니다. 휴거까지가 은혜의 시대였습니다. 교회 시대에 믿은 성도들만이 그리스도의 신부로서 어린양의 혼인잔치에 들어가는 특권을 가집니다. 올라간 성도들은 주님이 마련하신 처소에서 사랑의 시간을 보내고 있습니다. 7년이 끝나 천년왕국에 들어갈 때 혼인잔치가 열리는데 올라간 이들은 신부의 자격으로 저희들은 결혼식 하객으로 참여하게 됩니다. 비록 신부가 되지 못했지만 우린 지옥을 면해야 합니다. 구원의 마지막 기회가 남았으니까요."

"저는 휴거 이전에는 행복했습니다. 은행 지점장이었고 아들 둘은 연고대에 들어갔고 가정의 불화없이 그 흔한 병치레 없이 즐거운 일들이 저에게 당연히 일어났습니다. 지인들로부터 존경받았고 여행으로 인생의 낙을 누렸는데 휴거사건을 보며 황망했습니다. 나 잘 살고 있는데 나 지금 너무 행복한데 왜 내 행복이 외부의 환경에 의해 무너져야 하는 건지 하늘이 원망스러웠습니다. 그날 교통사고를 당해 큰아들이 다리를 절단했습니다. 작은 아들은 친구를 잃어 실의에 빠졌고 아내는 휴거장면을 목격해 넋이 나갔습니다. 우리 행복을 빼앗아간 하나님을 원망하려고 여기 왔는데..."

남자는 여전히 꿈만 같은지 눈물 흘리며 말했다.

"진정한 행복이 나에게서 온다고 생각했습니다. 세상이 뒤집어지고 나니까 궁금해졌습니다. 나는 어디서 왔는가. 죽으면 어디로 가는 걸까. 수

많은 질문에 대한 답이 내게 있는 게 아니라 하나님이었습니다. 목사님 말씀처럼 내 인생의 주인이 하나님이기에 행복의 주체도 내가 아니라... 하나님이셨습니다."

"귀한 것을 깨달으셨네요. 저도 주님 오신다는 소리가 재미있게 사는 데 방해처럼 들렸습니다. 성도님 가족이 주님의 재림 때 승리하기를 기도하겠습니다."

오목사가 남자의 이름을 물어보았다.

"민 훈입니다."

예배가 끝나고 오목사가 서창호 집에 찾아가 걱정했다고 말하자 그가 대답했다.

"나름 인터넷을 통해 알아봤는데... 충격이 커서 추스르는 데 시간이 걸릴 것 같습니다."

난감한 표정을 읽은 오목사가 7년 환난 책을 주며 말했다.

"지금은 미혹의 영이 강하게 나타나니 속으면 안 됩니다. 이상하다 싶으면 성경에 비쳐보고 질문하십시오. 도와 드리겠습니다."

서창호에게 전화가 울려 오목사가 밖으로 나와 들어보니 돈 얘기가 오가는 것 같았다.

다음날 오목사는 구도빈을 만나기 위해 만찬교회로 갔다. 오목사가 물었다.

"무슬림들이 많네? 천주교신자도 보이고..."

"내가 전도했어. 하나님께 서운하다 했던 그날 밤 응답받았지 뭐야. 나를 안 데려가신 게 아니라 저들을 구원하기 위해 나를 파송하셨다고 말씀하셨어. 내 유튜브강의를 보고 찾아온 분들인데 종교를 떠나 저들도 같은 하나님을 믿고 싶어 해. 우리 구역이 부흥하니까 최목사님도 내게 거는 기대가 크신가봐. 어제 미국에서 강사가 오셨는데 설교시간에 나한테만 금가루가 쏟아져 기름부음이 일어난다며 칭찬하더라. 하나님이 나를 버리실 리가 없지.”

오목사가 조심스레 충고했다.

"왜 교인들이 신사도운동에 열광하는지 처음엔 이해가 안됐어. 집회를 통해 자신의 욕구가 충족되니까 빠져드는 거야. 하나님이 말씀하셨다면 정말 그런가하여 말씀에 비춰보라고 성경은 알려주고 있어. 하나님의 이름을 빌려다 쓰는 미혹을 정당화시키지 마. 넌 지금 내려오는 에스컬레이터에 올라가겠다고 뛰어오르고 있어!”

구도빈은 귀까지 빨개지며 받아쳤다.

“네가 뭔데 감히 내 목회를 판단해. 무슬림과 천주교인들은 지옥가게 냅둬? 그게 하나님 사랑이야? 저들과 같이 손잡고 가는 게 천국이야. 너 같이 이기적인 인간을 하나님이 경멸하셔. 내 앞에서 아는 척 하지 마! 우리 그만 보자.”

휴거가 지난 지 열흘이 넘었다. 한국도 부강했던 미국도 모두 국가부도를 맞았다. 아니 전세계가 부도였다. 연금은 사라지고 달러는 붕괴되어 도미노로 파산이 이어져 하루아침에 세상이 바뀌어 있었다. 인구대비 실종자가 가장 많은 미국은 사라진 크리스천이 많아서인지 현실의 충격이 더욱 컸다. 부유한 인맥을 자랑하던 유명한 갑부였지만 자신의 저택 스위트룸에서 수십억 되는 옷장에 목을 매달아 충격을 안겼다. 증권거래소가 폐쇄되고 주식시장은 붕괴되어 연쇄자살로 이어졌고 금융의 상징인 뉴욕은 회색빛이 감돌았다. 풍요의 한복판에서 벌어진 도미노 자살 소식은 세상이 뒤집어졌음을 말해주었다. 돈이 궁극적 목적이었던 사람들은 돈이 그 이상의 가치를 지녔기에 그것을 잃어버린 충격을 힘들어했다. 어떤 이들은 공허한 내면을 달래려고 성적인 타락을 하거나 마약에 중독되었다. 은행은 파산했고 실업률은 25%를 넘어 코너에 몰린 사람들은 분노를 쏟을 곳을 찾았다. 지하철에서 칼부림을 하거나 교회에 독가스를 살포하거나 기독교인을 무작위로 죽이는 일도 발생했지만 정부는 크게 제지하지 않았다.

유럽을 순방하며 평화를 위해 일하는 루카 대통령은 전쟁으로 고통받는 나라에게 식량을 지원해주며 경제가 회복되도록 힘을 실어주겠다 약속했다. 혼란과 공포를 잠재울 유능한 그의 행보는 절망에 빠진 인류에 혜성처럼 등장했고 올해의 인물로 뽑혔다. EU 외무장관들이 유럽대통령과 유럽 의회 의장의 권한이 합쳐진 슈퍼 대통령 탄생을 모색하고 있었다. 유럽에서 절대적인 권력을 휘두르는 독재자의 탄생을 갈망하는 것은 그 옛날 신성로마제국의 꿈이 실현될 거라는 기대감 때문이었다. 유럽의 여러 나라들은 자기 손으로 투표하여 루카를 유럽전체의 대통령으로 만들었다. 그의 첫 소감이 생중계되었다.

"위기를 통해 새로운 질서를 만든다는 말이 있습니다. 한동안 대규모 실종사건으로 혼란스러웠지만 이제 새정부가 여러분 곁에 있으니 안심하십시오. 며칠 전에도 지구상에 또다시 실종사건이 벌어졌지만 새정부가 그 원인을 밝혀냈습니다. 과학계에서 조사한 결과, 은하계에서 지구를 노리던 외계인 소행임을 밝혀내고 있습니다. 우리가 외계인에 끌려가지 않은 게 얼마나 감사한지요. 지구는 이제 외부의 세력을 차단하기 위해 이전의 가치를 버리고 새롭게 그레이트 리셋을 시작합니다. 역사는 종교전쟁으로 피를 흘러왔지만 이제 더는 종교 때문에 전쟁을 일으키는 일이 없도록 제가 평화를 찾아 올 것입니다. 미중간의 갈등을 해결한 저는 중동의 평화를 위해 일하며 이제 세계를 하나로 통합된 정치, 경제, 사회로 만들 것입니다."

창가교회 성도들은 교회에서 모일 날이 많지 않기에 매일 말씀의 단을 쌓고 있었다. 오목사가 말했다.

"두 증인의 설교로 회심한 유대인들이 많아졌습니다. 스가랴 12장 10절 예언처럼 이천년 전 저들이 십자가에 못 박은 예수님을 애통해하며 회개운동이 일어나는 가슴 뜨거운 장면은 감동 그자체입니다. 회심한 유대인들이 떠나간 교회를 대신하여 마지막 추수 사명을 감당할 것입니다. 복음은 믿을까 말까 선택의 여지가 아닙니다. 영원한 형벌인지 영원한 생명인지를 결정짓는 일인데 왜 망설이십니까? 말씀을 듣고는 자기가 생각했던 복음이 아니라고 돌아서는 사람을 보면 가슴이 터집니다. 믿지 않는 가족이 있다면 복음을 전하십시오. 언제 순교당할 지 언제 재앙으로 죽을지 내일을 기약할 수 없는 인류의 끝에 와 있기 때문입니다."

성도들이 돌아가고 조장로가 오목사에게 자신의 참담한 심정을 상담했다.

"요즘 잠이 오지 않아요. 어릴 때부터 느꼈던 허무함이 더 단단해졌어요. 아버지는 바람 펴서 딴집 살림을 했고 어머니는 그 분노로 저를 때렸습니다. 저는 어릴 적부터 아무도 원하지 않는 사람이었습니다. 허무함을 달래려 음란물을 접했다가 이제 그것을 버린 자리에 하나님이 들어와야 하는데 조급함만 있고 지난날의 후회가 저를 용서치 않습니다. 어제 창세기를 읽다보니 야곱의 첫째부인 레아처럼 하나님께 사랑받지 못하는 인생 같아서 눈물만 납니다."

오목사가 미소를 지으며 말했다.

"레아는 아무도 원하지 않는 여자가 맞습니다. 그러나 그렇게 못생기고 사랑받지 못하는 레아를 통해 예수님의 족보가 흘러왔습니다. 예수님도 하나님과 사람에게 버린바 되었기에 십자가에서 우리를 위해 죽을 수 있었습니다. 야곱은 자신이 사랑해서 얻은 라헬과 동침한줄 알았지만 아침에 보니 레아였습니다. 우리 인생도 화려한 내일을 꿈꾸지만 현실은 레아처럼 아무도 원하지 않는 인생일 때가 많습니다. 세상은 권력과 사랑 돈이 행복하게 해줄거라 말하지만 아침에 보면 다 헛되고 헛됩니다. 돈만 있으면 당장 권력이 피부로 느껴지니 돈을 위해 살기 쉬워지죠. 장로님처럼 마음에 허무함을 느끼는 것은 우리가 이 세상을 위해 지어진 존재가 아니라 다른 초월적인 것을 위해 지어졌음을 의미합니다. 야곱은 라헬이 인생의 희망이라고 믿었기에 듣고 싶은 말만 듣고 보고 싶은 것만 봐서 라반의 속임수에 넘어갔습니다. 야곱이 라헬만 사랑하는 것을 바라보는 레아의 마음이 언제나 형벌인 것처럼 우리가 세상을 사랑할 때 느끼는 감정과 같습니다. 하나님은 아무도 원하지 않는 자를 사랑하십니다. 그러니 아무도 원하지 않는 레아 같은 자가 얼마나 복된 자인지 알겠지요?"

조장로는 오목사를 존경의 눈빛으로 바라보며 말했다.

"목사님은 남겨졌는데 어떻게 이렇게 성경의 의미를 통달할 수 있는지 신기합니다."

"신목사님 덕분입니다. 목사님 옆에서 사역하면서 존경하는 마음은 있었지만 저는 돈을 추구했기에 그 방향으로 나아갔던 것입니다. 휴거의 사건으로 목사님이 걸었던 길과 말씀의 뼈대들이 깨달아졌습니다. 누구 옆에 있느냐도 중요한 것 같아요."

저녁예배 때 오목사가 설교했다.

"휴거사건 후로 예수를 믿는 우리는 세상이 보기에 불법입니다. 내일에 대한 두려움으로 극단적인 선택이나 배도하는 사람들은 하나님이 계시다면 이럴 수 없다고 분노합니다. 우주 밖으로 나가도 하나님은 보이지 않지만 말씀은 하나님을 보게 하고 경험하게 합니다. 그래서 유일한 보호막은 말씀입니다. 죽음의 공포 앞에 장사 없지만 말씀은 두려움을 뛰어넘는 능력이 됩니다. 처음 성경을 읽는 분은 도무지 성경이 눈에 들어오지 않을 수 있습니다. 그림을 그리듯 성경을 읽으세요. 좋은 문학작품이란 문장을 읽을 때 그림이 그려집니다. 성경의 문장에 담긴 이미지를 그려가면서 읽다보면 성경 속에 담긴 하나님 마음을 보게 될 것입니다. 말씀에는 하나님의 성품이 녹아있어 여러분을 두려움에서 건져주실 것입니다."

병원에서 진료 중인 노아에게 최학주가 노크 없이 들어와 팔짱을 끼며 말했다.

"자네 내 딸과 썸 타는 사이인가? 우리 한나는 정해진 약혼자가 있으니 혹시라도 좋은 감정이 싹 나거든 잘라버리게. 지금은 조신하게 지내야 해. 자네도 한나에겐 스쳐가는 정류장일 뿐이야."

노아는 기분이 나빠 받아쳤다.

"정류장이 될지 종점이 될지 어떻게 아세요? 한나가 어린애도 아닌데. 지금 진료중이라 예약하지 않은 만남은 사절입니다."

"똑 닮았군. 난 자네가 신목사 아들이라 더 불쾌해. 이정도 말했는데 못 알아들으면 정신감정 받아봐야 할 거야."

문을 쾅 닫고 나가는 뒷모습을 보며 최학주의 성품이 한눈에 알아졌다. 노아는 한나에게 복음을 위한 일 만큼은 포기하지 않겠다고 생각했다.

I
환난 전반기

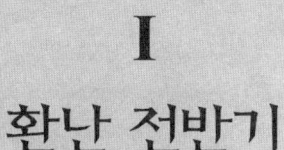

1
왜 내가 남겨졌을까

2
잃어버린 1계명을 찾아서

Second Chance
두 번째 기회

1
왜 내가 남겨졌을까

뉴스는 예루살렘소식과 새정부출범 소식, 그리고 루카 대통령에 대한 행보를 집중보도했다. 루카는 이스라엘이 지구역사상 가장 고통 받았던 피해자라고 두둔했고 유대인들은 루카의 행보에 열광했다. 곡과 마곡의 전쟁으로 황금돔이 파괴된 모습은 중동의 가장 큰 이슈가 되었다. 루카는 황금돔사원을 옮기자고 중재에 나섰는데 사우디아라비아에서도 긍정적 반응을 보였다. 영원히 빼앗기지 않을 것 같았던 황금돔 자리에 이스라엘이 그토록 바라던 제 3성전을 지을 수 있게 되었다. 역사상 유례없는 평화의 행진을 하는 루카는 유럽의 대통령이 아닌 전세계를 대표하는 천하통일의 주인공이 되었고 그를 수장이라고 불렀다. 드디어 UN회원국들은 루카수장을 앞세워 이스라엘 7년 평화 협정을 발표하며 새세계정부의 출범을 알렸다. 협정에는 황금돔 자리에 제 3성전 재건을 허락하는 내용을 공식적으로 담고 있었다. 유대인들에게 큰 인기를 얻은 루카수장이 자신들이 기다리던 메시아가 아닐까 추앙하는 눈빛을 보냈다. 에루살렘으로 오는 대륙간 철도 건설이 완공된 터라 제 3성전의 완공을 위한 기도를 하기 위해 성지순례로 찾아오는 사람들이 더 많아졌다. 인도에서 중동을 거쳐 유럽으로 연결되는 기찻길은 예루살렘이 성지의 수도라는 것을 보여주는 상징이 되었다.

7년평화협정을 맺음으로 이제 대환난의 시계추가 시작되었고 첫째 인이 떼어졌다. 새세계정부가 출범되었지만 국가마다 경제공황으로 인한 고통지수를 해결하지 못했다. 식량문제로 폭력시위, 반정부투쟁이 끊이지 않았지만 그런 시위에 가담하는 자를 강력하게 진압하는 장면이 연일 뉴스에 올라왔다. 곳곳에 전쟁의 기류가 흐르고 사회는 무법천지였고 강도들이 기승을 부렸다.

로건과 혜란은 휴거사건이 실제로 일어난 것에 충격을 받았다. 남겨진 계약자들은 그 어느 때보다 벙커가 필요해 언제 완성되는지 재촉했고 로건은 보안시스템 작업이 막바지라고 말했다. 혜란이 뉴스를 보며 말했다.
"실종사건이 외계인설이겠지. 어떻게 휴거가 실제로 일어나? 말도 안 돼."
"종말론을 앞세워 벌인 사업인데 그것이 실제로 일어났다면... 아! 사업 아이템을 바꿔야 했나? 요즘 생각이 많아졌어. 실종사건 후에 인플레이션이 심해 돈 가치가 떨어진 것도 걱정이고. 벙커 하나에 30억 받았는데 처음부터 금액을 크게 잡지 않은 게 후회되네."
"천억 정도 들어왔겠네? 물질의 축복을 나는 언제 누려봐?"
서운한 투로 말하자 그가 혜란의 어깨를 감싸며 대답했다.
"천억은 무슨? 500억도 안 들어왔어. 예상대로 사업이 흘러가야 그 밑천으로 미국 가서 더 큰 사업으로 진출할 텐데... 대규모 실종사건이 발목 잡네. 내 최종목표는 미국에서 한인을 대표하는 사업가가 되어 기업을 이룰 거야. 당신은 기업 사모님이 되는 거고."
뉴스를 보다가 놀란 진혜란이 먹던 과일을 떨어뜨렸다.

서해안에서 한 어부가 호랑이상어를 산채로 잡아 다시 바다로 돌려보내기로 했는데 취재하러 온 기자의 카메라에 담긴 장면입니다. 호랑이상어는 스트레스를 심하게 받아 뱃속의 것을 토해냈는데 페트병, 찢어진 그물, 물고기사체와 함께 사람 팔을 토해냈습니다. 사람들이 비명을 지르며 뒤로 물러섰는데요. 잘린 팔에 특이한 문신이 새겨져 있어 경찰은 이 팔을 국과수에 의뢰했습니다. 호랑이상어 뱃속에 또 다른 시신 토막이 있을지 모르기에 상어 배를 가르는 문제를 두고 해양생태계와 논의 중에 있습니다. 이 문신을 아시는 분이 있다면 아래 번호로 제보해주십시오.

문신을 보고 두 사람은 눈동자가 흔들렸다. 혜란이 로건에게 물었다.
"당신! 설마… 아니지?"
"당연히 아니지. 저 팔이 그 사람일거라는 보장이 어디 있어."
혜란이 미심쩍어하자 로건이 말했다.
"당신 마음을 사업에 집중시켜. 지금 경제가 무너져서 잔금이 안 들어와."
혜란이 여전히 겁을 먹자 로건이 제안했다.
"잘 될 거야. 내가 운빨이 좋거든. 당신 내일 생일이지? 가평 저택 임대가 며칠 안 남았어. 가서 둘만의 추억을 만들자."

저녁 강해가 끝나고 주영심 권사가 오목사에게 상담을 요청했다.
"목사님! 왜 제가 휴거가 안됐는지 그 이유를 지금도 모르겠어요. 지는 십의 이조를 드렸고 성가대와 교사로 헌신했는데 하나님 기뻐하시는 일이라면 내 인생 다 바쳤는데... 왜! 나는 구원에서 탈락되었을까요? 저는 하나님으로부터 버림받았다는 현실이 저를 미치게 만들어요. 아니, 억울해요! 그래서 말씀이 귀에 들어오지 않아요."

오목사는 통곡하는 주영심에게 말했다.

"우리가 뭘 해서 구원받는 게 아니에요. 구원은 너무 귀해서 값으로 따질 수 없는 하나님의 선물이에요. 우리는 하나님을 그저 내 부탁 들어주는 서비스맨으로 생각할 때가 많아요. 헌금이나 봉사를 주님을 사랑해서 한 건지 복 받으려는 목적인지 생각해보세요. 며칠 전 '내가 만든 신'이라는 책을 읽었어요. 무엇이든 내 삶을 지배하는 것이 그 사람의 주인이 된다는 내용이에요. 성경의 주어는 하나님이십니다."

손등으로 눈물을 닦으며 주영심이 말했다.

"저를 인도해준 황전도사라는 분은 변호사에다 말씀도 능통하고 예언의 은사가 있어 늘 그분께 상담했고 능력집회마다 따라다녔어요. 전도사님 별장에서 매주 믿음의 신부 모임을 3년 동안 했어요. 하나님이 황전도사에게 너는 휴거된다고 말씀하셨데요. 휴거명단에 제 이름도 있다고 하셨는데... 그분이 영적으로 깊다고 소개해준 분들까지 모두 남겨진 걸 보고 저는 하나님께 또 버려질까봐 두렵고 변화되지 못한 내 인생이 허탈해요."

영심에게 휴지를 건네며 오목사가 말했다.

"권사님이 사랑했던 그 우상이 권사님을 배신하니 괴롭고 허탈한 겁니다. 예레미야 5장 30-31절에서 이 땅에 무섭고 놀라운 일이 있도다 선지자들은 거짓을 예언하며 제사장들은 자기 권력으로 다스리며 내 백성은 그것을 좋게 여기니 마지막에는 너희가 어찌하려느냐 말씀하셨어요. 목회자들이 거짓을 예언하며 자기 권력으로 성경에 벗어난 것을 가르치는데도 교인들이 환호했으니 이런 결과가 나온 거예요. 사람이 아무리 영적으로 뛰어나도 사람을 따라가면 안돼요. 하나님은 각자에게 말씀을 통해 성령으로 깨닫게 해주십니다. 누군가를 거쳐서 깨닫는 게 아니에요. 고해성사가 그래서 잘못된 겁니다. 기적은 사단도 할 수 있지만 말씀대로 사는 일은 그리스도인만 할 수 있어요."

"남편과 이혼하고 딸이 아빠를 따라가며 마지막으로 했던 말이 생각나 더 절망스러워요. 그래서 내가 남겨졌나 싶어서요."

"딸이 뭐라 그랬는데요?"

'엄마는 하나님을 잘 믿는다고 착각하지 마. 엄마가 집에서 형광펜으로 색칠하면서 성경을 읽다가 교회 안 간 나한테 악다구니를 쓸 때 나는 엄마가 읽는 성경이 싫었어. 말끝마다 주여주여 하면서 아빠를 사단마귀라고 욕하는 교만 때문에 엄마가 믿는 하나님을 믿고 싶지 않았어. 그게 아빠를 따라 가는 이유야.'

어처구니없는 표정으로 자신의 과오를 정죄하는 영심을 보며 오목사도 마음이 아팠다. 영심이 말했다.

"완치 판정을 받았던 유방암이 재발되어 폐로 전이되었는데 아파서 누울 수가 없어요. 앉아서 쪽잠을 자다보니 신경이 예민해졌어요. 하나님이 저를 버리신 것만 같아요."

"사람들은 병에 걸리면 왜 하나님이 버렸다고 생각할까요? 그게 오히려 그 영혼에 복이 된다는 것을 왜 모를까요? 내게 허락된 큰 고난이 신의 한수가 될 수 있다니까요?"

최학주가 노아를 찾아온 이후 하나를 마음에서 밀어내려 애썼다. 저녁에 교회 앞에서 한나가 기다리는 걸 본 순간 노아는 마음과는 다르게 반가웠다. 한나가 반찬을 건네며 말했다.

"엄마가 싸주셨어요. 아빠가 병원에 찾아간 거 왜 말 안했어요? 아빠는 보이는 것만 봐서 노아씨가 어떤 사람인지 못 알아봐요. 저만 그쪽을 알아보면 안 될까요?"

노아는 빠르게 뛰는 심박수를 가라앉히려 했지만 깜빡거리는 한나의 속눈썹을 보는 것만으로도 심장이 붉게 데워지고 있었다. 그녀를 밀어내려고 애쓴 며칠의 사투가 한 순간에 무너져 한나의 머리를 쓰다듬으며 말했다.

"내가 왜 그쪽이야. 이쪽이지. 말씀을 양식 삼아 잘 지냈어?"

"성경을 소리 내어 읽다보니 말씀이 살아 움직이는 것 같아요. 조금씩 내 영혼에 성경적 가치관이 확립되는 걸 느꼈고 가수하면서 느꼈던 허무함이 해갈되고 있어요. 달고 오묘한 이 말씀을 왜 모르고 살았는지, 휴거 이전의 내 모습은 걸어 다니는 시체였지 뭐예요. 아빠가 새로운 성경 주면서 이전 성경 버리라고 소리 질렀어요. 엄마가 아빠 몰래 성경을 읽는다는 게 참 아이러니하죠? 문제는 아빠가 다가올 할로윈 무대에 오르지 않으면 정략결혼이나 하라고 압박하세요. 둘 다 싫어요. 매일 말씀과 기도로 살고 싶은데."

노아는 한나를 기특하게 바라보며 생각했다.

'어떻게 최목사 밑에서 저런 딸이 나왔을까? 맞다, 우리 아버지 밑에 나 같은 아들이 있었지.'

노아는 하나님께 방법이 있을 테니 기도하자고 했다. 조장로가 다가와 말했다.

"연예인 이제 그만 둬야지."

"전 이미 끝났는데 아빠가 안 놔줘요. 내일부터 외출금지 떨어져서 자료 받으려고 왔어요."

조장로가 침울하게 앉아 있는 주영심을 보며 말했다.

"주일에 권사님이 준비한 점심, 너무 맛있다고 성도들이 좋아했어요. 그리고 목사님! 레프트비하인드를 읽었는데요. 저희도 환난 군대를 결성해야 하지 않을까요?"

오목사가 대답했다.

"말씀의 군대로 했으면 좋겠어요. 말씀에 바로서지 못한 믿음은 버림받거든요."

반석이가 들어오며 말했다.

"저는 요즘 학교 다닐 때 보다 더 열심히 성경을 읽고 쓰고 암송하고 있어요."

조훈장로가 머리를 쓰다듬으며 말했다.

"우리 중에서 네가 제일 젊구나. 아참, 목사님! 김로건이 피난처 사업으로 성도들을 미혹시켜 중도금까지 넘긴 사람이 많다고 들었어요. 어느 날 나타나 단숨에 최목사 마음을 사로잡더니 장로까지 되었는데 뭔가 뒤가 구려요."

한나가 미안한 표정으로 서 있었다. 오목사가 말했다.

"피난처 장사? 아까 그 부부가... 성도들에게 공지해야겠어요."

그때 교회로 전화가 울렸다. 오목사를 찾는 전화였다. 스피커로 함께 들었다.

"저는 로고스 기독교TV 고영한PD입니다. 신목사님 휴거되셨지요?"

"네. 제 눈앞에서 올라가셨습니다."

"아침에 성지순례 촬영 중에 휴거가 일어났습니다. 성선산에서 가이드 목사님의 설명을 듣다가 낙엽 지듯 옷가지와 마이크도 떨어지면서 일대는 충격의 도가니였습니다. 다섯 교회가 참가했는데 창가교회 성도 29명 중 2명 빼고 다 휴거되었어요. 전체 98명 중 32명이 남겨졌는데 거기에 있던 군인경찰이 저희를 테러범이라며 체포했고 며칠 구금되었습니다. 세계적인 실종사건이라는 게 확인되어 이제야 풀려났어요. 휴대폰을 압수당해 아내 전화번호도 기억나지 않아 근무하는 병원에 연락했는데 직접 와서 확인하라고 합니다."

"저도 아내와 딸이 휴거되었습니다. 남겨진 분들은 어떻게 되었어요?"

"비행기 티켓을 비싸게 구한 분들은 한국으로 돌아갔지만 이스라엘 피난처를 염두해 둔 12명이 남겠다고 해서 저와 함께 있습니다. 가족이 휴거되었다면 저는 두 증인을 촬영하려고 남아 있으려 합니다. 메일로 남겨진 분들 성함을 보낼게요. 아내는 성찬대학병원 신생아실에서 근무하고 쌍둥이 딸은 미림초등학교에 다닙니다."

말씀대원들은 한 마음으로 움직였다. 문을 열자 강아지가 힘없이 깨갱거렸다. 아이들 책상에는 성경책이 펼쳐져 있고 벽에는 말씀 암송 스티커가 붙어 있었다. 베란다 개집 위로 여자 아이 옷이 걸쳐 있었고 욕실을 열어보니 온수가 틀어져 있어 스팀이 자욱했다. 성찬대학병원으로 갔더니 신생아실에서 아기들과 함께 실종된 고PD 아내의 모습과 다른 직원이 뛰쳐나와 허둥대는 모습이 찍혀 있었다. 상황을 들은 고PD는 울먹이며 말했다.

"기독교방송국에서 잘나갈 때 유명한 목사들과 골프 치면서 아내와 아이들을 돌보지 않았고 불만을 말하는 아내에게 믿음이 적다고 나무랐습니다. 가족이 휴거되었으니 저는 이곳에 남아 예루살렘 소식과 두 증인의 설교를 퍼 나르겠습니다. 신목사님 계시록 책을 파일로 받아 성도들과 공유하고 싶어요. 저희 집에는 사람이 없으니 필요한 것 사용하셔도 됩니다."

"감사해요. 요즘 은신처 될 만한 곳 찾고 있었어요."

"그러시면 돌아가신 어머니가 지내던 시골집이 있으니 거기 가보세요. 산을 통째로 샀어요. 주소 남겨놓을게요. 주차장에 지프차 4륜구동과 산악오토바이 사용하셔도 됩니다."

"감사합니다. 이스라엘 소식 계속 업데이트 해주세요. 강아지는 저희가 데려갈게요."

말씀 대원은 바로 산으로 향했다.

로건은 만찬교회에 사업차 미국 가서 당분간 못 간다고 말해두었다. 세상이 뒤집어져 투자자들 대부분이 사업에 망하거나 기울었다. 망해도 벙커는 가져야 한다는 생각에 완공을 기다리는 자들이 있는가하면 당장 먹고 살 문제에 부딪혀 돈을 돌려 달라 쫓아다니는 자들이 있었다. 로건은 주변을 정리하고 혜란을 안심시켰다. 시스루 원피스를 입은 혜란이 와인을 챙겨 차에 올라타자 최대한 기분을 맞춰주었다.

"당신, 무척 섹시하네. 오늘은 한국에서 보내는 마지막 생일이야."

"연하남하고 살면 이정도 섹시미는 있어야지."

"경제가 좋지 않아서 빨리 벙커공사 완공하고 미국으로 떠야 할 거 같아. 당신도 간단하게 짐을 챙겨놔. 말리부 저택 봐둔 거 있는데 계약금만 보내놓은 상태야."

"나한테도 벙커취소 해 달라 전화와. 벙커 공사는 어디까지 진행된 거야? 나도 벙커를 봐야 계약자들한테 설명을 해주지."

"공사 막바지야. 잔금을 받아야 수익이 나는데 수금이 안 돼. 사람들 연락 오면 완공이 코앞이라 잔금 처리 해달라고 하면 돼."

별장에 도착해 로건이 욕실로 들어갔다. 혜란은 옷을 갈아입기 위해 안방으로 들어가자 하얀 침대 위에 놓인 것을 보고 화들짝 놀랐다. 검은 케이크에 붉은 초가 타고 있었고 축하카드가 있었다. 로건이 준비한 이

벤트라고 생각하며 카드를 펼쳤다.

'사랑하는 로건씨! 기쁜 소식 전해요. 임신 2개월이래요. 누구를 닮았을지 기대돼요. 다음주에 당신과 나, 캐나다에서 보낼 신혼을 생각하니 설레서 잠이 안와요. 뜨거운 밤을 보냈던 이 별장에서 생긴 아기라서 더 의미가 있나 봐요. 지금, 눈앞에 우리 아기가 캐나다 정원에서 아장아장 걷는 모습이 보인답니다. 사랑해요♥ 우리가 사촌이 아니라 사랑하는 사이인걸 아무도 모르겠죠? 이 밤이 지나기 전에 아기 태명을 지어주세요.'

당신의 하나밖에 없는 사랑, 유나엘로부터

혜란은 기가 막혀 헛웃음이 나왔다. 의심스러웠던 정황들이 깨달아지는 순간이었다. 케이크를 창문에 던져버렸다. 먹색 생크림이 눈물 젖은 마스카라처럼 흘러내렸다.
'이것들이 감히 나를 이용해? 하! 어쩐지...'
혜란은 차키를 들고 급하게 현관으로 걸어갔다. 로건의 명품구두를 조수석에 던지며 차를 출발시켰다. 샤워가운을 걸치고 나온 로건은 우당탕 문소리를 들었지만 금방 들어오겠지 생각하며 TV를 켰다. 화면이 지지직 거리더니 자막이 흘러나왔다.

상어 뱃속에서 살아본 기분이 어떨 거 같아?
내 남은 토막들도 찾아줘. 멀리 흘러가진 않았겠지?
네 몸은 몇 조각이 될까? 4토막? 아님 8토막?

욕을 하며 리모컨을 던지고 혜란을 찾았지만 차가 없어 불길한 예감에 전화를 걸었다.

"당신 어디 가는 거야? 왜 내 신발이 없어?"

"내가 그쪽 당신이야? 뒤통수치는 사기꾼을 믿고 모든 걸 바쳤다니, 나 지금 경찰서에 신고하러 가. 안방에 들어가면 네 애인이 기다려. 이 불결하고 추악한 악마야!"

로건은 침대에 놓인 카드를 읽고 전화기에 말했다.

"이건 모함이야. 은나엘이 미쳤어? 날 좋아하게? 텔레비전에서 이상한 얘기가 나와. 누군가의 음모야. 나의 허니! 빨리 돌아와. 당신 생일 망치고 싶지 않아."

"은나엘 불러서 꿀이나 처발라라. 이 변태새끼야!"

안면홍조가 올라온 혜란은 클랙슨을 거칠게 누르며 씩씩거렸다.

'사람을 붙여놨기 망정이지! 썩어빠진 놈한테 내가 너무 관대했어. 그 많은 금을 나를 위해 쓸 거라고 생각한 내가 바보지. 이제 너 따위에 자비는 없어.'

뭐부터 수습해야 할지 로건은 머릿속이 복잡했다. '인적 없는 마을에서 차도 없이? 저년이 신고하면? 아! 망했다.' 안절부절 슬리퍼를 신고 택시를 부르려고 무작정 별장에서 나왔다. 혜란을 욕하며 걷는데 어둔 골목에서 마주오던 남자가 우산으로 로건의 발을 걸었다.

"이 새끼가 눈깔이 삐었나, 감히 어디서 발을?"

얼굴을 치려는 순간, 남자가 먼저 로건의 멱살을 잡았다.

"이런 걸레한테 내 피같은 돈을? 널 죽이러 왔지만 돈만 주면 죽이지 않아. 내 돈 내놔."

얼굴을 알아본 로건은 태도를 급전환시켰다.

"아이고! 벙커 8호 상집사님? 완공이 얼마 안 남았으니 조금만 참아주세요. 말세에 벙커없이 어떻게 살아남습니까?"

"사업이 망해 쫓기는 신세고 가족이 굶고 있어. 한참 먹을 나이인 아들이 배고파서 수돗물로 배를 채워. 내가 준 돈 반이라도 돌려줘. 제발 부탁이야."

강집사가 입술을 파르르 떨자 로건은 힘이 없다는 걸 눈치 채고 무릎으로 사타구니를 가격했다. 여기서 탄로 나면 모든 게 물거품이 되기에 로건은 주위를 살피며 쓰러진 남자를 산 쪽으로 끌고 갔다. 나무 옆에는 준비된 것처럼 큰 돌이 놓여 있었고 신음하던 강집사 머리를 사정없이 찍었다. 돌이 피떡이 되고 나서야 그의 숨이 멎었다. 얼굴이 피범벅이 된 로건은 별장으로 돌아가 샤워하고 피 묻은 옷을 땅에 묻고 나왔다. 시신 근처를 돌아보니 까마귀 떼가 몰려오고 있었다.

토막 팔 사건이 지지부진하던 차에 일본에서 걸려온 전화로 전환점을 맞았다.

"그 문신, 제 형인 것 같습니다. 저는 일본에 살고 있고 형을 안 만난 지는 일 년이 넘었습니다."

"왜 연락을 안 하고 사신 거죠?"

"형이 졸부가 되고나서 사람이 변했어요. 뭔 얘기만하면 돈 얘기인 줄 알고 예민하길래 치사해서 연락 끊었습니다. 아무리 싸워도 명절 때는 연락했는데 소식이 없어 형수한테 연락해 보니 요즘 사업이 바쁘다며 전화를 급히 끊어 수상했습니다."

"그럼 오셔서 유전자 검사 해줄 수 있을까요?"

그렇게 동생은 검사에 응하겠다고 했다.

진혜란은 마음이 급했다. 로건이 쫓아오기 전에 모든 재산을 빼내야 했다. 기준을 매수하여 그의 뒤를 밟았을 때 여자에 대한 얘기는 없었다. 그렇다고 진실을 알고 싶지 않았다. 어차피 못 믿을 놈이라면 금이라도 챙겨야 했다. 혜란은 권기준에게 대포폰으로 연락했다.

"그놈 벨트 안에 위치추적 스티커 붙여놨어. 쓰레기 처리한 다음 연락 줘."

로건에게 중도금을 보냈던 여집사 전화가 울리자 전화기를 골목 쓰레기 더미에 던졌다. CCTV 사각지대에 미리 준비해둔 대포차에 옮겨 탄 후, 로건의 은닉재산이 있는 곳으로 향했다. 모든 운명이 이 밤에 판가름 날 것 같았다.

AΩ

태호는 홍이강의 보이지 않는 손이 되었다. 앞으로 세계 지역수장이 될 홍이강의 야망에 금이 가지 않도록 필요한 주변정리를 비밀요원들이 하고 있었다. 거슬리는 정치인이 있다면 사건을 만들기 위해 극본을 짜서 연기했고 타살이 아닌 자살이나 사고사로 위장하여 제거했다. 태호는 사형을 면했지만 살아있는 게 아니었다. 개인의 감정이란 있을 수 없었고 주민등록도 말소되어 언제 꺼질지 모르는 촛불처럼 심지가 다 탈 때까지 악하고 더러운 일을 서슴없이 해야 했다. 사형장으로 가는 순간까지 사람을 죽인 것을 얼마나 후회하고 뉘우쳤는데 또 그 일을 해야 살 수 있다니! 태호는 자신의 이름이 왜 Z13인지 알았다. A부터 Z까지 26명의 요원이 13번째 기수까지 간 것이고 마음에 들지 않거나 일을 제대로 못하면 조용히 제거 당했다. 6기 앞에 요원은 살아남은 자가 없었다. 며칠 전에도 같은 방을 썼던 B11번이 사라졌다. 홍이강이 가장 신임하는 게 카도샤라는 소문을 들은 태호는 살아남기 위해 AI다운 면모를 갖춰야 하나 고민될 때도 있었다. 유일하게 허락된 자유시간은 일 끝나고 마시는 맥주였다. 그날 편의점에서 맥주를 들고 서 있는데 박스를 나르던 알바생이 말했다.

"계산해 드..."

말하는 도중 알바생의 몸이 사라졌다. 툭, 떨어진 박스에 편의점 옷이 내려앉았다. 놀란 태호가 맥주를 떨어뜨리자 캔에서 거품이 솟구쳤다. 영화 같은 장면에 뒷걸음질 치면서 이 순간이 찍혔을 CCTV를 쳐다보았다. 비까지 내려 더 공포였다. 거리에는 중앙선을 덮쳐 전복된 차량과 구겨진 고급차가 엉켜 연기가 피어올랐다. 여기저기 비명소리에 고막이 터질 것 같았다. 오피스텔에 도착했지만 엘리베이터 앞에는 택배기사의 유니폼과 박스들이 떨어져 있었다. 계단에 들어서니 구두에 끼워진 살색스타킹과 원피스가 누워 있었다. 소름이 끼쳐서 어떻게 13층까지 올라갔는지 등은 이미 젖어 있었다. 홍이강이 고린도전서 15장 51절 말씀이 상징이라고 말했던 것이 떠올랐다. 자신의 총격사건을 검색해보았다.

윤집사의 죽음으로 어린 두 아들과 병든 아내의 고통이 더해졌다. 매주 수요일 많은 노숙자들에게 무료로 순댓국을 대접했던 그가 떠나자 식당 사장은 문 닫을 위기를 일으켜준 은혜를 잊지 못한다며 찾아왔고 노숙자들도 마지막 가는 길을 배웅했다. 그의 장례식은 눈물의 강이 흘렀다.

태호는 순댓국을 팔았던 어머니가 떠올랐다. 전투교회에 대한 분노였는데 여러 사람을 아프게 했다는 후회가 몰려왔다. 죽으면 끝이기에 더 살고 싶어 목숨 바쳐 일했는데 왜 기독교는 죽으면 끝이 아니라고 하는지 그 이유가 궁금해졌다. 윤집사의 무덤이 어디인지 알아낸 태호는 오토바이를 타고 공원묘지로 향했다. 거리마다 교통사고가 넘쳤고 주인을 잃은 펼쳐진 우산이 바람에 굴러다녔다. 막힌 곳이 많아 골목을 빠져나와 공원묘지에 도착했을 무렵 비가 그쳤다. 관리인으로 보이는 남자가 화를 내며 통화했다.

"여기 땅이 갈라지고 무덤이 벌어졌는데 지금 경찰 인력이 없어서 못 온다는 게 말이 돼요? 귀신이 나온 게 틀림없어요. 무서워 죽겠어요."

올라가는 길, 몇몇의 벌어진 무덤에는 진한 흙냄새가 났고 주변은 토사가 흘러내렸다. 윤집사의 빈 무덤을 보며 모든 게 이상했다. 장로인 홍이강은 왜 기독교의 휴거사건을 기다린다고 했을까? 왜 신주철목사가 이단이라고 분노했을까? 머릿속에는 온갖 생각들이 부딪혀 과부하였다. 고실장이 비상소집한 장소로 걸어가고 있었다. 이제 심판이 기다린다는 막연한 두려움도 밀려 왔다. 그래도 자신이 죽인 사람이 천국에 갔다니... 고마우면서도 무서웠다.

다음 날 전투교회 목사가 당당하게 영상을 올렸다.

"실종사건이 휴거라고 말하는 사람들은 성경을 몰라서 그래요. 하나님과 천상회의를 하는 나를 안 데려가신다? 있을 수 없는 일이에요. 저나 홍회장님이나 유명한 목회자가 안 올라간 것만 봐도 대규모 실종사건이 외계인설이라는 걸 입증하고 있어요. 이 땅에 남겨진 신도들이여! 사명이 있는 자는 죽지 않고 외계인이 어떻게 할 수 없을 만큼 성령의 능력이 있어요. 세상은 새로운 질서에 복종해야 하고 우리 교회도 그 질서를 따를 것입니다. 실종되지 않은 여러분은 저와 함께 하나님의 질서 속으로 들어가시길 축원합니다."

비밀요원들은 비상이 걸렸다. 이제부터 본격적인 요원들의 활약이 필요하다고 고실장이 침 튀기며 구체적 사항을 지시했다. New WCC 제도를 강제 시행시키기 위해 교회들을 찾아다녔다. 복음에 목마른 것처럼 연기하며 골수분자들을 조용히 제거하는 일을 했다. 사형장은 오줌을 쌀 정도로 두려웠는데 지옥은 얼마나 무서울까 생각하니 자신의 하는 일이 역겨워졌다. 모든 종교에 구원이 있다는 WCC 제도는 기존 기독교 교리를 파괴하기 위한 제도였는데 전투교회는 홍보대사처럼 적극적이었다. 이제 세상은 본격적인 어둠으로 빨려가는 것 같았다.

한동안 사람이 살지 않은 산골 집은 길이 지워져 은신처로 하기에 적합했다. 오목사가 말했다.

"이 땅의 진정한 피난처는 보스라 외에는 없습니다. 다만 주의 재림 때까지 양육 받으려고 은신처가 필요하지요. 장로님! 공사는 어떻게 할까요?"

"이 집하고 연결된 비밀스런 땅속 공간을 만들어 볼게요."

"신목사님이 남기신 물품을 다른 곳에도 보급해야 하니까 보관이 편한 식량, 라디오, 건전지, 식수, 랜턴, 등을 준비합시다. 의약품은 노아가 준비하고. 표를 강요받는 후반기 전까지 현금을 최대한 확보해야겠어요."

주영심이 수심이 가득해서 말했다.

"저도 현금을 보탤게요. 항암치료 받으려면 1년을 기다려야 한데요."

조장로가 말했다.

"이제 주치의를 신노아로 하세요. 몸에 칩을 받지 않으면 병원치료가 어렵답니다."

반석이는 게임을 끊고 말씀을 소리내어 읽는데 집중했더니 뇌가 새롭게 변화되는 걸 경험했다. 얼굴이 은혜롭게 바뀌었고 입에서는 찬양과 말씀이 흘러나왔다. 오목사는 지금쯤 주님과 행복한 시간을 보내고 있을 아내가 부러웠다. 신목사님과 함께 사역했던 순간들도 멋진 추억으로 떠올랐다. 고통의 무게로 따지면 7년은 두렵지만 하나님을 놓친 후회에 비하면 이 시간은 금보다 귀해 먹고 자는 것도 아끼게 된다. 휴거사건으로 진리를 찾은 자들이 한둘이랴.

휴거 후 노아에게 의사생활은 3D 업종이 되었다. 피비린내에 쩔었고 ER근무까지 병행하다보니 녹초가 되었다. 도망간 의료진도 있었지만 복음이 필요한 환자가 있기에 아직은 떠날 때가 아니라 생각했다. 아버지가 남긴 성경으로 점심시간에 삼각김밥으로 때우며 차에서 성경을 읽었다. 그 전에는 보이지 않던 말씀의 진리가 보이기 시작했다. 시편 19편 자기 허물을 능히 깨달을 자 누구리오 나를 숨은 허물에서 벗어나게 하소서 말씀처럼 노아는 성경을 읽을수록 자신의 숨은 허물이 말씀 앞에 드러났고 회개하기를 반복했다. 말씀의 뜻을 몰라도 그 말씀을 소리내어 묵상하면 하나님의 선한 방향으로 이끌어주는 것을 체험했다.

저녁 강해가 끝나고 성도들이 모여 있는데 서창호가 흐느끼며 오목사에게 전화했다.
"목사님, 저는 용서받지 못할 죄인입니다. 사기벙커에 돈을 쏟아 부어 집이 넘어갔어요. 인생이 저를 버렸습니다. 제가 죽으면 아내를 돌봐주세요."
"절대 자살은 안돼요. 지금 괴로운 게 낫지 지옥을 어떻게 견뎌요. 천국에 있는 아기, 보고 싶지도 않으세요? 거기 어디에요. 제가 갈게요."
"환난에 살아남고 싶어 덜컥 돈을 보냈는데... 김로건 연락이 되지 않습니다. 흑흑."
"사기 당한 것에 집중하면 사기꾼 따라 멸망당합니다. 내가 그 놈 멱살 잡아 줄 테니 귀한 생명 함부로 하지 마요. 남겨진 성도들은 주안에서 가족입니다. 제가 형이 되어줄게요."

그 말에 대놓고 울음을 터트리며 서창호는 전화를 끊었다. 밤새 그를 기다렸던 오목사는 한 영혼을 위해 눈물로 기도했다. 새벽 4시쯤 서창호가 돌아오자 오목사는 준비한 국밥을 먹게 했다. 서창호가 말했다.

"아기를 영원히 못 볼까봐 돌아왔어요. 어떻게 장로라는 사람이 초신자한테 사기를 칠까요? 하나님은 왜 그런 사람을 벌하지 않는 거죠?"

"그 사람은 처음부터 사기꾼이지 장로가 아닙니다. 성경에 사탄도 자신을 광명의 천사로 가장한다고 말하고 있어요. 믿는 자들이 당하는 억울함을 하나님이 아십니다. 시편 73편에는 악인은 여전히 거만하며 항상 평안하고 재물은 불어나는데 하나님을 믿는 우리는 종일 재난을 당하며 아침마다 징벌을 받는 것처럼 보이지만 17절에 보면 그 결말을 알 수 있습니다. '하나님의 성소에 들어갈 때에야 그들의 종말을 내가 깨달았나이다.' 예수님은 심판의 주로 오시어 악인을 파멸에 던지실 것입니다. 그런 하나님을 가까이 하면 잃어버린 돈이 생각나지 않을 만큼 귀하고 만족스럽습니다."

서창호는 결단하는 마음으로 물었다.

"제가 어떻게 하면 하나님을 가까이 할 수 있어요? 가르쳐 주세요."

"유행가 가사에 '그대생각 하다보면 모든 게 궁금해요' 라는 말이 있어요. 주님을 사랑하면 주님이 뭘 좋아하고 뭘 싫어하시는지 알고 싶은 게 인지상정이에요. 즉, 하나님을 사랑하는 자는 하나님의 감동으로 쓰여진 성경이 궁금해서 견딜 수 없습니다. 창세기부터 말씀을 소리내어 읽으세요. 전전두엽은 인간의 생각과 행동을 지시하는 컨트롤 타워입니다. 말씀을 읽다보면 이마에 말씀이 새겨지고 말씀의 삶을 뇌가 명령하게 됩니다. 뜻을 모른다고 지치지 마세요. 하나님은 말씀을 사랑하는 자에게 말씀으로 나타나십니다."

"그렇게 간단했어요? 내가 뭘 해야 구원받는다고 생각했거든요."

"구원은 너무 귀해서 하나님이 선물로 주신 겁니다. 아까 성도님이 나 자신이 용서가 안된다고 했던 말을 잘 생각해봐요. 자기가 섬기던 우상을 실망시키면 우리는 죄책감에 빠집니다. 돈을 신처럼 모셨는데 그 돈을 지키지 못했으니 죄책감이 드는 겁니다. 내가 신으로 섬겼던 모든 것을 내려놓으면 하나님의 길이 보이는데 그러지 못하면 죄책감에 빠져 자살로 이어져 더 큰 죄를 짓게 됩니다. 이토록 우상은 우리 삶을 갖고 노는 가짜 신처럼 행세합니다."

"제 행동의 숨은 의도를 알게 되니까 내 안에 있던 우상의 정체가 보이는 것 같아요. 이걸 모르고 죽었다면... 생각만 해도 끔찍합니다."

"내가 말씀을 지키는 것 같지만 실제로는 말씀이 나를 지켜줍니다."

벙커를 계약한 사람들은 통보한 날짜에 약속을 지키지 않아 사기죄로 고소하려고 모였다. 강집사가 살해당했고 세 사람이 실종되어 남은 피해자들이 대형로펌 변호사를 선임하여 김로건과 만찬교회를 고소하였다. 7년환난에 집이 무슨 필요가 있냐며 하나님이 그를 벌해주기를 기도하며 서창호는 참여하지 않았다. 경찰수사가 시작되자 사기꾼인 줄 알면서 장로로 임명했냐며 시끄럽자 최학주는 김로건이 가짜 이명증서를 제출해서 교회도 피해를 입었다며 억울함을 호소했다. 저런 범죄자를 장로로 만든 만찬교회도 정신적 피해보상을 해야 한다고 고소장을 접수했다. 김로건사건은 기독교를 범죄 집단으로 낙인찍는 신호탄이 되었다.

로건이 골드바를 명품 하드 캐리어에 숨기는 것을 몰래 촬영했기에 혜란은 똑같은 캐리어에 가짜 골드바로 채워 차에 준비해두었다. 그때 기준에게 걸려온 전화,

"마취 놔서 트렁크에 넣었습니다. 말씀하신 장소에 파묻을까요?"
"지문 떠야 하니까 아직 죽이지 마. 마지막 인사는 하고 보내야지. 그 주유소로 와. 부슬부슬 비오고 안개도 끼어서 쓰레기 처리하기 딱 좋네."

대외적으로 알려진 사건이라 수사가 활기를 띠었다. 은나엘을 조사했지만 그녀는 펄쩍 뛰며 로건과의 관계를 부인했다.
"제가 코인 했다가 쫄딱 망해서 급전이 필요했어요. 매니저가 그냥 사촌이라 해주면 3억 준다고 연결해 줬는데 3천 받은 게 전부예요. 제 미모에 어딜 봐서 그런 남자 하고? 저도 남자 보는 눈이 있어요. 그런 스타일 딱 구리거든요!"
"한 달 전 연예인들 그곳에서 술파티한 건 어떻게 설명하실래요?"
"잔금 한 달 뒤에 준다면서 미안한 마음에 챙겨준 거예요. 별 뜻 없어요."

약속장소에서 혜란과 권기준이 만났다. 휴거된 차량이 돌진하여 주유소를 덮쳐 대형화재가 발생했고 가로등까지 불타 주변이 어두컴컴했다. 혜란은 지문을 쉽게 따기 위해 권기준의 트렁크와 맞닿게 차를 세우라고 했다. 망을 보려고 뒤돌아선 혜란은 담배를 피웠다. 어쩐 일인지 기준은 트렁크를 열어 로건의 밧줄을 풀어주었다. 초조함에 뒤돌아본 혜란에게 로건의 주먹이 날아왔고 쓰러진 혜란에게 기준이가 수갑을 채웠다. 혜란이 악랄하게 저항하자 로건이 말했다.
"너 엿 됐어! 네가 날 의심하길래 봤더니 기준을 매수했더라? 그래서 더 많은 돈을 주고 이놈을 샀지. 지옥에서는 아는 척하지 말자. 늙다리 아줌마는 딱 질색이거든."
혜란은 이제야 상황을 파악했는지 손을 떨며 목숨을 구걸했다.

"제발, 살려줘. 너 아직 나 필요하잖아. 네가 도망가게 뒤를 봐줄게. 내가 남편을 버려가면서까지 널 믿었는데 어떻게 나한테 이래. 이러면 안 되잖아."

"왜 이러면 안 되는데? 네 욕심 때문에 날 이용한 거지 날 사랑해서 그랬어? 사랑했다면 은나엘도 내가 아니라고 했을 때 믿었어야지. 어차피 널 버릴 생각이었어. 잘 가라."

로건이 눈짓을 보내자 기준은 주머니에 있던 칼로 혜란의 목을 그었다. 그때 안개가 거짓말처럼 걷히며 피가 쾅쾅 쏟아지는 혜란의 모습이 달빛에 훤히 드러났다. 달리던 차량의 상향등도 세 사람을 비추고 지나갔다. 놀란 로건은 재빨리 운전석에 앉아 기준에게 지시했다.

"왼쪽 캐리어 네 차에 싣고 그 벙커에 저년하고 같이 묻어버려. 계약자들이 파 볼 수 있으니까 가짜 금이라도 넣어야지. 자! 골드바 열개 받아. 일 끝나면 열개 더 줄게. 빨리 움직여."

로건은 차명으로 구입한 양평 산 아래 전원주택으로 향했다. 긴장하느라 너무 피곤했다. 금이 담긴 캐리어를 옆에 두고 소파에 잠깐 누웠다가 자기도 모르게 단잠을 자버렸다. 이른 아침 걸려온 기준의 전화, 잔뜩 화가 나 있었다.

"도금을 주고 잠이 오십니까? 주신 금이 왜 자석에 달라붙을까요? 누님을 배신했는데 저한테 이러시면 안 되죠. 경찰에 모든 걸 까발리겠습니다."

로건은 숨넘어가게 말했다.

"뭔 소리야? 가짜라니! 잠깐 기다려봐."

금을 꺼내 냉장고에 갖다 대니 찰싹, 달라붙자 로건은 망연자실했다. 기준에게 말했다.

"어제 네가 묻은 가짜가 진짜였나 봐. 빨리 만나자. 누가 거기 가기 전에 우리가 금을 손에 넣어야 해. 이 일을 제대로 해내면 골드바 스무 개다. 알겠지?"

두 사람이 만나 벙커 주변을 탐색하는데 이미 주차된 차가 서너 대 있었다. 차에 숨어있던 로건은 골드바를 빼앗길까봐 마음이 초조했다. 투자자들로 주변이 시끄러웠다. 한 남자가 철문을 강제로 연 후 말했다.

"이 사기꾼 새끼, 수많은 입간판 좀 봐라. 벙커에 해놓은 짓이 문짝 하나 달아놓고 벙커1호부터 40호까지 간판만 바꿔 우릴 속였어. 문짝 하나로 마흔 개를 팔아먹는 놀라운 놈이네."

금속탐지기로 찾은 남자가 여기네! 하고 소리쳤다. 기준은 산불 진화대 점퍼를 입고 순찰하는 척 다가갔다. 사람들이 삽질하다가 시신을 먼저 발견했다.

"이놈이 지 마누라도 죽였네."

"구더기 들끓는 시체 저리 치우시오. 금이나 찾읍시다."

금이 담긴 캐리어가 나오자 다들 흥분했다. 기준이 어슬렁거리자 금이라도 빼앗길까봐 경계하며 말했다.

"여기는 개인 소유지라서 들어오시면 안 됩니다."

로건은 속이 타들어갔다. 바보같이 진짜 캐리어를 묻다니... 왼쪽 캐리어를 묻으라고 말했지만 기준이 볼 때 오른쪽이었다. 사람들은 캐리어를 망치로 부셔 골드바를 꺼내자 서로 가지겠다며 싸웠다. 이성을 잃은 남자들은 먼저 여성의 머리채를 잡고 끌어냈다. 나가떨어진 여성이 독기를 품고 남자의 팔을 물어뜯었고 개 싸움하듯 금을 쓸어 담았다. 저 인간들을 어떻게 죽이나 로건이 고민하는데 갑자기 땅이 그렁그렁 소리를 냈다. 나무뿌리가 뽑힐 듯 흔들리며 자동차가 출렁거렸다. 지진의 흔들림

속에서도 사람들의 시선은 금에서 떠나지 않았다. 제일 많은 금을 쓸어 담은 남자의 가방을 다른 남자가 잡아채 도망가며 소리쳤다.

"다들 비켜! 이 금은 내거야!"

로건이 미리 설치한 철사 줄에 달려오던 남자가 넘어져 가슴을 다쳤고 폐에 바람이 빠져 숨넘어가게 말했다.

"여기 그놈이 있..."

"응, 나 여기 있어. 그러게 왜 남의 금에 손을 대!"

지진이야말로 하늘이 도운 기회라고 생각한 로건은 가방을 끌어안고 내달렸다. 나무 뒤에 숨어있던 기준이가 사악하게 웃는 로건의 이마를 망치로 때린 후 깔깔거리며 말했다.

"나한테도 인생역전이 오는구나."

로건을 향해 쓸려온 붉은 토사는 벌어진 그의 입에 쿨렁쿨렁 들어갔고 정수리까지 빈틈없이 덮어버렸다. 반대편으로 내려가던 기준은 뿌리가 뽑힌 큰 나무에 깔려 금가방을 놓쳤고 배가 터져 내장이 튀어 나왔다. 산사태가 시작되어 산 전체가 와르르 무너져 그곳은 대자연의 무덤이 되었다. 비명소리는 땅이 우는 소리에 파묻혔고 그제야 휴대폰에는 '경기도 일대 규모 6.5 강진 발생. 안전한 곳으로 대피바람. 산사태 시작.' 재난문자가 뒤늦게 발송되었다.

서울에도 집이 흔들려 서창호 부부는 곧바로 교회로 달려갔다. 오목사를 향해 말했다.

"김로건이... 죽었습니다. 뉴스 영상 보십시오."

잃어버린 반려견을 찾는다고 드론을 띄웠던 분이 우연히 촬영한 산사태 영상입니다. 골드바를 서로 갖겠다며 싸우다가 지진과 동시에 산사태가 났고 거기 있던 사람들이 모두 땅속으로 빨려 들어가는 장면이 찍혔습니다. 상어가 토해낸 토막 난 팔의 주인이 진짜 김로건이었고 그의 행세를 했던 가짜 손우민은 진혜란의 내연남으로 사기행각을 벌인 것으로 밝혀졌습니다.

은나엘은 돈 욕심에 끼어들었다가 이미지만 망가지고 말았다. 3천만 원도 뱉어야 했고 남은 돈도 물 건너갔다. 방송섭외도 끊겨 술로 보내는데 모르는 전화가 울렸다.
"은나엘씨? 영화 시나리오 한 번 읽어 보시겠습니까?"
"누구…시죠?"
"은나엘씨 이미지를 바꿔줄 사람입니다. 장소와 시간 문자로 보내드리겠습니다."

오목사가 성도들에게 말했다.
"인간은 죄인이지만 예수를 영접한 자는 십자가라는 담보물을 가지게 됩니다. 육신이 죽는 순간 우리 영혼이 십자가라는 담보물을 내밀면 지옥의 문을 이기고 주님 품에 안깁니다. 우리가 심판대 앞에 설 때 예수님이 우리를 변호해주신다는 데 이것보다 큰 복이 어디 있겠습니까? 하나님을 원망하던 누군가는 마약하며 기독교인을 죽이기도 합니다. 지금은 어디나 안전할 수 없는 환난의 시간입니다. 억울한 일이 있겠으나 하나님은 그 억울함을 신원하여 재앙을 내리실 것이고 재림의 순간 악인들을 확실히 심판하여 주십니다."
서창호가 말했다.
"저는 그 소중한 주님의 담보물을 잃어버릴 뻔 했습니다. 말씀을 읽다 보니 나도 모르는 죄악들이 생각나 회개하지 않을 수 없었습니다. 제 삶은 주님 것입니다."

밤에 노아에게 전화한 한나는 고민이 깊어보였다.

"할로윈 무대에 서지 않겠다고 떼를 썼더니 아빠가 이전에 계약금 5억 받았고 그 돈은 제 이미지를 위해 사용했대요. 위약금이 20억이라 피할 방법이 없다는데 도살장에 끌려가는 심정이에요."

노아가 대답했다.

"귀신의 행사라서 어떻게든 도망쳐야 돼. 지금 전염병환자와 접촉해서 나, 병원에서 격리중이야. 오목사님 차가 오면 바로 도망쳐. 내가 따라갈게."

"이젠 아빠가 무서워요. 대화도 안 통해요."

오목사와 조장로는 그날 한나를 창문으로 탈출시키기로 했다.

아침부터 가을비는 휴거의 사건을 씻어내리는 듯 세차게 내렸고 비가 그칠 무렵 안개가 심해 전국에 안개 경보가 내려졌다. 차량은 거북이였고 비상등 켜고 달리다가 다중추돌사고가 곳곳에서 발생했다. 6시부터 진행되는 할로윈축제는 압사사고를 예방하려 QR코드가 있는 자만 들어올 수 있었다. 세빛섬 야외에서 열리는 무대 세팅과 조명 작업이 오전부터 진행 중이었다. 한나는 오목사 차가 오지 않아 발을 동동 굴렸다. 최학주가 보채며 한나를 차에 태웠다. 너무 싫어했던 전매니저가 운전석에 있어 한나가 왜 그쪽이 왔냐고 묻자 그가 말했다.

"왜 내가 아니면 안 되지? 아버님은 나를 인정하는 쪽인데 한나씨만 안 반가워하네. 나 한나씨가 너무 보고 싶었어."

역겨웠지만 도망칠 궁리에 집중하느라 대꾸하지 않았다. 자신이 탄 차가 사고라도 나길 기도했지만 매니저는 안전하게 4시쯤 도착했다. 행사 총무가 한나에게 다가와 분상실 부스로 들어가라 했다. 일찍 도착했던 무당들은 칼춤을 연습 중이었다. 출입구에는 관객을 위해 귀신분장을 해주는 부스도 마련되었다. 티니그룹 다른 멤버는 출연료가 역대급이라며 좋아했다. 첫 번째 무대로 동성애 그룹인 남자 아이돌 춤이 펼쳐졌고 어둠도 더해졌다. 안개로 무대가 보이지 않아도 소리만으로 열광하며 형광봉을 흔들어댔다. 티니그룹이 올라가 음악이 시작되자 조명에서 은빛 조각들이 티니그룹에 쏟아졌고 사람들은 떼창하며 몸을 흔들었다. 노래가 끝나도 엎드려 있는 걸 이상히 여긴 매니저들이 올라갔다. 위에서 떨어진 건 조각난 수천 개의 커터칼날이었다. 얇은 무대의상이어서 온몸이 피로 낭자했다. 관객들은 약에 취했는지 참혹한 시신이 나가는 데도 알지 못했다. 다음 순서로 무당들이 낭자한 피 위에서 칼춤을 추다가 미끄러져 머리를 다쳤다. 사람이 죽어나가도 축제의 열기는 식을 줄 몰랐다.

그날 밤 뉴스는 티니그룹이 공연 중 사망했다고 보도했다. 오목사는 운전하다가 타이어에 펑크가 났고 접촉사고로 이어져 갈 수 없었다. 일부 남자들은 유행하는 드라큘라 네일아트로 여중생의 눈을 찔렀고 어떤 놈은 심장을 찔러 죽게 했지만 안개는 모든 것을 은폐하기 좋은 배경이 되었다. 드라큘라 손톱은 남자들 사이에 신무기로 자리 잡아 성폭행에 사용하기도 했다.

딸의 사망소식에 충격 받은 한나 엄마는 통곡하다 실신했다. 노아는 무증상이라 잠시 외출허락을 받고 영안실로 내려갔다. 과다출혈로 쇼크사했다는 그녀의 얼굴은 참혹해서 볼 수가 없었다. 장례식장에 한나 이름이 걸려있는 걸 보고 노아는 황망해서 펑펑 울어버렸다. 환난 초기부터 마음이 무너지니 아버지가 너무 보고 싶었다. 그때 전매니저가 장례를 준비하던 최학주에게 귓속말을 하자 최학주는 전매니저의 따귀를 때렸다. 노아는 최학주가 그래도 딸을 아꼈다는 생각이 들어 눈시울이 붉어졌다. 밖에서 울고 있는데 오목사한테 전화가 왔다.
"교회로 혼자 조용히 와줘. 지하로."
먹먹한 얼굴로 노아가 지하로 들어가자 거기에 한나가 누워있었다.
"어떻게 된 거에요? 지금 한나 시신을 보고 왔는데…"
입술은 터지고 이마는 찢어지고 다리는 부러졌다. 의식이 없는 한나를 병원에 데려가려고 하자 오목사가 만류했다.
"이 편지 읽어봐. 지금은 대환난 시대야."

지금부터 최한나는 죽은 사람입니다. 철저히 숨어 살아야 합니다. 무대에서 죽은 여자는 제가 만든 인물입니다. 제가 누군지 알려 하지 마십시오. 만약 최한나가 살아 있는 것이 드러난다면 목숨이 위태로워집니다. 저들은 한나를 희생제물로 택했기 때문입니다. 부디 제 수고가 헛되지 않도록 최한나를 잘 숨겨주십시오.

노아는 희생제물이 뭐냐고 오목사에게 물었지만 일단 치료부터 해야 했다. 다리를 고정시킨 후 한나에게 주사를 놓고 한숨 돌리자 오목사가 말했다.
"내가 신목사님을 싫어했던 이유 중 하나가 블로그에 올린 글 때문이었어. 몇 명의 연예인 자살을 인신제사라고 하는 게 너무 싫었거든. 휴거사건 후 목사님이 올린 글을 다시 성경의 사건과 비쳐보았는데 신명기 18장에 나오더라. 모세는 가나안 입성을 앞둔 이스라엘 백성들에게 '그 아들이나 딸을 불 가운데로 지나게 하는 자나 복술자나 길흉을 말하는 자나 요술하는 자나 무당이나 진언자나 신접자나 박수나 초혼자를 너희 중에 용납하지 말라.' 라고 엄격하게 명령했어. 이는 사신우상을 숭배하는 가나안의 풍습을 쫓지 말라는 건데, 자식을 불태워 몰렉에 바쳤던 인신제사를 엄격히 금하신 말씀이거든. 그러니까 인신제사는 성경의 역사 가운데 계속 있어왔고 현재는 일루미나티가 자신의 신에게 인간의 죽음을 바치는 것을 사고로 위장하여 자행하고 있어."

"인간이 인간을 제물로? 그 이기심은 어디서 나왔을까요?"

"철저히 자기를 사랑하는 마음에서 비롯되었지. 권력을 얻기 위해 드리던 인신제사는 지난 역사에만 있는 게 아니라, 지금도 사탄을 숭배하며 부와 권력을 얻기 위한 일루미나티 사이에서 벌어지고 있어. 미국엔 사탄 숭배 절기가 되면 갑자기 어린 아이와 여자들의 실종사건이 급증했어."

"며칠 전 시청에서 기독교를 탄압해야 한다는 집회가 있었는데 참석한 사람들을 경찰이 보호하는 걸 봤어요. 이제 기독교는 세상에서 완전 불법이 되었어요."

한나를 치료하던 노아는 잃어버린 여동생을 찾은 것처럼 안도감이 들었고 가족같이 소중해졌다. 뉴스에는 할로윈축제 때 희생된 사람들에 대한 보도가 뒤로 밀려났다. 많은 사람이 끼니를 걱정해야하는 불안감, 소소했던 행복이 다시 올 수 없는 걸 알게 된 사람들은 죽음을 택하거나 마약하며 당장의 고통을 떨쳐버리려 몸부림쳤다. 접근성이 가까워진 마약을 두 가지 이상 한 자는 좀비가 되어 거리의 검은 영혼이 되어버렸다. 혼란에 빠진 사람들은 '하나님은 죽었다' 거리마다 낙서하며 분노를 표출했다.

루카수장은 새정부의 기본법으로 강화된 차별금지법을 시행한다고 발표했지만 결국 기독교인을 합법적으로 핍박하기 위한 법이었다. 뉴스에서 루카수장은 호소했다.

"아직도 대규모 실종사건을 예수가 일으켰다고 말하는 자가 있습니까? 기독교가 말하는 천국과 지옥 누가 만들었나요? 가본 사람 있습니까? 하나님이 사람을 판단해서 누구는 데려가고 누구는 남겨놓는 게 진정한 신입니까? 누가 감히 인간을 판단할 자격이 있습니까? 각자의 인생은 각자의 몫입니다. 내가 하나님이라면 차별 없이 여러분을 대할 것입니다. 킹덤나우! 하나님 나라는 이땅에서 살고 있는 여러분들에 의해 이뤄지는 겁니다. 하나님 나라가 저기 있다고 말하는 자를 경계하십시오. 저는 이 모든 혼란과 절망이 이기적인 기독교에서 출발했다는 사실을 좌시하지 않을 겁니다."

주영심이 전에 알던 박권사와 지권사를 창가교회로 데리고 왔다. 두 사람은 휴거되지 못한 사정을 이야기했다. 박권사가 먼저 말했다.
"저희교회 김목사님은 환난 중간을 주장하시며 자신은 한반도 증인라고 말씀하셨어요. 7번째 나팔재앙 때 휴거사건이 일어난다고 하셨던 유튜브 설교로 유명했었죠. 교인들은 6번째 나팔재앙까지는 주님 안 오시니 그때까지 즐기자는 사람과 나팔재앙이 시작되었으니 전재산을 바치자는 이도 많았습니다. 이스라엘을 사랑하는 자는 형통하리라는 말씀의 근거를 가지고 저는 이스라엘 교회에 헌금했고 중동에서 무슬림들을 전도했습니다. 많은 사람이 김목사님에게 열광하니 설마 그것이 잘못될 리가 없다며 굳게 믿었지요. 그런데 저희 모두 남겨졌습니다. 외계인설을 믿고 싶을 정도로 처참했습니다. 제 딸이 그날 강릉으로 놀러가다가 운전자가 사라진 차량과 정면충돌하고... 딸의 시신을 보며 얼마나 하나님을 원망했는지 모릅니다. 내가 이스라엘을 사랑했는데 무슬림들한테 계란 맞아가며 복음을 선했는데 어떻게 나한테..."
충격을 다스리는 박권사 옆에서 지권사가 말했다.

"휴거 때 목사님이 연락이 안 되길래 혼자만 올라가셨나 생각했는데 본인도 당황하셨는지 며칠 숨어 있다가 주일에 나오셨어요. 왜 남겨졌냐 물었더니 대환난 때 한반도의 증인이라서 남겨졌데요. 그동안 낸 헌금 돌려달라 각목 들고 분노하는 사람들과 하나님의 증인한테 이러면 천벌 받는다며 말리는 신도들이 엉켜 아수라장이 되었죠. 휴거 후 통곡의 벽에 진짜 두 증인이 나타난 걸 본 김목사님이 며칠 전 자살했어요. 저희도 두 증인을 보니 내가 뭘 믿은 건지 머리가 복잡해요. 우리는 짐승의 표를 받지 않기로 작정한 교회였고 특별히 나라를 위해 영적인 최전방에서 싸웠던 휴거될 신부들이었어요. 이왕 우리가 남겨졌으니 사명이 있는 것도 맞겠지요?"

잠시 숨을 고르고 오목사가 말했다.

"휴거의 사건으로 믿음의 신부들이 올라가고 교회의 사명은 끝났어요. 교회를 대신해서 이스라엘이 민족적으로 회개하고 사명감당하도록 하나님이 허락하신 마지막 한이레의 사건이기 때문에 교회와는 상관없습니다. 1948년 이스라엘 독립이 역사 속에 다시금 등장한 것은 하나님의 예언이 이뤄짐을 보여준 사건입니다. 7년환난을 묘사하는 계시록 6장부터 19장까지 교회라는 단어가 나오지 않습니다. 우리가 제대로 된 믿음이 아니라 남겨진 거예요. 환난중간 휴거설은 휴거날짜가 나오기 때문에 그 날과 그 시를 알 수 없다고 하신 말씀에 위배됩니다. 이스라엘을 사랑하는 건 성경적이고 귀한 일이지만 권사님은 복받기 위해 하셨어요."

응어리가 터져버린 박권사가 화를 내었다.

"왜 내가 남겨졌는지 생각만 해도 피가 거꾸로 솟아요. 지인이었던 정집사는 볼품없는 작은 교회 다녔어요. 성가대도 없고 인테리어도 후져서 거기서 뭘 배우겠냐며 우리교회로 데려오려고 했었는데 휴거되었다니!

도대체 휴거의 기준이 뭐였어요? 이 반지는 주님의 신부 언약식하고 맞춘 금반지에요. 어떻게 주님이 우릴 안 데려가 놓고 한마디도 없지요? 이게 실화에요?"

오목사가 안타까운 마음으로 말했다.

"일자무식이라도, 이스라엘을 몰라도 진심으로 예수를 영접했다면 그분은 휴거의 대상이 됩니다. 김목사는 예루살렘 회복을 위한 사람의 역할을 강조하기 때문에 환난통과설을 주장한 겁니다. 신사도 운동에 앞장섰던 자들이 카톨릭의 사주를 받고 미혹한다는 걸 보셔야 해요. 가인을 보십시오. 하나님께 이렇게 풍성하게 제사 드렸는데 내 예배는 안 받고 동생 아벨의 제사만 받았다고 화가 나서 결국 동생을 죽였어요. 가인은 자기 생각으로 하나님이 당연히 내 예배를 받아야 한다고 생각했어요. 권사님은 모든 판단의 기준이 본인이세요. 600만 유대인을 학살했던 독일의 나치당은 빨갱이가 아니라 극우주의자들이었어요. 저도 우파를 지지하지만 극우성향은 다릅니다. 극우나 극좌는 일루미나티 전략에 이용당한 이데올로기 일뿐입니다. 극우적인 사상이 적그리스도의 등장을 돕는 거짓선지자가 될 수 있습니다. 홍이강을 동북아시아의 빛나는 인물로 세워준 건 극우세력이었습니다. 그 홍이강이 비밀세력을 심어 기독교를 파멸시키고 있어요. 극좌파는 대놓고 기독교를 핍박하고요."

얼굴이 붉어진 지권사가 화를 냈다.

"잠깐! 그럴 리가 없어요. 우리가 믿었던 분이... 그분이 선교지에 세운 교회가 몇이나 되는 줄 아세요?"

"그렇게 교회를 많이 세운 분이 결론은 남겨지셨어요. 맹목적으로 정치인을 따라가면 우상숭배가 됩니다. 세상 정치인은 끝이 다 실망스럽습니다. 그래서 예수님이 오셔서 다스리는 나라가 천년왕국인거에요. 1계명을 회복하지 않으면 절대 답을 얻지 못할 겁니다."

두 권사는 불쾌한 표정으로 인사도 없이 나가면서 주영심에게 말했다.
"저 목사님! 빨갱이시네. 좌파를 두둔하는 그런 목회자는 딱 질색이야. 위로해주지 못할망정 감히 우릴 판단해? 지가 하나님이야? 건방지게."

다음날 박권사가 영심에게 전화했다.
"우리 백성주목사한테 상담했는데 오목사랑 비교되더라. 시원하게 답해주셔서 이 교회로 가기로 했어. 주권사도 올래? 우린 바로 응답받았어."
"그냥 창가교회 있을래."
"백목사는 성령의 은사를 임파테이션 해주기로 유명해. 서로 기도받겠다고 전국에서 몰려와. 이번에는 틀리지 말아야지 하는 심정으로 옮겼어. 강력한 이끌림이랄까?"

이들의 생각을 전해들은 오목사는 영상으로 설교했다.
"여러분, 나병환자가 고통을 느끼는 것 보셨습니까? 고름이 흘러 코가 떨어져 나가도 감각이 없으니 고통을 못 느낍니다. 이 얼마나 비정상입니까? 고통을 느끼고 아픔을 깨달아야 인간입니다. 이제 말씀 앞에서 우리 영혼을 수술 받아야 해요. 내가 우상 삼았던 것을 내려놓지 않으면 이 7년은 지옥 가는 길목밖에 되지 않습니다. 내가 잘못 믿었던 신념들이 우상이 될 수 있습니다. 우리에게 고통스런 7년을 주시면서 두 번째 구원을 허락하신 하나님의 의도를 알아야 합니다. 말씀을 내 뜻대로 해석해서 자신의 길로 가면 결국 배도자가 됩니다."

다음 날 문기자가 오목사를 찾아왔다.
"복음의 올바른 방향을 제시한 그 뉴스보고 통쾌했어요."
"이스라엘 고PD님하고 통화했습니다. 저도 두 증인 설교 듣고 복음의 막차를 탄 사람입니다. 하나님을 안 믿고 어떻게 이 환난을 견딜 수가 있겠어요. 제가 찾아온 건 휴거되신 신목사님 블로그가 사라져서요."

"그뿐 아니라 성경구절도 검색이 안 됩니다. 목마른 자들에게 책을 나눠주지만 지금은 불법이라 조심스럽게 전달하고 있습니다."

"악플이 달릴 만한 기독교 기사를 가져오라고 편집국장이 닦달해요. 전에 적그리스도에 대해 기사 냈다가 엄청 혼났지만 앞으로 일곱인의 재앙, 나팔 재앙, 대접재앙을 순서대로 기사를 써서 미리 불신자들에게 경고하고 싶어요. 몰라서 지옥 가는 일 없도록."

"너무 귀한 일인데 기자님 목숨이 위태로울 수도 있어요."

"중간에 해를 입더라도 다른 사람이 올리도록 기사를 써 놓으려고요."

오목사가 usb를 건네며 말했다.

"성경을 모르는 자도 이 기사와 실제 재앙을 보면서 하나님을 인정하지 않을 수 없게 될 것입니다."

그날 밤 성도들이 모여 회의했다. 노아가 먼저 말했다.

"한나씨 장례식이 끝났고 주민등록도 말소되었어. 누군지 모르지만 그분 생명의 은인이다."

"야구모자 쓴 남자가 의상이 바뀌었다며 따라오라고 했어요. 그때 반대편에서 폭발음이 들렸고 경호원들이 그쪽으로 몰리는 틈을 타 그 남자가 내 손을 잡고 도망쳤어요. 안개 속에서 뛰다가 흡혈귀 분장을 한 사람과 부딪힌 후 의자에 걸려 넘어졌어요. 뼈가 부러진 것 같다 했더니 남자는 저를 업고 경찰 오토바이에 태워 달아났어요. 다리가 덜렁거렸지만 거기서 탈출했다는 것만으로 기뻤어요. 안개가 아니었으면 저는 죽었을 거예요."

오복사가 말했다.

"저번 주에 무슬림들이 예배하자해서 안 된다 했더니 정부에 신고해서

세금을 폭탄으로 청구했어요. 종교통합 위반이래요. 환난을 실감하게 되네요."

한나가 걱정하듯 물었다.

"요즘 북한 때문에 군대를 소집한다는데 노아씨랑 서성도님도 가야 하나요?"

전쟁터지면 자신은 의무병으로 간다고 노아가 대답하자 서성도가 말했다.

"기사 보니까 군인들은 위치추적과 시신 수거를 위해 칩을 받아야 한데요. 지금 군대 가는 건 적그리스도의 세력에 복종해야 하는 시스템이라 꺼려집니다."

오목사가 말했다.

"군인에게 표를 강요한다면 은신처로 숨어야 합니다."

교황은 전세계 국민들에게 메시지를 보냈다.

"세상의 교회들이 church of one 일치된 교회의 길을 가고 있어 종교로 인한 전쟁은 더 이상 일어나지 않을 것입니다. 이전의 성경은 인간을 공포의 도가니로 몰아넣었던 불법의 책입니다. 이제 바티칸에서 새롭게 개혁한 성경을 읽으시길 바랍니다. 새 성경으로 불교는 기독교에게 손을 내밀고 기독교는 모든 종교를 품어주는 연합된 예배를 드려야 합니다. M십자가가 걸려있거나 New WCC에 가입되어 있으면 안전한 교회니 그곳으로 가시길 권장합니다. 하느님은 분열된 종교가 하나로 될 때 기뻐하시고 복을 내려 주십니다."

국방부장관은 휴거이후의 인구조사를 토대로 징집령을 내렸다. 베리칩 시범국가답게 징집된 군인들은 칩을 받아 더 많은 특혜를 받으라고 홍보했다. 배고픈 자들은 자발적으로 군대에 갔지만 전쟁이 무서워 숨는 사람도 많았다. 오목사는 새로 배포된 새 성경의 위험성을 말했다.

"휴거 이전의 성경을 반드시 사수하시기 바랍니다. 간음한 여인이 붙잡혀 왔을 때 예수님이 용서를 베푸시면서 죄있는 자가 돌로 치라 말씀하셨지만 바티칸 성경은 예수님 자신이 간음한 여인을 돌로 쳐 죽이는 것으로 묘사되고 있습니다. 이 얼마나 끔찍한 변질입니까? 이전 성경을 소지한자 배포자 모두 처벌되니 특별히 조심하시기 바랍니다. 경찰서 앞에는 참된 성경을 불태우는 드럼통이 활활 타고 있습니다. 진리를 알아보는 성도가 되어야 합니다."

북한주석은 자신이 북한에서만 왕이지 세계정세에서는 인정받지 못한다는 걸 알고 있었다. 지하교회 성도들이 휴거되자 주석에 대한 흉흉한 소문이 번져갔고 배고픈 주민들의 성난 민심이 극에 달했다. 코너에 몰린 북한주석은 명령을 내렸다. 북한이 보유한 수백 개의 드론으로 남한에 고성능폭발물과 생화학무기를 운반했다. 중국에서 보류하라고 했으나 서울 중심에 미사일을 발사했다. 반포대교가 있는 한강쪽에 떨어진 미사일로 수많은 빌딩과 다리가 파괴되었고 드론폭발물은 국회의사당을 무너뜨렸다. 도로가 터지고 싱크홀이 생겨 사람과 차와 건물이 빨려 들어가 인명피해는 헤아릴 수 없었다.

부산에는 사린가스를 살포해 한 지역에 수천명이 사망하는 일까지 더해져 휴거 이후 한반도는 최악의 고통에 몸부림쳐야 했다. 한반도는 바로 전면전을 선포, 데프콘 1단계를 발령하며 징집령과 국가 총동원령을 내렸다. 도로사용권은 군부대 우선으로 일반 차량은 진입할 수 없었다. 대통령과 국방부장관은 지하벙커에서 부랴부랴 공격지시를 명령했다. 미군이 전쟁에 참여했으나 많은 이들의 휴거로 인해 나라의 기강이 흔들린 야전이 전쟁에도 영향을 미쳤다. 일본 자위대도 전쟁에 참여했다. 한국도 북한에 미사일을 발사했고 탱크들이 38선으로 몰려가며 전쟁은 본격화 되었다. 국민들은 도망가기 위해 공항과 철도로 달려갔지만 모든 운송수단이 올스톱되었다. 여기저기 초토화되자 살아남은 자들은 허공에 대고 울부짖었다.

러시아가 무기를 지원해주어 북한의 핵공격이 변수로 떠오르자 세계전쟁으로 번질 위기에 놓였다. 북한이 하와이에 있는 미 군사기지에 핵을 발사하려 할 때 미군은 북한 위원장의 벙커를 100m지하까지 파괴하는 벙커마스터 미사일로 폭격했고 최측근의 지하벙커도 잿더미로 만들었다. 평양으로 발사된 미사일 폭격에 북한의 당 지도부가 무너지자 북한의 공격이 무력화되는 것처럼 보였다. 그때 지하벙커에서 군의 보고를 받던 남한의 대통령을 암살하는 사건이 발생, 사린가스테러로 전원 사망했다. 언론은 남한에 미리 잠입한 간첩이 저지른 북한의 소행이라고 보도했다.

루카수장은 세계전쟁으로 커지지 않게 자중하라며 미국 대통령에게 전쟁을 종식시키라고 말했다. 세계 언론은 평화에 위배되는 정권은 세계가 용납하지 않을 거라며 공산주의는 궤멸될 것이라 강조했다. 중국도 자신의 안위를 위해 루카의 눈치를 보며 한반도 전쟁을 멈추라고 권고했다. 38선의 철책은 무너졌고 북한 군대는 타격을 입었고 주민들은 혼비백산이었다. 전쟁은 마무리 되었지만 남북한 모두 폐허가 된 곳이 많아 휴거사건 이후 최대의 사망자가 나올 것이라 내다보았다. 남한의 군대에 무인드론으로 탄저균테러를 해 많은 군인이 희생당했고 미사일로 인한 민간인의 희생과 참상이 보도되며 세계정세의 불안한 시선을 증폭시켰다.

대통령이 암살당해 하루빨리 대선을 해야 했지만 전쟁상황이라 국민들에게 전자투표로 대신하자고 제안했고 4명의 후보 중 홍이강이 당선되었다. 세 명의 후보는 듣보잡 인물이어서 이게 무슨 투표냐고 항의하고 싶어도 국민들은 현실의 고통이 크다보니 정치에 외면할 수밖에 없었다. 언론은 홍이강에 대한 기대감을 상승시키는 보도를 이어갔다.

미국은 생각보다 높은 금액의 군사비용을 청구했고 일본은 이 기회를 노렸다는 듯 독도를 달라고 요청했다. 중국은 자신의 말로 전쟁이 종식되었기에 북한을 달라고 했지만 루카수장의 중재로 남북은 통일이 되어야 하니 제주도를 넘겨주는 게 낫겠다고 제안했다. 홍이강은 그들의 요구를 들어주는 대신 앞으로 동북아시아를 지키는 대표가 되게 해달라 딜을 했다. 루카수장도 인천 송도는 아시아에서 중요한 위치라고 홍이강을 두둔해 주었다.

예루살렘 제 3성전이 완공되어 공식적으로 개방하는 축하행사가 열린 날 두 증인은 분노했다. 수십만 명이 성전을 보기 위해 예루살렘으로 몰려들었고 순례여행자들로 붐볐다. 두 증인은 성전산 앞으로 걸음을 옮겨 설교했다.

"이 성전을 더럽히고 욕되게 하는 날이 오겠지만 하나님의 심판을 피할 수 없다. 하나님은 손으로 지은 성전에 거하지 않는다. 오직 믿는 자의 몸이 바로 성령이 거하시는 성전이다. 너희가 바치는 피의 제물은 물로 변할 것이며 물은 피로 변하리라. 예수님을 못 박은 유대인들이여! 회개하고 주께로 돌아오라! 지금 7년은 인류의 역사를 끝내기 위한 시간이다. 적그리스도는 이스라엘이 사라져야 이스라엘에게 약속하신 천년왕국도 사라질 수 있다고 여겨 반유대주의를 잔인하게 펼칠 것이나. 하나님 없이도 살수 있다고 생각하는 거짓된 평화와 안전은 곧 무너질 것이다. 회개하라! 주를 영접하라!"

새정부가 두 증인이 나오는 방송채널을 삭제했지만 어찌된 일인지 정규방송에 방송사고처럼 두 증인이 5분정도 외치다가 사라지곤 했다. 두 증인이 히브리어로 설교하지만 각자 자신의 언어로 들려 통역이 필요 없어지자 신기한 나머지 안 믿는 자들도 두 증인의 설교를 듣게 되는 일이 일어났다.

이제 전세계는 새정부가 발행한 단일화폐로 통일되었고 결제시스템은 에덴페이 한 가지로 통일되었다. 안토니는 루카 수장이 이슬람을 구슬려 황금돔사원을 옮겼던 처세술과 북한의 정권을 무너뜨린 행적을 칭송하기에 바빴다. 제 3성전이 완공 되자 유대인들은 루카수장이 자신들이 기다리던 메시아라며 환호했다.

한반도 전쟁은 국민들의 삶을 도미노처럼 참혹하게 무너뜨렸다. 배고파서 구걸하거나 항생제를 구하지 못해 죽어가는 사람도 있었다. 전쟁의 상처를 복구할 생각보다 기독교 말살정책 법안을 먼저 통과시켰고 소문을 들은 성도들은 지하로 숨어들었다. 유통질서가 무너져 환난성도들끼리 암호화된 내용으로 연락하며 필요한 물품을 조달해주었다. 막노동으로 받은 일당으로는 하루 끼니를 채우지 못할 정도로 실제임금의 화폐가치가 10분의 1로 줄어들었다. 전쟁으로 땅이 황폐화되어 제 기능을 못해 수확량이 줄다보니 먹거리는 부르는 게 값이었다.

2
잃어버린 1계명을 찾아서

어느 날 남자승려가 오목사를 찾아왔다.

"저는 29세 임도진이고 여동생이 25세 임수진입니다. 동생의 주보를 보고 찾아왔습니다."

"전에 수진자매가 오빠가 승려라고 하더군요. 그 자매는 연락이 없는 걸로 봐서 휴거…"

임도진은 절에 찾아온 날 동생에게 일어난 일을 회상하며 말했다.

"오빠! 할 말이 있어. 이 친구 현미는 나를 옳은 길로 이끌어준 단짝이야."
"산은 해가 빨리 지는 데 위험하게 여자들이 여기까지 왔어."
"나 예수 믿은 지 1년 되었는데 마음이 맨날 봄날 같아. 내가 만약 주님을 모르고 죽었다면…"
"네가 죽다니 그게 무슨 소리야?"
"나 대기업 들어갔다고 오빠가 얼마나 좋아했어. 선배들은 내가 1등으로 입사했다고 나를 왕따시켰어. 과장님도 내가 당하는 걸 보면서도 군중심리가 두려워 외면했어. 그러다 강대리가 내 업무능력을 칭찬했는데 여자선배가 만난 적도 없는 유부남과 부적절한 관계라고 소문을 내서 졸지에 불륜녀가 되었어. 세상이 무섭고 억울했어."

"그년 누구야? 오빠가 가만두지 않을 거야."

"죽으려고 결심했던 그날, 현미가 책상에 있던 유서를 들고 쫓아와 옥상에 서있는 나를 잡아당기며 말했어."

"네가 죽어도 그 사람들 변하지 않아. 예수님은 수진이를 사랑하다 못해 너를 구원하시려고 십자가에서 죽기까지 변호하신 분이야. 가해자는 웃으며 잘 사는데 왜 피해자가 죽으려 해!"

마당의 흙이 보슬비로 젖어 갔고 도진의 눈도 젖었다. 수진이가 말했다.

"108배를 해도 고통은 더 커졌고 죽음으로 끝내지 않으면 안 될 거 같았는데 현미의 말에 나도 모르는 통곡이 쏟아졌고 그 순간, 예수님이 나의 구원자라는 게 그냥 깨달아졌어."

"안 죽은 건 잘했지만 부처님을 어떻게 배신하니. 그런 깨달음은 너의 착각이야."

수진이는 성경책을 건네며 말했다.

"내가 천국에 갔는데 오빠가 없다면 그 천국이 행복할까? 오빠! 주님이 오실 때가 언제일지 모르지만 우리를 구원해줄 분은 예수님밖에 없어. 그 회사에 나 지금도 잘 다녀. 환경은 변한 게 없는 데 고난을 바라보는 내 시선이 바뀌었어. 핍박하던 사람들이 나만 보면 슬슬 피해. 오빠! 이 성경책 보며 내가 왜 예수님께 빠져들었는지 확인해주면 안될까?"

도진이가 성경을 빼앗는 순간 두 사람이 깜빡, 사라졌다. 몸이 사라진 빈 공간은 피톤치드의 향으로 채워졌고 목소리는 증발되었다. 떨어진 성경책을 빗방울이 혼자 적시고 있었다.

젖어가는 오목사의 눈동자, 휴거 이야기는 언제 들어도 가슴 먹먹했다. 도진이 말했다.

"두 증인 설교를 듣고 충격이 커서 예불을 드릴수가 없었어요. 주지스님은 외계인 납치극이라 했지만 놀란 무당이 절에 찾아왔고 주지스님 몰래 전도했어요. 그분들을 신앙적으로 이끌어줄 멘토가 필요합니다."

"그래야죠. 환란 성도들이 주의 재림을 어떻게 기다릴지 알아야 합니다."

말씀대원들은 성경책과 물품을 챙겨 출발했다. 다행히 주지스님이 출타 중이었다. 차안에서 도진은 자신의 얘기를 해주었다.

"저는 인도에서 3년 고행후에 승려가 되었어요. 팔계라는 법명을 받았지만 친구들은 저팔계 중땡이라 놀리며 승려의 길을 막았습니다. 우연히 마주친 주지스님이 저한테 주머니에 있는 돈의 액수를 맞추면서 자네는 성철스님 같은 불도의 피가 흐르니 반드시 승려가 되라 했고 그분에 이끌려 중이 되었지요. 주지스님은 신도들 미래를 예언 해주며 받은 시줏돈이 넘쳐 절위에 토굴을 파서 숨겼다가 강남에 빌딩을 샀는데 미사일 폭격으로 잿더미가 되자 자식 죽은 것처럼 슬퍼했지요. 정부 보상 문제가 불투명해 법적으로 싸운다고 거기에 빠져 계십니다."

보증사 절에 가기 전 산 입구에 위치한 무당집을 가리키며 도진이 말했다.

"제가 처음으로 전도한 무당인데요. 주지스님 알까봐 여기서 예배드렸습니다."

칙칙한 옷을 입은 사람들이 간절한 눈빛으로 오목사에게 인사했다. 무당이었던 김정애가 말했다.

"저는 이 동네 보살인데 그날, 아랫동네 목사님이 케이크를 들고 오셔서 보살님! 인생은 어디서 와서 어디로 흘러살까요? 예수님만이 구원사 되십니다 하긴래 제가 수금을 뿌렸는데 그 순간 목사님의 몸이 사라졌어요. 내가 믿었던 귀신에게 이 현상이 뭐냐고 물었지만 그 후로 귀신은 나타나지 않았어요. 왜 하필 그 순간에 목사님이 오셨을까요? 그걸 목격하지 않았다면 복음을 몰랐을 텐데... 이분들이 저를 따르던 동네사람인데 전도했어요. 저와 같이 무당 깃발도 태우고 부처상을 깨버렸지요"

오목사는 새벽까지 그들에게 7년 환난에 대해 설교했다.
"불신자보다 우리가 죽을 방법을 하나 더 가졌는데 그것이 바로 순교입니다. 세상은 예수 믿는 자를 죽이겠지만 그것은 우리가 천국의 시민권을 가졌다고 증명해 주는 겁니다. 잠시 후면 주님 품에 안길 텐데 절대 주님을 배신하지 않기를 축복합니다. 주님이 주신 말씀이 우리를 끌고 가기에 순교가 가능한 겁니다. 그래서 말씀을 읽고 암송하는 것이 지금 해야 할 사명입니다. 앞으로 은신처에서 예배하며 말씀의 양육을 받게 될 것입니다."

매년 굿을 했다는 사람이 질문했다.
"제가 예수 믿은 후로 돌아가신 어머니가 제삿밥 좀 달라고 우는 꿈을 3번이나 꾸었어요."

오목사가 대답했다.
"중요한 질문입니다. 성도님이 예수를 믿게 되니 제일 괴로운 자가 사단마귀입니다. 그것은 주인이 바뀌었기 때문입니다. 귀신이 성도님 영혼에 왕노릇 했었는데 주권을 하나님께 빼앗기니 괴로워서 견딜 수가 없는 겁니다. 어머니가 우는 것은 귀신의 위장이지 실제 어머니가 아닙니다. 인간의 연약함을 틈타 귀신이 발악하는 겁니다. 시편 8편과 23편을 외우십시오. 시편 136편과 91편을 묵상하면 도움이 됩니다. 마귀는 말씀 앞에 꼼짝 못합니다. 지금은 믿음의 시작단계라서 주의사항을 알려드리겠습니다."

사람들은 오목사 눈을 보며 경청했다.

"말씀에서 벗어난 기독교를 경계해야 합니다. 마지막 때는 거짓 선지자가 많이 일어나 많은 사람을 미혹케 합니다. 첫째, 초자연적인 역사와 표적을 구하는 자를 조심하십시오. 무당이 과거를 맞추고 점치는 것처럼 교회에도 말씀에 벗어난 영들이 예언하거나 병을 고친다며 미혹합니다. 기적은 이슬람도 불교도 무당도 할 수 있습니다. 말씀대로 살려면 성경을 하나님의 시점에서 읽어야 합니다. 불교는 나를 중시하는 인본주의 종교로서 내 번영을 추구하지만 기독교는 하나님은 아버지, 우리는 자녀라는 관계성의 신앙입니다. 하나님과의 관계는 말씀에서 시작됩니다."

절에 올라가 승려들에게 복음을 전했지만 연무승려가 하나님이 어딨냐며 거부반응을 보였다. 오목사가 돌아가고 그날 저녁 박주양 주지스님은 임도진을 호되게 나무랐다.

"내가 자네를 아꼈거늘 나를 배신하고 부처님을 욕되게 해? 몇 달간 보시금을 주지 않겠어. 예수는 가장 경계해야할 신이라는 걸 몰랐느냐? 매일 108배를 하며 부처님께 참회하는 모습을 보이거라."

주지스님은 다른 승려들에게도 번뇌를 끊어내지 않으면 죽은 나무와 같다며 호되게 나무랐다. 복음을 받아들였던 승려들은 주지스님의 불호령에 다시 목탁을 잡았다. 108배를 할 수 없었던 도진은 안정민과 함께 야반도주를 했다. 숲속으로 도망치는데 누군가 앞을 가로막았다. 이지운이 서운한 투로 말했다.

"저를 버리고 가시는 겁니까?"

"너도 주지스님한테 혼나는 걸 보고 다시 목탁 잡는 줄로 알고..."

"도진씨가 절에 왔을 때 마주쳤던 그 맑은 눈빛이 잊혀지시 않아요. 몰래 세 사람 대화를 듣다가 휴거를 목격했지요. 저도 예수 믿고 싶습니다."

도진은 그의 말이 눈물나게 기뻤다. 세 사람은 나침반을 보며 산길을 내려가 터미널까지 걸어갔다. 눈이 내리기 시작하자 도진이 말했다.

"수진이가 열살 때 함박눈을 밟으며 말했어. '오빠! 하늘에 있던 저 눈이 이 땅에 내려왔어. 어떻게 하늘이 땅으로 내려올 수가 있지? 지금 우리는 구름을 밟고 있는 거야. 정말 신기하다!' 내가 예수를 믿고 보니 예수님은 하늘에서 인간들을 구원하기 위해 땅으로 내려오신 분이라는 걸 깨달았지 뭐야. 지금쯤 수진이는 주님과 행복한 시간을 보내겠지?"

"세상에서 수진씨가 제일 부럽습니다."

사브작 사브작, 그들의 발자국이 눈으로 지워졌다. 이제 세 사람은 그 어느 때보다 하나님이 절실해졌다. 첫 차에 올라타 종이에 적어둔 성경구절을 외우며 창가교회로 향했다.

휴거 후에 맞는 첫 겨울은 뼛속까지 춥게 느껴졌다. 절에서 도망쳐 나온 세 사람을 본 오목사는 눈물이 앞을 가렸다. 승려 옷을 보며 오목사가 말했다.

"일단 세 분의 민간인 옷이 필요할 거 같습니다. 제가 서성도한테 부탁해 놓겠습니다."

이지운이 자신의 민머리를 만지며 말했다.

"목사님! 거시기... 모자도..."

오랜만에 환하게 웃었다. 세 명에게 즉석설렁탕을 끓여주자 싹 먹어 치웠다. 식량난은 가장 큰 고통이었다. 석유 값이 올라 먹거리는 이전의 12배 가격으로도 사기 힘들었다. 전쟁으로 인해 경제는 더 어려워졌고 이름 모를 전염병이 시작돼 고통이 가중되었다. 서창호가 한 보따리 남자 옷을 구해왔다. 그때 은신처에 다녀온 조장로가 급하게 오목사를 찾았다.

"산 아랫마을 신축건물 주인이 자녀없이 휴거되어 건물이 정부로 넘어갔는데 재난감시초소가 되었답니다. 은신처에 가는 건 위험해요."

임도진이 대화를 듣더니 말했다.

"주지스님만 아니면 절에 숨을 데가 많긴 한데."

안정민과 이지운이 들어오면서 말했다.

"거기 우리 아지트 있잖아요!"

임도진이 머리를 긁적이며 말했다.

"폭포 안쪽에서 돼지고기를 구워 먹던 동굴이 있는데 마을 사람도 몰라요. 안으로 들어가면 꽤 넓습니다. 가보실래요?"

오목사는 조장로와 나갈 채비를 하며 서창호에게 말했다.

"흑사병이 돌아 사적모임이 금지되었으니 지하에서 조용히 예배드리세요."

떠나는 모습을 보며 서창호는 힘들게 일군 은신처가 헛된 것 같아 속상했고 자기를 빼놓고 가는 모습도 서운했다. 저녁에 친정 갔던 아내에게 전화가 왔다. 목소리가 이상했다.

"여보! 나 흑사병 같아. 가슴뼈가 부러진 것처럼 아파. 눈이 빨갛고 온몸이 찔린 것 같고 팔다리가 굳어가. 검은 반점도 생겼어. 나 무서워. 죽을 것 같아."

"내가 집으로 갈게."

"안 돼! 오지 마. 엄마가 증상이 나타나서 바로 집으로 온 거야. 둘 다 죽는 건 싫어."

겁이 난 서창호는 오목사에게 전화했지만 연결되지 않았다. 방호복으로 무장했지만 아내는 걸쇠를 걸어놓고 힘없이 말했다.

"약만 구해다 줘. 제발..."

많은 사람이 감염되어 구급차는 기약도 없었다. 그는 40분 만에 겨우

약을 구해왔지만 아무리 불러도 대답 없는 아내... 마당에 있는 돌로 창을 깨서 문을 열어보니 피를 토한 채 죽어 있었다. 아내 휴대폰에는 전송되지 못한 문자가 깜빡이고 있었다.

'여보 천국에서 마ㄴ...'

"당신 없이 나 어떻게 살아. 흑흑. 하나님! 나도 데려가 주세요."
페이스 마스크 안으로 눈물이 고였다. 그때 오목사에게 전화가 왔다.
"전화가 잘 안 터져 이제야 겁니다."
"목사님... 흑흑. 아내가 감염되어 죽었어요."
"아내 분은 천국 가셨으니 마음 무너지면 안 됩니다. 일 마치는 데로 갈 테니 일단 시신에게서 떨어지세요. 교회 3층 격리실에 계시면 저희가 도와드릴게요."
오목사는 안형제에게 격리실에 물과 음식을 갖다놓으라고 말했다. 서창호는 차갑게 식은 아내에게 이불을 덮어주고 나왔다. 골목 여기저기 곡소리가 들려왔다. 격리실로 들어간 서창호는 벽을 치며 통곡했다.
"하나님! 어디 계세요? 무너져가는 제 마음을 살려주세요."
혼자 남은 울음이 무릎을 적셨다. 그때 어디선가 성가대 노랫소리가 은은하게 퍼져왔다. 조용히 들려오는 가사를 마음으로 떠올렸다.

면류관 벗어서 주 앞에 드리세그 손과 몸의 상처가 영광 중 빛나네
하늘의 천사도 그 영광보고서 고난의 신비 알고자 늘 흠모하도다

'고난의 신비를 알고자 흠모한다고? 아! 예수님의 십자가는 인간을 구원하는 놀라운 신비로움이 있었지.' 서창호는 저녁 강해 때 은혜 받은 구

절이 떠올랐다. 민수기 15장 41절 나는 너희의 하나님이 되려고 너희를 애굽땅에서 인도해 내었느니라 나는 여호와 너희의 하나님이니라. 아내가 천국에 갔다는 확신이 들었다. 마르지 않던 눈물이 그쳤다.

'세상과 구별된 자는 세상이 주는 아픔에 굴복해선 안 돼. 나를 애굽에서 탈출시키신 분이 하나님이셨어! 맞아! 그 하나님은 내 하나님이셔.'

서창호는 하나님이 전인격적으로 믿어졌다. 불을 켜지 않아도 주님의 인자하심이 자신을 감싸고 계심이 느껴졌다. 찬송을 부르고 또 불렀다. 새벽이 되어서 오목사가 도착했다. 인터폰으로 통화하며 서창호를 위해 기도해준 후 말했다.

"일주일 격리 후 은신처로 가야 합니다. 주님과 교제하는 시간으로 삼아주세요."

"네. 주님 품으로 간 아내를 위해서도 씩씩해질게요."

이번 전쟁에 참전하지 않은 자들은 법적인 처벌을 받는다는 뉴스가 나온 후로 남자들이 잡혀가 조사받는 일이 자주 있었다. 넷째 인의 재앙으로 흑사병과 쥐로 인한 전염병이 전세계를 휩쓸었다. 그 중 흑사병은 저승사자라 불릴 만큼 치사율이 높았다. 루카수장은 기독교는 역사속에서 선량한 백성들을 죽음에 몰아넣는 원흉이라고 표현했다. 알게 모르게 음지에서 기독교인들을 처형하는 움직임이 들불처럼 번져갔다. 기독교인을 죽이면 다른 사람의 생존율이 높아진다는 헛소문이 퍼져나갔다. 오목사는 은신처에 간다던 주영심이 연락이 안 되어 수소문했더니 지인이 질색했다.

"말도 마세요. 능력의 종 진모세? 사람들이 거품 물고 쓰러지고 금가루 받겠다며 돈 갖다 바치고... 저는 그런 하나님 안 믿고 싶어요."

오목사는 답답하고 화가 났다. 왜 진모세가 말씀에서 벗어났는지 그럴

게 가르쳤는데... 자신을 바라보던 신목사님도 이 순간처럼 화가 났겠지 생각하니 그녀가 답답했지만 한편으론 짠해보였다. 의료가운을 입고 조장로와 함께 찾아가 문을 지키는 남자들에게 말했다.

"양성환자 주영심씨 데리러 왔습니다. 길 좀 비켜주시죠."

남자들은 보건소에서 나온 줄 알고 문을 열어주자 사람들이 뒤돌아보았다. 주영심 옆에 박권사 지권사도 있었다. 하얀 구두에 빨간 셔츠를 입은 진모세는 목에 핏대를 세우며 말했다.

"머리에 손을 얹은 즉 암덩이가 떠나가고 더러운 귀신이 쫓겨가고! 내가 하나님의 직통 계시를 받은 선지자야. 나를 통하지 않고는 하나님께 갈 자가 없어. 이 집회를 비판하는 것들 마귀 자식 맞지? 오늘 장집사 대장암 고침 받는 거 너희 눈으로 봤잖아. 뭐를 아끼겠어. 다 갖다 바쳐야지. 여러분! 은혜 받을 준비, 놀랄 준비 돼 있지? 금가루 못 받은 분들 봉투 들고 다시 기도 받아. 금가루는 부의 영성을 여는 징조야. 아멘?"

더 이상 봐줄 수 없던 오목사는 주영심의 팔을 잡아 일으키자 진모세가 소리질렀다.

'이새끼, 어디서 온 놈이야? 안 나가?'

오목사가 대꾸했다.

"능력 있다면서 당신이 지옥에 떨어지는 건 안 보이나봐? 여러분, 회개하십시오! 고린도후서 11장을 봐도 저 사람이 얼마나 사악한 사탄의 종인지 알 수 있어요. 뱀의 혀처럼 진모세가 여러분을 미혹시켜 지옥으로 끌고 갈 것입니다. 회개하고 정신 차리세욧!"

"감히 하나님의 선지자를 판단해? 저주 받고 싶어?"

큰소리치던 진모세도 자신도 감염될까봐 뒷걸음질 쳤다. 주영심이 부인했지만 사람들은 병균 보듯 비켜주어 그녀를 끌고 나오기가 쉬워졌다.

조장로가 차를 출발시키자 주영심이 마스크를 던지며 화를 냈다.

"저, 감염 안됐어요. 그리고 진목사가 표현이 거칠어도 치유 받는 순간은 성령의 역사에요. 성령의 일하심을 거역하면 성령을 거스르는 죄에요. 병 고침 받는 게 쉬운 일이에요? 성령의 역사가 아니면 할 수 없어요."

오목사가 차분하게 말했다.

"환난 중에 병 고치는 게 급할까요? 내 영혼이 회개하고 돌아오는 게 급할까요? 근데 회개하고 싶어도 죽으면 회개할 수가 없어요. 성령의 역사 중에 병고침은 중요하지 않아요. 예수를 주로 시인하는 것, 말씀대로 살아가는 것, 무시로 찬송이 흘러나오는 것, 누군가의 영혼을 위해 기도하는 것, 주님이 너무 좋아서 성경을 밥 먹듯이 보게 되는 것, 이 모든 게 성령의 역사에요. 병고침은 그 후의 열매지 그게 가장 큰 목적이 되어서는 안돼요. 권사님은 7년환난도 재림도 인정하지 않으셨어요. 이 땅이 길어야 6년인데 100년 살 것처럼 행동하시니... 진모세 저놈이 전투교회에서 나왔고 반주자를 성폭행해서 자살까지 하게했어요. 병 고치는 은사가 있다 해서 하나님 종입니까? 병을 고친다면서 다른 복음을 전하는 건 안 보이니까 미혹되는 거예요. 고침 받고 싶은 욕망 때문에 말씀에서 벗어난 길을 가고 있음을 왜 모르세요."

조장로가 오목사에게 살살 하라는 눈빛을 보내자 오목사가 말했다.

"우리는 첫 번째 구원의 기회를 놓친 사람들이에요. 이전에는 성령의 인도하심 따라 살지 못했다는 겁니다. 그렇다면 주님 재림 이후, 천년왕국을 살고 그 이후로도 영원한 삶을 살 텐데 그 영원한 삶이 무엇으로 결정되겠습니까? 권사님의 지금 모습을 하나님이 보고 계시고 기록하고 계세요. 죄를 많이 지은 것보다 얼마나 놀이키며 회개했는가를 보십니다."

고개를 숙이는 영심에게 오목사가 달래듯 말했다.

"권사님! 우리가 죽을 때 가져갈 수 있는 게 한 가지 있어요. 하나님이 소유로 인정해주는 것! 그게 시편 119편 56절 말씀이에요. 내 소유는 이것이니 곧 주의 법도들을 지킨 것이니이다 금이나 건강은 가져갈 수 없는데 말씀대로 살았던 모습은 죽어서도 가져갈 수가 있습니다. 신목사님은 제가 돈을 사랑하는 거 알고 계셨지만 저를 기다려 주셨어요. 저도 권사님을 기다릴 겁니다."

주영심은 울먹이며 말했다.

"폐로 전이된 게 너무 아파 치유 받고 싶어서 간 건데... 저 안에 있을 땐 몰랐는데 듣고 보니 제가 참 어리석네요."

오목사가 말했다.

"휴거되신 김안나 권사님이 혈액암이었는데 창백하고 마른 몸으로 이렇게 말했어요."

"고통은 밤에 더 심해져요. 너무 아파 죽을 것 같아 죽음을 준비하며 기도했어요. 이제 죽는구나 싶을 그때에 하나님의 영이 내 안에 리트머스 종이처럼 번져오는 게 느껴지며 그동안 읽었던 말씀의 뜻이 깨달아졌어요. 이 고통이 아니었으면 하나님을 이렇게까지 간절하게 원할 수 있었겠어요? 고난은 하나님을 만나게 되는 통로가 되었지 뭐예요. 병을 허락하신 하나님의 뜻이 너무 깊어서 눈물이 났고 그런 하나님이 내 하나님이라 지금 죽는다 해도 더 바랄 것 없이 행복해요."

"저는 이 말이 이해가 안 됐어요. 고통이 왜 감사가 되고 하나님의 통로가 될까? 우리는 7년 환난을 통해 잘못된 믿음을 돌이킬 기회를 얻은 거예요. 그 권사님은 병원에서 1년밖에 못 산다고 했는데 5년을 더 사셨고 휴거되어 산 채로 올라가셨어요. 지금 생각해보니 수많은 고통을 통해 회개하며 거룩해졌고 더욱 주님만 의지하는 온전한 신앙이 되었던 거 같아요. 우리에게 고난을 허락하신 하나님의 깊은 의도가 있어요. 하나님의 이름인 기묘자는 영어로 'beyond understanding' 즉, 우리의 생각과 이해를 뛰어넘는 분이세요. 권사님을 보면 김안나 권사님하고 오버랩되어 포기할 수가 없어요."

주영심은 자신의 어리석음이 발가벗겨진 것 같아 눈물이 앞을 가렸다.

최학주는 구도빈을 좋게 봤지만 점점 경계해야 할 인물이 되었다. 청년들에게 둘러싸여 아이돌급 사역자로 인기가 치솟았다. 자매들은 구도빈이 안수할 때 만짐 당하길 원하는 눈빛으로 손을 뻗었고 온몸을 내어주며 그의 손끝에 쓰러지는 짜릿함을 즐겼다. 최학주는 구도빈의 세력이 커져가는 걸 두고 볼 수 없어 그를 불렀다.

"이제 그만 둬. 자네를 좋게 봤는데 담임과 부교역자의 경계선을 허물고 너무 튀는 컨셉이 좋지 않아. 펜데믹으로 사람들이 죽어나가 모이지 말라 했는데 왜 맘대로 행동하지? 담임목사 말에 순종해야지 구목사가 주인공이 되려는 건 오버액션이야. 저러다 청년들이 전염돼서 죽기라도 하면 자네가 보상할 텐가? 사례비 두 달 못 받았다고 했나? 내가 손해배상 청구 안할 테니까 털고 나가."

구도빈은 어이가 없어서 받아쳤다.

"제가 청년들에게 성령의 능력을 임파테이션 해줘서 절대 안 죽습니다. 목회는 교역자들과 함께 가는 거지 담임목사를 떠받드는 건 우상숭배죠. 그리고 이번 달은 보너스 달인데 손해배상이요? 비겁하시네요. 청년들을 바른 길로 인도하는 주의 종에게 박발을 하시다니, 너무하시네요."

"대형교회 목회 세계는 담임목사의 그림자가 되는 자가 살아남는 법이야. 그것도 몰랐다니 실망인데? 요즘 절에서 굴러먹다 온 박주양이 내 목회에 태클을 걸어서 골치 아파. 청년들과 연락 안하는 게 에티켓인 건 알지?"

구도빈은 청년들을 빼가려고 문자를 돌렸다. 이럴 때 오현제가 생각났지만 먼저 연락하기는 자존심이 상해 박주양에게 전화를 걸어 복수를 위해 만나자고 했다. 넷째인의 재앙으로 여기저기 곡소리가 끊이지 않을 정도로 많은 사람이 죽어갔고 병원은 밀려오는 환자를 감당 못해 의료진들의 파업 움직임까지 일었다.

통일에 대한 루카수장과 홍이강의 공치사가 뉴스마다 메인을 장식했다. 이제 진정한 평화와 행복이 왔다고 말했지만 현실은 달랐다. 공무원 부족으로 시신수습이 끝나지 않아 여러 질병에 노출되었고 고통의 몫은 각자 견뎌야 했다. 부산의 사린가스테러에 살아남은 자들은 살았다는 게 저주라며 고통을 호소했지만 의료혜택도 제한이 많아 삼중고를 겪어야 했다.

북한의 실정도 피폐해졌지만 유대인 전도자들이 긴급구호단체로 위장하고 들어가 식량을 나눠주며 복음을 전해 복음이 들불처럼 번졌다. 배고픈 사람들이 식량을 훔치다가 걸리면 살인까지 했고 그 시신을 전쟁시신 웅덩이에 버려도 처벌하지 않는 무정부상태였다.

℀

새세계정부는 전세계를 10개의 권역으로 나눠 지역수장을 뽑고 있었다. 유럽대통령을 시작으로 미국 캐나다 인도 아프리카 중국의 수장이 뽑혔고 동북아시아 수장을 뽑을 차례가 되었다. 일본과 남북한이 합쳐진 동북아시아의 수장도 전자투표로 실시했고 루카수장의 총애를 받던 홍이강이 당선되었지만 저절로 이뤄진 성과가 아니었다. 그 자리를 노리는 해외인사들을 땅에 묻기까지 들어간 돈과 비밀요원은 천문학적 투자에 가까웠다. 카도샤가 홍이강을 최고의 자리에 앉히기 위해 매일 아침 스마트하게 방향을 제시해 좋은 결과를 얻어냈다. 정치인들 사이에는 카도샤가 애첩이라는 소문이 돌 정도였다. 카도샤는 동북아시아 공무원 채용에 마이크로 칩을 받으면 우선 채용된다는 특이사항을 넣으라했고 경쟁률은 100:1을 넘었다. 또한 예수만 구원이라 하는 자들을 제 2의 실종사건을 야기시키는 강력범죄자로 구분하라고 했다. 24시간 신고센터를 가동시켜 주변 사람들이 밀고하도록 시스템을 구축했다.

김제현은 편의점 휴거를 목격한 태호의 모습을 뒤에서 보고 있었다. 처음엔 태호를 밀고하려고 따라갔다가 묘지의 빈 무덤을 보고는 김제현도 충격을 받았다. 며칠 후 같은 팀이 되어 일할 기회가 왔을 때 미리 적어둔 쪽지를 아무도 모르게 태호에게 전했다.

읽고 바로 변기에 버려. 네가 나를 밀고할 수 있기에 목숨 걸고 쪽지를 보낸다. 네가 편의점에서 보았던 충격을 나도 뒤에서 지켜보았다. 나와 같은 길을 걷고 있다면 우리 앞으로 암호로 내통하자. (편의점에 새 맥주가 나왔데 맛이 좋더라- 두 증인 새 설교 들어봐) 이런 식이다. 너와 내가 같은 곳을 향해 있기를 바란다.

비밀요원들에게 칩을 당분간 받지 말라는 지시가 내려왔다. 요원들의 정체를 들여다볼 수 있기에 그런 것 같아 오히려 태호는 다행이라 생각했나. 김세현과 쪽지를 주고받으며 함께 믿음을 공유하게 되었다. 요원들은 주민등록이 말소된 비밀 요원이라 지인도 가족도 절대 만나서는 안

되었다. 며칠 전 한 요원이 가족을 만난 일이 들통 나 홍이강이 요원의 몸을 구둣발로 짓이겼다. 귀에서 피가 흘러나온 요원을 소각하라는 명령이 내려졌다. 지켜보던 요원들과 태호가 그를 산채로 소각장으로 끌고 갈 때 복음을 모르고 떠난 동료가 불쌍해 태호는 얼마나 가슴으로 울었는지 모른다. 태호는 홍이강이 자신을 구원한 게 아니라 지옥에서 지옥으로 수평이동 시켰다는 사실을 깨달았다.

비밀요원들은 인구조사로 접근해 그리스도인을 잡아 넘기는 일을 했다. 의심되면 취조실에서 고문한 다음 위험인물을 단두대로 보냈다. 이 날 두 명이 한 조였지만 동료가 전염병 증상이 있어 격리되어 태호 혼자 창가교회를 가게 되었다. 골목에 사람들이 몰려 소란했다. 깡마른 할머니가 며느리 머리채를 뜯으며 소리쳤다.

"어디서 예수라고 지껄여? 네 얼굴만 봐도 재수가 없어. 내 아들이 사업이 망해 목을 매달은 건 다 예수 타령하는 니들 때문이야! 니들 때문에 생떼 같은 내 아들이 죽었어! 내가 저놈의 교회들 불 싸지르고 죽어야지 그냥은 못 죽어!"

그때 오목사가 달려 나와 분노하는 할머니를 막으며 말했다.

"어르신, 진정하시고 저한테 말씀하세요."

"비켜! 썩어빠질 예수쟁이들, 며느리 잘못 들어와 패가망신했으니... 내가 억울해서 어떻게 눈을 감아!"

오목사가 교회로 들어간 것을 본 태호는 휴대폰을 교회 화분에 두었다. 걸어가는 소리가 휴대폰에 들리게 녹음파일을 틀어놓았다. 빈 몸으로 조용히 들어가 오목사에게 말했다.

"쉿, 저는 정부직원인데 제 폰에는 말소리가 그대로 정부 데이터에 전송됩니다. 밖에 폰을 두었으니 12분 동안만 대화할 수 있습니다."

오목사가 고개를 끄덕였다. 태호가 물었다.

"목사님! 구원의 조건이 무엇인지 궁금합니다."

"구원의 첫째 조건은 내가 죄인이라는 것을 인정하는데서 출발합니다. 죄인이라는 것을 깨닫는 순간 우리는 주님이 절실히 필요해지니까요."

"그렇다면 죄가 많은 사람은 구원받을 수 없나요?"

오목사는 간절한 그의 눈을 쳐다보며 말했다.

"사울은 하나님을 열심히 믿는 사람이었지만 예수 믿는 자들을 죽였던 살인자였습니다. 그가 예수님을 만나 회심하여 바울이 되었고 예수에 목숨을 건 전도자가 되어 아시아까지 복음이 전해졌으니 한 사람의 회심은 너무도 귀하지 않습니까? 빙점 소설가 미우라 아야꼬는 복음에 회의적이었는데 교회 안에 죄인이 가득한 걸 보고 저런 죄인도 용서하시는 하나님이라면 나같은 죄인도 받아주실 거란 확신에 예수를 믿게 되었지요. 형제님! 시간이 없습니다. 죄를 회개하는 마음과 삶의 변화는 말씀으로부터 옵니다."

하태호는 결심하듯 말했다.

"저는 윤집사님을 죽인 하태호입니다. 사형장에서 홍이강에게 목숨을 건짐 받았지만 더 많은 성도를 죽여야 하는 저는 지금이 더 큰 지옥입니다. 정부에서 마련한 이 서류는 교회가 연합예배를 드리지 않으면 어떤 불이익도 감수하겠다는 통보입니다. 어쩌면 이렇게 말해놓고도 목사님을 고발할 수도 있습니다."

"시편 42편, 사슴이 시냇물을 찾기에 갈급함같이 내 영혼이 주를 찾기에 갈급하니이다 이 노래를 기억하세요. 사슴들은 시냇가에 맹수들이 있는 걸 알기 때문에 웬만큼 목마르지 않으면 시냇가를 찾지 않는다고 합니다. 암사슴이 새끼를 밸 때처럼 물이 꼭 필요할 때는 목숨 걸고 시냇물을 찾습니다. 7년환난은 목숨 걸고 주님을 찾기에 갈급한 자가 되어야

새 예루살렘에 들어가는 생수의 은혜를 맛보게 됩니다."

눈동자가 젖은 하태호가 말했다.

"네. 많은 교회들이 이 서류를 들이밀면 통합예배를 드리겠다고 사인했습니다. 쉽게 포기할 만큼 주님의 가치가 그거 밖에 안 되었나 생각했지만 제가 해줄 수 있는 건 없었습니다."

오목사가 그의 머리에 손을 얹고 기도해주자 그가 울먹이는 소리로 아멘했다.

"목사님! 저 같은 죄인을 받아주신 하나님은 도대체 얼마나 높고 위대할까요? 아참, 교회 앞에 교회폐쇄라는 팻말을 걸어두십시오. 영월에 단두대 생산하는 공장이 풀가동되고 여러 시신을 한 통에 담는 플라스틱 관을 대량 생산하고 있습니다. 저는 이제 그리스도인을 고발하고 싶지 않습니다. 저도 목사님 따라가고 싶습니다."

"창가교회는 문 닫았습니다. 비밀리에 영상예배 루트를 공유했고 두증인 설교와 유대인지도자 설교로 대신하라고 성도들에게 안내했어요. 이제 어떤 교회도 가서는 안 됩니다. 환난에 계속 유지되는 교회들은 모두 배도한 교회니까요. 은신처로 함께 갑시다. 3일 후 밤11시, 서울찜질방 앞에서 봅시다."

"목사님! 사람을 죽여 봤지만 이기적이게 왜 저는 죽는 게 두렵고 예수 믿는 제 정체가 발각될까봐 떨고 있을까요?"

"말씀이 있으면 두려움이 사라집니다. 사단이 자주 쓰는 방법이 인간에게 두려움을 던지는 것입니다. 성경에 두려워하지 마라 말씀이 365번이 나옵니다. 창세기 15장 1절 '두려워하지마라 나는 네 방패요 너의 지극히 큰 상급이니라' 말씀하십니다. 하나님은 두려워하는 우릴 위해 친히 방패가 되어주시면서 하나님 자신을 선물로 주시는 분입니다. 그 선물이 바로 예수 그리스도이십니다. 지금 세례를 베풀어야 할 것 같습니다."

세례가 끝날 무렵 밖이 소란스러웠다. 태호는 바로 휴대폰을 챙긴 후 경찰에게 다가가 무슨 일이냐고 물었다.

"할머니가 도망가던 며느리를 칼로 찔렀다고 신고가 들어와서요. 혹시 정부소속입니까?"

"네, 그렇습니다. 지금 창가교회 조사하다가 소리가 나서 나와 봤습니다."

다음날 고PD에게서 전화가 왔다.

"목사님, 예루살렘이 요즘 많이 시끄러워요."

"뉴스에 무슬림과 동물보호단체에서 반유대 집회를 하는 걸 보았어요." 고PD가 대답했다.

"제 3성전에서 속죄를 위한 동물제사를 드리는데 유대인들은 율법아래 있어 동물제사를 철저히 지키지만 동물 애호가들은 야만적인 종교 습관이라 비판하고 있어요. 국제사회가 성전을 감독할 책임이 있으므로 동물제사를 멈추라고 압력을 넣었지만 유대인들은 7년보호협정을 빌미로 들은 척도 하지 않습니다. 남아있던 한국 성도들은 통곡의 벽에서 두 증인 설교를 듣고 회개하고 있어요. 여긴 수많은 기자들과 시위자들이 섞여 난리입니다. 거기는 어떻습니까?"

"문기자가 오늘 짐승의 표가 얼마나 무서운지에 대해 기사를 올렸습니다."

"필요한 기사네요. 전세계에서 성경을 아는 자들이 피난처를 찾아 보스라로 많이 들어옵니다. 이곳으로 오실 의향은 없습니까?"

"거기가 피난처지만 여기도 전도해야할 영혼이 많아서 떠나기가 쉽지 않습니다."

"며칠 전 천사가 유대인과 무슬림들에게 나타나 그리스도를 선하는 가하며 통곡의 벽의 두 증인으로 인해서도 많은 자들이 돌아오고 있습니다."
두 사람은 환난이 가져온 은혜에 대해 이야기를 나누었다.

조장로 집에서 서창호 아내의 장례예배를 한 후 은신처로 가기 위한 막바지 준비를 했다. 전염병과 핍박을 피해 숨어야 했다. 오목사가 하태호 얘기를 하자 조장로가 만류했다.
"덫이에요. 위험천만해요. 비밀요원에 의해 성도들이 무더기로 끌려갔어요!"
오목사가 고개를 끄덕이며 말했다.
"그 사람이 스파이일수 있지만 그게 아니라면요? 우리의 의심으로 그 영혼의 구원이 막힐까 두렵습니다. 제가 따로 데리고 있으면서 확실해지면 합류하겠습니다."
서창호가 소식을 전했다.
"북한에서 활동 중인 유대인 전도자들에게서 긴급 메시지가 올라왔습니다. 성경책과 신목사님 계시록 책을 보내달라고요."
"선교물품 위장 잘해야 합니다. 누군가 예전성경을 실어 나르다가 검문소에서 소독한다고 약을 뿌렸는데 그게 독극물이어서 죽은 사람이 있었어요. 특별히 신경써주세요."

박주양은 돈을 자유롭게 쓰기 위해 승복을 벗었다. 종교통합에 앞장서는 의미에서 불자였던 여성과 결혼도 했고 차도남 같은 스타일로 바꾸었다. VIP신도들을 만찬교회 통합예배에 동원시켜 정부의 눈에 들어 그 위세를 넓혀가는 중에 최학주가 아들 최진형에게 세습하기 위한 물밑작업을 보고 분노가 치솟았다. 황치동 이맘과 함께 최학주를 견제하는 세를 만들며 구도빈도 합세했다. 교회 안에 두 당파로 나눠져 매일 싸우는 소리로 시끄러웠다.

절에 남은 5명의 승려들은 생계가 막막해 속세로 나가려고 법당으로 모이자 임도진이 눈물로 복음을 전했다. 불교학 박사과정을 밟은 연무승려가 말했다.

"형님, 세상이 뒤집어진 건 맞지만 태양은 한 번도 어기지 않고 떴어요. 내일도 오늘처럼 흘러갈 거라고요. 흉년이야 오겠지만 지구가 멸망할 일은 적어도 없어요! 2차대전에도 멸망하지 않았고 큰 지진에도 살 사람은 살았잖습니까? 왜 형님은 이스라엘 종교를 우리한테 강요하세요?"

다른 네 명은 침묵하며 지켜보았다. 도진이 말했다.

"그 태양을 성실하게 운행하시는 분이 누굴까? 베드로전서에 만물의 마지막이 가까이 왔으니 그러므로 너희는 정신을 차리고 근신하고 기도하라 말씀하셨어. 믿음의 사람들을 끌어올린 휴거사건만 봐도 성경대로 흘러간다는 걸 알 수 있어. 곡과마곡의 전쟁으로도 하나님의 일하심을 보여주셨잖아. 두 증인의 설교도 얼마나 강력한지 들어봐."

매달리는 도진을 밀치던 연무는 한마디 던졌다.

"예수냐, 부처냐, 아님 루카수장이냐. 그것이 문제로다! 난 앞으로 이 세상을 화려하게 이끌어 갈 루카수장에게 내 인생의 패를 걸겠습니다."

연무가 찬바람을 몰고 떠나자 남은 네 명이 옷깃을 여미며 침묵했다. 어두워진 법당엔 간절한 도진의 눈동자만 빛나고 있었다. 그때 법당문이 닫혀있었는데 제사상에 있던 촛불이 넘어지는 바람에 불이 붙었다. 나무로 되어 있기에 순식간에 불이 붙었고 부처상들이 와르르 고꾸라져 불속에 타들어갔다. 놀란 승려들은 소화기를 씼지만 소용없었다. 도망치려고 허둥대는데 맹수처럼 타오르던 불은 딱 법당만 태워버렸다. 봄이었고 바람까지 불었지만 대웅전만 잿더미가 되었다. 남은 불씨를 살핀 후 다른 방에 모였다. 도진이 말했다.

"너희들 봤지? 밖에는 바람이 불고 있어. 불이 붙었는데 신이라는 부처는 아무 힘도 없이 같이 타들어갈까? 부처는 신이 아니란 증거야. 우린 그동안 아무것도 아닌 것에 절하고 인생을 속고 살아왔다고. 인류역사는 이제 몇 년 안 남았어. 주님은 만왕의 왕이고 창조주야. 너희들은 심판의 주님을 만날게 아니라 구원의 주님을 만나야 해."

모두들 어안이 벙벙한 표정으로 듣자 도진이 말했다.

"우상을 섬긴 죄가 가장 큰 죄야. 우린 얼마나 감사해? 돌이킬 시간을 주셨잖아. 곧 계시록의 나팔재앙이 시작된다고! 내 말이 안 믿겨지거든 성경을 읽어봐."

막내였던 우봉이가 고개를 끄덕이며 말했다.

"주지스님이 자기 배만 불리는 동안 우린 그것도 모르고 목탁만 두드리고."

옆에서 듣던 이신호가 말을 자르며 말했다.

"우봉아! 뭔 서론이 길어. 우리 예수 믿겠다고 왜 말을 못해! 도진 형님 숨넘어가겠다."

도진은 계시록을 설명하고 은신처에 대해 얘기했다. 박성재가 말했다.

"이 절을 기점으로 은신처로 연결된 개구멍을 만들면 좋겠어요. 법당도 불탔고 예수를 믿는 우리들만 있으니 여긴 교회나 마찬가지에요."

그들에게 도진은 예수의 이름으로 하는 기도를 가르쳐주었다.

다음 날 성도들은 김정애 집에 도착했다. 은신처 굴을 팔 때는 소음으로 민원이 생길까봐 절에서 공사하는 것처럼 위장했다. 한나를 위해 김정애 집 창고를 개조했다. 3일 후면 오목사가 오겠지 하는 마음으로 모두들 맡겨진 일에 열심을 다했다. 오늘 밤 오목사가 만날 새신자들은 두 증인의 설교로 믿음을 키워온 분들이었다. 세 번째 강해이면서 마지막 시간이라 오목사는 마음이 급했다. 마지막으로 창가교회에 들렀다. 교회 폐쇄라는 팻말을 지나 신목사 서재로 향했다. 그분이 휴거되던 순간 느꼈던 하나님의 끌어올리는 힘은 지금도 손바닥을 스쳐가듯 생생했다. 혼자서 쏟아내는 그리움은 마지막 말인 듯 그 공간을 가득 메웠다.

'목사님은 하늘로 올라가면서 남겨진 내 모습을 보았겠지... 무슨 말이 하고 싶었을까... 목사님! 주님과 함께 천국에서 저희를 보고 계시지요? 조금만 더 견디라고 응원하는 것 같아요. 여보! 어제 반석이가 그러더라. 엄마가 내 엄마였다는 게 너무 자랑스럽다고... 나도 그래. 당신이 내 아내였다는 게 이제 와서... 고맙고 자랑스러워.'

친구를 만나고 온 반석이가 들어왔다.
"아빠! 은찬이 엄마아빠 하시는 가게가 미사일 폭격을 맞아 돌아가셨어요. 그동안 이모랑 살았는데 이모가 다니는 이상한 교회 가기 싫다는데 은찬이도 우리랑 가면 안 될까요?"
"이상한 교회?"
"빨간 방석에 앉아 예언기도해주는 11살짜리 아이가 루카수장이 이 땅의 천왕이 될 거라 예언했데요. 거기 신도들이 루카수장 사진 걸어놓고 기도한다나봐요. 이 친구는 복음이 필요해요."

오목사의 집회장소는 문 닫은 지하목욕탕이었다. 전쟁 때 미사일 충격으로 땅이 갈라져 건물에 금이 갔고 붕괴위험 때문에 상점은 문을 닫았다. 요금을 받던 직원이 휴거된 곳이라 그걸 목격한 아줌마가 예수를 믿게 되었고 복음이 들불처럼 번져갔다. 아줌마가 전도한 사람들을 모아

목욕탕에서 예배를 드렸다. 건물 뒤로 나무들이 무성해 CCTV를 피할 수 있었다. 처음에 한 두 사람이던 게 지금은 40명이 되었다. 밤에 예배를 시작하려는데 청년 한 명이 오목사에게 말했다.

"목사님, 제 여동생을 전도했는데 길을 못 찾는 거 같아 나가보겠습니다."

"장소 발각되지 않도록 조심하세요."

강해가 시작되기 전에 오목사가 말했다.

"7년 환난은 역사상 가장 고통스러운 시간이기에 배도하는 자들이 많습니다. 여러분! 영화관에서 관객은 화면 밖에서 관람합니다. 주인공이 절망과 핍박을 이겨내다가 영화 막바지에는 작가의 의도대로 통쾌한 반전이 일어나면서 해피엔딩으로 끝날 때, 보고 있던 관객은 감동을 받고 박수를 치게 됩니다. 지금 우리는 계시록의 무대에 서 있습니다. 올라간 성도들이 천국의 화면으로 우리를 지켜보며 어떠한 핍박에도 배도하지 않을 것을 간절히 바라고 있습니다. 7년 환난의 시나리오는 요한계시록이고 모든 환난의 때를 지휘하시는 분은 하나님이십니다. 그래서 환난기는 개인의 고통을 토로하는 시간이 아닙니다. 요나는 좌우를 분별치 못하는 사람에게 복음을 전하는 일보다 자기 몸을 괴롭게 하는 땡볕이 속상해 하나님께 화를 내던 사람이었습니다. 단두대 앞에서 반전이 일어나지 않아도 변함없는 믿음이어야 합니다. 역사의 주인공인 하나님이 인류 역사를 마무리 하시도록 우리가 진로를 방해해서는 안 됩니다. 내 고통의 감정보다 언약을 이루시는 하나님을 신뢰하십시오. 우리가 겪게 되는 고통스러운 일이든 즐거운 일이든 모든 것이 다 선하게 되는 것은 하나님으로 말미암아 오기 때문입니다. 7년의 무대에서 우린 환난의 성도답게 그 길을 가야 합니다."

사람들은 오목사 말에 천국에서 보내는 응원의 소리가 들리는 듯 했다. 그렇게 은혜 받는 동안 동생을 찾으러 나갔던 청년은 돌아오지 않았다. 그때 지하 철문 밖에서 폭탄이 터졌고 문짝이 날아갔다. 사람들이 굉음에 놀라 엎드리자 아줌마성도가 말했다.

"목사님, 아까부터 그 청년이 찜찜했어요. 저번 주 제가 전도했을 때 바로 믿겠다며 저를 따라왔고 여기 모임에 한 번 참석했는데 탐색하러온 눈빛이었어요. 혹시 그 청년이…"

"나가는 문이 이 문밖에 없습니까?"

유일한 통로인 쓰레기 분류장소에서 난 불은 성도들 쪽으로 타들어오고 있어 입구가 봉쇄된 셈이다. 휴대폰은 전파가 잡히지 않았다. 남자 성도가 오목사를 향해 소리쳤다.

"목사님은 우리 죽음을 알고 계셨나요? 왜 아까 그런 말씀을… 수상합니다."

오목사는 가슴 아프게 그를 바라보면서 말했다.

"이런 상황 말고도 7년환난은 죽을 일이 매일 찾아옵니다. 인류의 대부분이 환난 중에 죽으니 우리가 그 숫자 안에 안 들어간다는 보장이 있습니까? 예수를 믿기 시작하면 주님을 택할 건지 두려움을 택할 건지 결정해야 합니다. 풀무불 가운데 다니엘처럼 살려주지 아니하실지라도 하나님을 원망하지 않겠다던 그 믿음이 있는지 보고 계십니다."

오목사는 아들과 성도들이 스쳐갔지만 지금은 함께 순교할 성도들이 중요해 소리쳤다.

"동그랗게 손을 잡으세요. 우린 지금 순교자의 길을 갑니다. 재앙으로 죽는 것보다 순교로 죽는 게 더 영광입니다. 우리 천국에서 다시 만납시다."

의심하던 성도가 울부짖자 나이 지긋한 분이 그를 안아주었다. 성도들은 공포심을 버리고 주님을 붙잡기로 한 듯 손에 손을 잡았다. 찬송을 같이 불렀다.

저 요단강 건너편에 찬란하게 뵈는 집 예루살렘 새집에서 주의 얼굴 뵈오리 / 빛난 하늘 그 집에서 주의 얼굴 뵈오리 한량없는 영광중에 주의 얼굴 뵈오리

아악! 앗 뜨거!

맹렬한 불의 열기가 성도들을 삼켜버렸다. 소방차는 어떤 이유에서인지 오지 않았고 불길에서 빠져나오는 사람을 쏘기 위해 다른 건물 옥상에서 누군가 총을 겨누고 있었다. 아빠와 만날 장소에 도착한 반석이가 건물에 다가가니 비명소리가 들려왔다. 뒷문 열기 때문에 은찬이에게 119에 신고하라고 소리쳤다. 문으로 다가간 반석이에게 소망이가 달려든 바람에 갑자기 날아든 총알은 강아지 귀를 스쳐갔다. 멀찍이서 사이렌 소리가 맴돌았지만 공격은 계속 되었다. 그때 어떤 남자가 고철로 만든 방패로 아이들을 막아서며 말했다.

"여기 있다가는 다 죽어! 담 너머에 있는 덤프트럭 타고 도망칠 거니까 나를 따라와."

말이 끝나기 무섭게 옥상에서 야간 조명이 켜졌고 아이들의 정체가 드러났다. 꼼짝없이 죽었구나 싶은 그때 매서운 찬바람에 기온이 급강하했고 함박눈이 쏟아지기 시작했다. 꽃피는 4월에 내리는 눈, 일기예보도 예측하지 못한 날씨였다. 무작위로 날아온 총알은 눈폭풍에 가려 조준이 자꾸 빗나갔다. 반석이는 강아지를 배낭에 넣었다. 태호는 왼손으로 방패를 잡고 아이들과 뛰기 시작했다. 눈이 오지 않았다면 모두 사살되었을 것이다. 태호는 마름모 형식으로 뛰어 담벼락에 도착했지만 총알은

여전히 날아들었다. 차에 올라탄 후 거친 숨을 고르는데 뒷자리에 누운 아서씨를 발견한 아이들이 깜짝 놀라자 태호가 말했다.

"수면제 먹고 자는 거라 괜찮아."

추적을 피하기 위해 헤드라이트를 끄고 갓길을 달리기 시작했다. 아이들이 핸드폰을 창밖으로 던지자 퍽! 깨졌고 함박눈이 후다닥 덮어버렸다. 태호가 말했다.

"나는 오목사님한테 세례를 받았어. 오늘 목사님과 은신처 가기로 했는데 누군가 집회 밀고를 했고 성도들을 화재로 위장해서 죽였어. 아빠를 구하지 못해 미안하다."

손을 잡아주는 은찬이 손등위로 반석이의 눈물이 뚝뚝 떨어졌다. 태호가 말했다.

"지금은 함박눈을 때마침 보내주신 하나님께 감사하자."

달리는 사이 눈은 점점 줄어들었다. 대포폰으로 김정애에게 전화했다.

"하태호입니다. 반석이와 가고 있는데 30분 후에 도착합니다. 통화 끝나면 바로 전화기를 버릴 겁니다. 덤프트럭 주차하는 장소로 빈 소주병, 안주 준비해서 나와 주세요."

근처에 덤프트럭이 밤샘 주차하는 외진골목이 있었다. 김정애는 트럭에게 다가갔다. 태호는 남자의 지문을 묻힌 소주병을 널브러지게 세팅해두고 블랙박스를 삭제한 뒤 내렸다. 김정애를 보며 눈물부터 흘리는 반석이를 보고 세 사람을 재빨리 집으로 들였다. 사고내용을 들은 조장로는 반석이를 안아주며 퉁명스럽게 태호에게 물었다.

"왜 하필 당신 만나는 날에 목사님이 희생되셨을까요? 지금은 아무도 믿을 수 없습니다."

"이해합니다. 이미 불길이 너무 번져... 지금 정부에서 비밀리에 복음의 영향을 미치는 분을 학살하고 있습니다."

조장로는 혼잣말을 하며 눈물을 삼켰다.
'얼마나 뜨거우셨을까...'

노아는 의지했던 분이 순교하자 망연자실했다. 시신수습을 문의했지만 건물붕괴위험에 접근할 수 없다는 답변만 돌아왔다. 노아가 김정애 집에 도착했을 때 하태호가 있다는 얘기를 듣고 그의 멱살을 잡고 얼굴을 때리며 말했다.
"우릴 다 죽이려고 접근했잖아! 한 사람당 얼마 받냐?"
맞기만 하던 태호를 조장로가 말리는데 김정애가 들어오며 말했다.
"싸우는 소리가 담을 넘잖아요. 오목사님이 순교를 준비하라 했지 싸우라 했어요?"
손을 풀던 노아는 조장로한테 조용히 말했다.
"은신처 절대 알려주지 마요. 가스총 드릴 테니 낌새 있으면 바로 쓰세요."
태호가 한나의 존재를 알까봐 노아는 그녀를 만나지 않은 채 돌아갔다. 인류의 대부분이 죽어나간다 해도 우리에겐 하나님의 특별한 보호막이 있을 거라 기대했지만 리더의 죽음은 그 기대를 무너뜨리기에 충분했다.

박권사는 백성주에게 인정받지 못하자 진모세교회로 옮겼다. 집회에서 어금니가 금이빨로 변했다며 진모세의 능력을 사람들에게 어필했다. 며칠 후 박권사의 모든 치아가 숯검댕이처럼 까맣게 변해버리자 진모세는 자신의 집회에 참석하지 말라고 통보했다. 입을 꾸욱 다문 채 숨어 지낸다는 소식을 들은 주영심은 자신을 돌아보게 되었다.
영심은 10년 전 예수님이 재림한다는 날짜를 믿고 그 날만을 위해 살았었다. 그 교회만이 구원이라 생각해 남편 몰래 대출 받아 헌금했다가 그날에 아무 일도 일어나지 않았고 남편은 신앙을 버리고 영심에게 이혼을 요구했다. 실망이 컸던 신도들은 다른 종교로 떠났다. 미혹의 후유증은 평생 영심을 괴롭혀왔다. 기적에 대한 목마름은 다시 잘못된 믿음으로 빠져들게 했다. 내 기도를 들어주려고 하나님이 존재한다는 기복신앙이 깔려 있었다. 응답되지 않을 때는 '하나님은 나를 안 사랑하셔, 다른 사람만 더 사랑하지' 하며 원망했다. 7년환난은 거짓된 신앙의 껍질을 벗겨놓았고 축복만 얻으려던 욕심은 말씀의 눈을 닫아버렸다. 이제 믿기 시작한 임도진의 신앙을 보며 영심은 자신이 한심했다. 한마디로 젊은 시절 바람만 피다 다 늙어 조강지처를 찾아와 죽음을 기다리는 너덜너덜한 심정이었다. 영적 간음이었다는 걸 알게 된 지금, 육신의 고통이 더해질수록 절망의 그림자가 영심을 깔아뭉갰다.

노을은 왜 이리 붉고 아름다운 걸까. 지진이 시작되어 도로가 융기하고 땅이 갈라지는데 도망치지 않았다. 지진을 보도하는 뉴스기자에게 패널이 덮쳐 쓰러지는 모습이 보였다. 허공에서 날아오는 파편을 보고 지나가던 남자가 영심을 낚아채듯 잡아당겼다. 하마터면 깔려 죽을 뻔 했다. 어깨에 손을 올린 남자가 영어로 말했는데 한국말로 들렸다.

"고린도후서 5장 15절! 자기중심으로 믿었던 자리에서 빠져 나오세요. 하나님을 바라보지 못하고 절망만 하다가 끝내는 게 사단의 전략입니다. 우리가 한 것을 자랑할 것이 아니라 주의 십자가만 자랑해야 합니다. 회개는 죽기 전까지만 할 수 있습니다."

영심의 영혼에 큰 울림이 되어 그를 보려고 고개를 돌리는 순간 그는 저만치 사라져갔다. 어디선가 살려달라는 비명소리가 들려올 때, 영심은 자기 뺨을 세게 때리며 정신을 차렸고 그 자리에서 무릎 꿇고 통곡했다.

"하나님! 잘못했어요. 용서해주세요. 흐윽! 영적간음을 한 더러운 이 영혼을... 저, 주님께로 돌아가고 싶어요. 오직 말씀으로..."

'그가 모든 사람을 대신하여 죽으심은 살아 있는 자들로 하여금 다시는 그들 자신을 위하여 살지 않고 오직 그들을 대신하여 죽었다가 다시 살아나신 이를 위하여 살게 하려 함이라'

자신이 선택한 우상이 결코 틀리지 않았음을 증명해 보이려 더 노골적인 우상숭배자가 되었음을 깨달았고 이제야 돌아갈 길이 보였다. 주님 없이 살수 있다는 사람들을 향해 하나님은 재앙으로 직접 브레이크를 걸기 시작했다.

지진이 땅을 흔들며 여섯째 인이 떨어졌다. 동물들이 미친 듯이 뛰어다니거나 새들이 비명을 지르며 유리창에 부딪혀 창문이 깨졌고 개는 제자리에서 뱅글뱅글 돌며 깨갱거렸다. 노아가 있는 서관 병동이 두부가 으깨지듯 무너졌다. 뚫린 벽으로 침대가 미끄러지듯 떨어졌고 환자들은 비명 속에서 죽임을 당했다. 놀란 차량도 경보음을 울리며 들썩거렸다. 아파트가 무너졌고 높이를 자랑하던 빌딩이 무너졌다. ATM 기계와 VIP 금고들이 갈라진 땅속으로 들어가 버렸고 가스관이 폭발해 커다란 굉음과 함께 불길이 치솟았다. 휴거이후 최대 지진이었고 지진이 시작된 후 재난문자가 울렸지만 이미 건물더미에 깔린 후였다. 피해규모와 사상자는 집계조차 되지 않았다. 땅이 갈라지고 물이 용솟음치고 도로가 끊겼다. 철도가 휘어 기차가 뒤집어져 인명피해가 컸고 모든 게 올 스톱되었다. 전기수도가 끊겨 촛불로 지냈지만 가족의 생사를 모르는 두려움을 더 힘들어했다.

인명피해가 가장 큰 곳은 무지개공설운동장이었다. 스트립걸과 스트

립보이들이 함께 무대에 오른 모습이 생중계 되어 많은 이목을 끌었다. 동성애자들까지 동원된 난잡한 관중석은 케이크를 처박은 것처럼 짜부라졌고 피로 물든 시체들이 조명을 대신했다. 무대의 철근이 무너지면서 나체의 몸을 찔러 철근이 복부를 통과했다. 도망가다가 압사사고까지 더해진 모습이 그대로 방영되었다.

산에 있던 성도들은 고라니와 멧돼지가 미쳐 날뛰는 것을 보며 지진을 감지했다. 뱀들이 산 아래로 내려가는 게 보였고 새들도 화들짝 날아오르며 악을 썼다. 조장로가 말했다.
"여섯째 인이 떼어졌어. 빨리 피해!"
그때 산 위에서 돌덩이가 고삐 풀린 망아지처럼 굴러 떨어지고 있었다. 사람들은 돌을 피하며 하나님을 불렀다. 산은 코털 뽑힌 사자처럼 울어댔다. 곳곳에서 콘크리트 더미에 깔린 도시 사람들이 울부짖었다.
"하나님! 제발 나를 죽이라고요! 빨리 죽여!"

밑에 있는 사람들이 걱정되어 내려갔다. 한나는 마당에 텐트를 치고 김정애가 데려온 여자아이를 치료하고 있었다. 김정애가 말했다.
"제 앞에서 다리가 무너졌는데 앞서가던 아이와 엄마가 떨어졌어요. 엄마는 돌아가셨고 아이만 구해왔어요. 이름이 지은이래요."
낯익은 목소리가 들려 텐트에서 나온 한나가 태호를 보며 말했다.
"목소리가... 저를 구해주신 그 분?"
태호는 멋쩍은 표정을 지었다. 조장로가 놀란 눈으로 물었다.
"왜 말을 안했어! 진작 말했으면 노아한테 얻어맞지도 않았겠지."
태호기 힌니를 보며 말했다.
"저 좋은 사람 아니에요."

한나가 말했다.

"제가 도망치고 싶다는 걸 어떻게 아셨어요?"

"목회자들 도청하다가 오목사님 대화를 엿들었어요. 오목사님이 접촉사고가 나서 한나씨를 데리러 갈 수 없다는 소리를 듣고…"

한나가 눈물을 글썽이며 말했다.

"누가 왜 커터칼을 쏟았을까요? 저대신 희생되신 분은 누구죠?"

"기득권자들이 인신제사를 지낸다는 걸 알게 되었고 그 명단을 해킹했다가 한나씨 이름을 보았습니다. 무대에 섰던 분은 룸살롱 접대부인데 몸에 칩을 받았다 해서… "

그때 반석이가 큰일 났다며 뉴스를 전달했다.

"청우병원이 무너졌데요."

한나의 눈동자에 눈물이 고이자 조장로가 말했다.

"태호형제! 노아를 구할 방법이… "

"제가 비밀요원 중에서 은밀히 소통하는 분이 있으니 현장으로 가볼게요."

서창호가 함께 가자며 따라나섰다. 조장로는 만의 하나 태호가 노아를 헤치는 건 아닐까 염려가 스쳐갔지만 지금은 태호 말고 다른 방안이 없었다. 산사태와 처처에 무너진 건물들을 보니 환난은 현실이었다. 여진이 계속 되어 사람들은 길에 텐트를 쳤지만 가족을 잃은 고통까지 더해져 점점 지쳐갔다. 홍이강은 추위에 떠는 시민들에게 물과 식량을 지시했지만 TV에 나오는 지역으로 한정되었다. 루카 수장도 전세계 일어난 지진은 곧 잠잠해질 거라 안심시켰고 실의에 빠진 국민들을 돕겠다고 말잔치를 했다. 쏟아지는 환자를 치료할 공간도 의료진도 턱없이 부족했다. 무지개공설운동장은 시신보관소로 결정되었고 지진에 죽은 신분확인도 안 된 시체들이 쌓여갔다.

문기자의 기사는 안 믿는 자들에게 예언처럼 여겨졌다. 다음 재앙이 올라오사 사람들은 요한계시록이 궁금해졌고 TV에 나오는 두 증인의 설교에 충격을 받았다. '뭐야? 이 세상이 성경의 예언대로 흘러간다고?' 사람들은 수군거리면서도 수장의 시대를 믿어야 하나 성경을 믿어야 하나 갸우뚱거렸다. 지진은 이땅이 영원할 거라는 착각을 내려놓게 만들었다. 소식을 몰라 애가 타던 한나는 한 달 전 노아에게 온 메일을 읽으며 눈물을 흘렸다.

휴거 이후 남겨진 나는 뒤돌아보았어. 내가 무엇을 놓치고 살았는지. 환난이 아니었으면 한나씨와 만날 일도 없었겠지... 한나씨가 죽을 고비에서 살아오던 그 밤이 떠오르면 아직도 마음 한켠에 촛불이 켜지는 것 같아. 여동생이 살아 돌아온 것처럼 하나님께 감사했어. 7년 동안 하나님은 우리에게 어떤 길을 예비하셨을까... 누가 먼저 떠나게 될지 모르지만 둘 다 재림의 영광을 볼 수 있다면 얼마나 눈부실까 그려보게 돼. 하루빨리 말씀과 기도 속에서 그대와 함께 살고 싶다. 오목사님한테 우리 사귄다고 말하고 싶다가도 현실을 생각하면 용기가 나지 않아. 나는 그대를 주님보다 더 사랑하지 않게 해달라고 기도해. 우리 주님의 이름을 위해 끝까지 견디는 자가 되자. 어떠한 핍박에도 놓지 않을 그 이름 예수 그리스도^^ 누가 더 주님을 사랑하는지 경쟁하듯 매일 그분의 이름으로 살아가자

서창호는 사망자 명단을 확인하러 갔고 태호는 낡은 트럭에서 김제현과 만났다.
"노아가 마지막으로 연락한 사람은 문기자야. 한나 전매니저는 백수로 지내다가 얼마 전 정부영양바 공장에서 부사장으로 일하고 있어."
"식용바퀴벌레 공장?"

"응. 고실장 파일에 창가교회가 있었어. 노아를 통해 더 많은 성도를 찾아내려 했던 것 같아. 공도영 현재위치가 이 주소로 나와."

"나에 대한 행방은 어떻게 처리됐어?"

"네가 그 건물에 들어가는 CCTV장면까지 보고되었어. 하루 전날 죽었던 시신에 네 소지품을 넣어 불태웠잖아. 그 시신이 하태호라는 증거를 보고하라고 했데. 너 하루만 늦었어도 제거 당했어. 명단에 Z13이 있었거든. 카메라에 찍히지 않는 슈트가 있어 얼마나 감사한지. 어차피 나도 죽을 목숨이지만 내 목숨 개한테 던져주고 싶지 않아. 가치있게 죽고 싶어."

"근데 이름이 왜 카도샤야?"

"유대인 설교 듣다가 알아냈어. 히브리어로 카도쉬는 거룩이고 카도샤는 매춘부, 창기라는 뜻이래. 몸과 영혼을 막을 수 없는 자, 즉 거룩을 지키지 못한 자를 창녀 카도샤라고 한데. 그러니 카도샤는 홍이강의 본질을 말해주지."

"형! 나 지금 너무 행복해. 죽음이 두렵지 않아. 어떻게 나 같은 오물을 고귀하신 주님이 사랑해줄 수가 있을까? 그 사랑, 염치없지만 받고 싶었어."

태호는 눈물이 하염없이 흘렀다. 김제현이 말했다.

"우리 같은 쓰레기를 하나님이 품어주신다니... 고실장한테 그동안 세뇌당한 게 거짓이었다는 걸 두 증인 말씀을 들으며 깨달아졌어."

태호가 말했다.

"오목사님이 환난 때 믿은 믿음으로 천년을 사는데 순교가 너무 귀한 믿음이래. 우리 손으로 성도들을 죽게 한 죄악을 회개하면서 순교를 각오하자."

"휴거 이후 김만국 국회의원이 회심하고 많은 사람에게 복음을 전했어. 근데 지난주 부산으로 비밀리에 전도집회 갔다가 공도영에게 살해당했는데 뉴스에도 안 나왔고 가족들도 죽었어. 그 후 공도영이 신급했어."

"그놈은 몇 년의 권력을 해먹자고 사단의 앞잡이가 되어 영혼을 팔다니! 근데 이 차는 어디서 났어?"

"생긴 건 고물인데 방탄유리야. 내가 개인적으로 일 볼 때 쓰는 차야. 여기다 주차해두고 스페어키는 갖고 있다가 필요할 때 써."

두 사람이 헤어진 후 태호는 땀이 범벅 된 서창호를 픽업했다.

"도로가 끊긴 데가 많아 조심 운전해야 해요. 실종자 명단을 확인했지만 없었어요. 의료진들과 환자들이 많이 죽어서 그 일대는 아수라장이에요. 신원미상자 시신도 봤는데 형태를 알아볼 수 없고 악취 때문에 접근이 어려워요."

태호가 말했다.

"공도영이 노아를 잡아갔으면 위험해요. 빨리 움직입시다."

두 증인 웹사이트에는 십사만사천명의 유대인들이 하나님의 종으로서 이마에 인치심을 받은 표식이 보인다며 기쁨의 댓글들이 끊이지 않았다. 7년 환난동안 추수할 영혼들을 위해 사도바울 같은 결혼하지 않은 청년 유대인들은 서로의 이마를 보며 하나님께 감사하며 전세계로 파송되어 복음을 전했다. 지금은 대규모 영혼 추수의 때라고 선포하는 두 증인의 당부가 곳곳에 닿고 있었다.

서창호가 차에서 대기하고 태호는 건물 옥상에서 공도영이 고실장한테 보고하는 전화를 도청했다. 공도영의 외출을 확인한 후 그 집과 골목의 CCTV를 꺼놓았다. 태호는 담을 넘어 요원들과 몸싸움을 벌이다 한 시간 잠드는 가루 마취제를 뿌렸다. 거실 바닥을 살피다가 핏방울이 떨어진 카펫을 들춰보니 나무로 된 뚜껑이 있었다. 그 아래 노아와 문기자가 밧줄에 묶여 신음했다. 태호는 두 사람을 데리고 나와 대기하던 트럭에 싣고 급하게 출발했지만 골목 끝에 나타난 남자가 뒤에서 총을 난사했다. 태호가 서창호에게 말했다.

"좌회전! 좌회전! 또 좌회전! 스톱!"

골목 한 바퀴를 돌아 트럭이 도착한 곳은 그 남자의 뒷모습, 남자가 전화를 걸려는 순간 태호가 귀에 화살을 쏘자 휴대폰이 벽에 부딪힌 후 깨져버렸다. 다리에 한 번 더 화살을 날린 후 골목으로 빠져나가는데 우박이 떨어지기 시작했다. 콩알만 한 우박이 점점 골프공 만하게 커지더니 우당탕탕 떨어졌다. 갑자기 차들이 급정거를 했고 달리던 전철이 우박공격을 받아 탈선했다. 트럭 앞유리에 금이 갔지만 최대한 속도를 내었다. 사람들은 우박을 피해 터널로 가거나 차를 버리고 건물 아래 숨었다. 머리에 우박을 맞아 뇌진탕으로 쓰러진 사람이 곳곳에 보였다. 그때 서창호가 말했다.

"피! 비가 아니라 피에요. 저기 보세요! 하늘에서 불도 떨어져요. 애굽에 내려졌던 10가지 재앙 중에서 일곱 번째 우박재앙과 닮았어요. 이런 환난에 대해 알고 있다는 게 얼마나 감사한지 몰라요."

앞유리가 피로 얼룩지다보니 교통사고가 연달아 일어났다. 첫 번째 나팔 심판의 천사가 우박과 불을 던지며 땅을 심판하고 있었다. 문기자가 낸 피우박 기사를 보고 일부 회심한 사람들은 영화 예고편을 미리 본 것처럼 입을 다물지 못했다. 전기가 나가 어둠이 덮어버렸다. 갑자기 하늘이 번쩍! 하고 환해졌다. 불이 떨어지는 하늘은 지상최대 폭죽놀이 같았고 곳곳에서 연기기둥이 피어올랐다. 쉬지 않고 이어지는 번개와 천둥은 공포에 떠는 사람들을 하늘을 보게 만들었다. 우박이 하천강물에 풍덩 빠져 둥둥 떠내려갔고 길가에 우박이 쌓여 빙하의 언덕을 만들었다. 꽃들과 나무들이 우박에 찢어졌다. 하늘에서 떨어진 불꽃이 강물에 닿자 불에 달군 쇠처럼 쏴아, 소리를 냈다.

태호는 주님을 영접했다는 것이 꿈만 같았다. 지금까지 복음을 몰랐다면 하나님의 귀한 성도들을 죽이다가 홍이강에게 로드킬 당하는 짐승이 되었을 것이다. 부유한 집 마당에 떨어진 불꽃이 잔디를 태우자 하늘에 삿대질을 하는 이도 있었다. 창문을 깨는 우박덩이는 탕! 탕! 탕! 심판하는 소리처럼 들려왔다. 더 이상 운전할 수 없던 서창호가 걸어가자고 했다. 무거운 문기자를 태호가 업고 서창호가 노아를 업고 이불로 머리를 덮었지만 이내 붉게 물들었다. 겨우 김정애 집에 도착해 두 사람을 눕혔다. 입술이 떨리던 한나는 노아의 손을 잡으며 하나님만 불렀다. 조장로는 누가 이 사람을 치료하냐며 발을 동동 굴렀다. 태호가 말했다.

"두 번째 나팔 심판이 시작되기 전에 은신처로 가야 해요. 이대로 있다가는 한나씨 존재도 들통 날지 몰라요."

조장로가 대답했다.

"중요한 짐들을 싸서 바로 올라가자고!"

일사분란하게 움직이는데 그 밤에 누군가 대문을 두드렸다. 조장로가 나가보니 주영심이었다. 그 뒤에 안정민과 이지운이 찌그러진 양은냄비를 머리에 쓴 채 배낭을 매고 서 있었다. 다 찢어진 우산, 패딩도 터져 붉은 깃털이 날렸다. 영심의 배낭을 받아든 조장로가 말했다.

"권사님을 포기하지 않았던 오목사님 상급이 클 거예요. 안형제와 이형제, 우리 지금 은신처로 올라가려던 참이었어요. 같이 갑시다."

몸은 야위었지만 영심의 눈동자는 이전과 다르게 빛나고 있었다. 우박이 녹아 질펀해진 붉은 땅을 철벅거리며 산으로 올라갔다. 지진이 컸지만 은신처는 대체로 피해를 입지 않았다. 은신처에서 하나님께 감사예배를 드렸다. 조장로가 말했다.

"오목사님이 순교하기 전에 다른데서 설교한 녹음파일을 보내 주셨는데 들어볼게요."

인간은 누구나 죽음을 무서워하고 고문당하는 것을 두려워합니다. 우리가 가장 무서워하는 순간에 하나님의 침묵을 경험하면 하나님이 내게 등을 돌린 것처럼 견디기 어렵습니다. 예수님도 십자가에서 고통당하실 때, 하나님은 그 순간 아들을 버려야만 했습니다. 왜요? 인간을 구원하시기 위해서였습니다. 순교도 마찬가지입니다. 고문당하고 목베임 당하는 순간 짠, 하고 하나님이 나타나셔야 되는데 그렇지 않습니다. 예수님이 십자가에서 하나님 아버지를 믿고 그 길을 묵묵히 가셨던 것처럼 순교하는 믿음을 사단 앞에 증명해 보이시길 원하십니다. 환난동안 하나님의 침묵이 길어 보이겠지만 결코 주님이 버리신 게 아닙니다. 순교 앞에서 한 가지만 생각하십시오. 주님이 나를 위해 흘린 보혈의 사랑이 얼마나 뜨거운지를. 두려움을 이기고 싶어도 말씀 한 절을 모르면 사단을 이길 수 없습니다. 레위지파에게 기업을 주지 않으신 건 하나님이 기업이 되기 때문입니다. 하나님이 기업이 된 사람은 말씀으로 통치를 받게 되고 사도행전 26장18절 말씀처럼 그 눈을 뜨게 하시며 어둠에서 빛으로 이끄시고 사탄의 권세에서 하나님의 통치 아래로 이끌어줍니다. 눈앞의 고난이 커 보이면 말씀이 안 보입니다. 말씀을 떠나지 않을 때 환난을 이길 힘을 얻습니다.

오목사를 생각하며 모두들 눈물이 흘렀다. 조장로가 말했다.

"계시록 책에 첫째부터 넷째까지 재앙이 땅과 바다와 강과 하늘 지구에 대한 심판이고 그 안에 속한 것들의 3분의 1을 치시는 재앙입니다. 온전히 멸하지 않고 3분의 1만 치시는 것은 회개할 기회를 주시기 위함입니다. 자연을 치시는 재앙은 인간들이 우상을 믿었기 때문에 오는 심판입니다. 이곳을 기점으로 환난 전반기까지 영혼을 추수해야 합니다. 우리를 이끌던 오목사님이 순교하셨으니 이제 우리의 통치자는 하나님이고 우리의 지도자는 말씀입니다."

이틀 후 노아가 먼저 깨어나자 한나는 죽을 떠먹이며 태호에 대해 얘기해주었다. 조장로가 말했다.

"7년 환란 책의 소지자 배포자 처벌대상이라고 기사 난 거보니 이 책의 영향력이 크다는 거야. 노아는 왜 끌려갔어?"

노아가 힘겹게 입을 뗐다.

"문기자가 누군가 자신을 미행한다며 병원에 달려왔어요. 숨겨 달라해서 지하주차장으로 내려왔는데 천장이 무너지면서 제 차가 찌그러졌어요. 같이 도망치는데 입구에서 9인승 벤이 미친 듯이 달려왔고 문이 열렸어요. 건물이 무너지기 시작해서 발로 뛰기에는 깔려죽을 거 같아 그 차에 올라탔어요. 주차장을 빠져나간 뒤 바로 병원이 무너졌는데 그 차가 문기자와 저를 노리던 요원이었어요. 제 발로 그물에 들어간 셈이죠. 7년환난 책을 받아간 신도 명단을 쓰라고 협박했는데 공도영에게 급한 전화가 오는 바람에... 안 그랬음 순교했겠지요."

노아가 한나에게 말했다.

"병원 무너지기 전날, 어머니가 진료하는 척하며 죽은 딸이 그립다고 찾아오셨어. 감시 때문에 도망 못 가니 은신처로 갈 수 있게 도와달라는 쪽지를 몰래 주셨어."

"우리 엄마 구원받아야 해요."

"스포츠머리를 한 남자도 찾아왔는데 한니씨가 이디 있냐고 묻는데 뭔가 싸늘했어. 죽은 사람을 여기서 왜 찾냐고 했더니 얼버무리다가 갔어."

"혹시 전매니저? 눈썹 치켜 올라간 놈 맞죠? 그 인간 생각만 해도 소름 끼쳐요. 예전에 촬영 끝나고 집에 데려다주면서 잠든 제 다리를 만졌어요. 비명을 질렀더니 모기 핑계 대며... 아빠가 해고했던 그 놈이 할로윈데이 때 나타나 저를 태워다주었는데 그 이유를 지금까지 몰라요."

그때 태호가 일을 마치고 돌아왔다. 노아는 태호에게 오해한 일을 사과하며 한나 어머니를 데려올 방법을 상의했다. 기운을 차린 문기자가 일어나며 얘기했다.

"제가 써놓은 기사는 여기서 공유하며 대비책을 세워놓을게요. 그리고 김로건 사건의 금을 찾았나 봐요."

서창호가 귀를 쫑긋하며 들었다. 문기자가 붕대를 감은 팔을 가슴 쪽으로 가져오며 말했다.

"로건이 죽기 전날 가졌던 골드바는 도금이었고 사람들이 찾았던 금도 가짜였데요. 로건이 사들인 천억의 골드바 구입내역이 존재하는데 진짜 금은 행방조차 모른다는 거죠. 로건 말고 또 다른 사기꾼이 있다고 동료 기자에게 들었어요."

조장로가 말했다.

"멸망이 눈앞인데 이 땅이 장망성인 줄도 모르고... 어휴!"

그때 천둥번개가 요란하며 밤하늘을 흔들었다. 문기자는 놈들한테 맞은 배를 움켜쥐며 통증을 호소했다.

한반도 전역에 파송된 유대인 사역자들을 통틀어 사도바울이라 불렀다. 현지사역자와 함께 복음을 전하는 일에 목숨을 걸었다. 외진 동네 지하공간을 활용하며 새벽 두시 몰래 모여 집회를 열었는데 초신자들이 많아 그들을 말씀으로 양육했다.

손에서 성경을 놓지 않던 주영심은 말씀을 읽다가 회개할 게 너무 많아 말씀을 모르고 죽었다면 어떻게 되었을까를 생각했다. 어느새 눕지도 못하던 통증이 사라져 잠을 잘 수 있었다. 시편으로 기도했고 창세기부터 차곡차곡 말씀의 단을 쌓아 올렸다. 시편 124편 7절처럼 사냥꾼의 올무에서 벗어난 새같이 미혹에서 벗어난 해방감을 맛보았다. 오목사의 따끔한 충고가 이제와 빛을 발하는 순간이었다. 밤에 태호가 한나 엄마인 송사모를 데려오자 살아있는 딸을 끌어안고 감격의 눈물을 흘렸다.

"네가 억울하게 죽은 게 엄마 탓이라 생각하며 절망했는데 하나님이 이렇게 우릴 사랑하셨다니! 우리에게 진정한 믿음으로 거듭날 시간을 주셔서 얼마나 감사한지 몰라."

"엄마, 팔에 멍이 왜 이리 많아? 아빠가 때렸어?"

"숨겨놓은 성경 들켜서 맞았어. 아빠의 신앙은 홍이강이야."

송사모가 패물을 딸에게 건네며 말했다.

"뒷거래로 식량 사려면 금이 필요해."

김정애가 식량을 몰래 거래하는 이가 있었다. 신씨 아줌마는 표를 받았지만 정부에 신고하지 않겠다며 금을 더 쳐 달라 하고 2주에 한번 정해진 시간, 정해진 장소에서 거래했다.

며칠 후 한밤에 일본 후지산에서 화산이 폭발했다. 공포의 도가니가 된 일본 열도의 소식이 전해지는 가운데 징조가 농후했던 백두산도 드디어 터져버렸다. 두 번째 나팔재앙을 알리는 신호탄이 되었고 백두산 주변은 아비귀환이었다. 최고위험수위 지진해일 경보가 울렸고 해안가에는 접근금지명령이 떨어졌다. 사이렌 소리는 이제 일상이 되었다. 용암과 크고 작은 암석이 화산가스와 뭉쳐 민가를 덮쳤고 화산재가 수십km 상공까지 솟구쳤다. 1200도 뜨거운 용암이 강처럼 흘러 주변을 삼켰다. 더 무서운 건 화산쇄설류였다. 용암과 암석파편 화산가스가 하나로 뭉쳐 시속 170km로 주변을 덮쳐버리는 화산쇄설류는 죽음의 공포였다. 화산재가 나무에 닿으면 바로 불이 붙어 주변이 타올랐고 화산재가 호흡기로 들어가면 숨을 쉴 수가 없었다. 천지에 고인 20억톤의 물과 함께 화선홍수 라하르가 시속 100km로 흘러내리고 있었으나 대피가 불가능해 죽음을 맞이했다.

그나마 문기자의 바다재앙에 대한 기사를 읽고 미리 대피한 사람도 있었다. 백두산 주변 도로는 주차장이 되었다. 한반도에는 멀리서 들려오는 폭발음에 가슴을 쓸어내리며 진짜 지구종말이 왔다고 입을 모았다.

새벽이 되어 남태평양 통가에서도 해저화산이 폭발했다. 심해 2천 미터에서 쏘아올린 화산은 환태평양대의 화산들을 도미노처럼 흔들어 깨웠다. 바다를 항해하던 배들과 정박되어 있던 배들이 부서졌고 일본과 동해안은 최대 쓰나미 재앙이 온다고 사이렌을 쉬지 않고 울려댔다.

인간들이 집착하던 것들은 모두 재로 덮였다. 추워진 날씨로 북동풍이 불어 화산재가 남한으로 날아들 전망이라 산성비와 유해가스가 바람을 타고 내려오는 건 불 보듯 뻔했고 외출한다는 건 목숨을 거는 일이었다. 사람들은 마트로 몰려갔지만 새벽이라 문 연 곳이 없어 발을 동동 굴렀고 오픈하자마자 물건은 솔드아웃 되었다. 은신처 성도들은 틈틈이 비닐을 쳐서 화산재가 들어오지 못하도록 손을 썼다. 신목사가 준비해둔 방진마스크, 방독면, 방호복을 유용하게 사용했다. 화산이 터진 후 태양빛을 막아 평균 5도 정도 떨어져 사람들은 한겨울처럼 추위에 떨었다. 세상은 온통 잿빛이었다.

고PD가 메일을 보내왔다.
전세계는 바다의 재앙으로 물고기 3분의1이 죽고 배들도 파괴되었고 해일이 덮쳐 많은 사람이 재앙에 몸부림치고 있지요. 이곳 이스라엘은 환난 중반까지는 다른 나라보다 환난이 덜한거 같습니다. 이스라엘은 루카수장이 수천년 기다려온 메시아가 아닐까 하며 그를 추앙하고 있습니다. 저희는 그리스도를 믿는 여러 사람과 국적을 넘어서 공동체 생활을 하고 있습니다. 오늘 뉴스엔 새로운 혜성이 지구와 충돌할 거라며 과학자는 혜성 주위로 급히 탐사선을 쏘아 데이터를 분석하고 있습니다.

지구에 돌진하던 혜성이 바다에 떨어져 물의 3분의 1이 오염되어 그 물을 먹는 자는 죽어나갔다. 화산폭발로 물의 오염이 급속도로 진행되었고 생수는 20배 넘는 가격으로도 구입이 어려웠다. 팔 수 있는 식량조차 줄어 그나마 배양육으로 된 미트볼과 곤충으로 만든 영양바는 저렴하게 구할 수 있었다. 가축사료나 개사료를 먹는 사람도 있었다. 동물원에도 재정이 바닥나 배고픈 동물들이 서로를 잡아먹었고 사슴들은 초식동물이지만 뱀을 잡아먹는 일까지 벌어졌다. 슈퍼 쥐들이 전세계에 들끓어 이상한 전염병을 옮기며 식량을 먹어치웠고 큰 쥐가 인간을 공격하는 일까지 생겼다. 갑자기 쏟아진 홍수로 물에 잠기거나 사막처럼 뜨거운 기후에 밭이 타들어가며 자연은 이제 인간을 해롭게 하기로 결심한 것처럼 보였다.

거리에는 실종자 전단지와 종교사범 수배전단지가 붙었다. 최학주가 송사모를 고발했고 박권사는 주영심을, 병원은 불법책자 유통으로 노아를 고발했다. 저녁에 예배드린 후 송사모가 말했다.

"왜 하나님은 나에게 이런 남편을 허락하셨을까요? 말씀에 바로선 남편이었다면 얼마나 좋았을까요."

주영심이 말했다.

"오목사님께 저도 질문했어요. 왜 내 주변에는 미혹된 사람들만 있었는지."

송사모가 관심을 가지고 바라보자 주영심이 말했다.

"욕심에 이끌려 살던 염소 같은 믿음이라 그랬데요. 말씀을 모르니까 눈에 보이는 신기한 것이 진짜인 줄 알고 따라갔고 거기에 세뇌되다보니 오히려 제대로 믿는 사람이 이단처럼 보였어요. 말씀을 알기보다 신비로운 체험에 중독되었고 그런 체험은 현실도피를 만들어 주었죠. 한번으로 만족되지 않아 더한 기적을 쫓다보니 금단증상이 나타나 진모세가 사이비인줄 알면서도 쫓아갔어요. 한때는 벗어나려 노력했지만 '내가 떠난 이곳이 진짜였으면 어떡하지' 라는 마음 때문에 빠져나오지 못했어요. 그런 마음을 이용해 신도들에게 공포심을 조장했고 탈퇴하면 저주받는다고 위협했어요."

조장로가 말했다.

"저도 그때는 믿고 싶은 것만 믿었기에 최학주가 능력의 종이라고 생각했어요. 갈라디아서만 읽어봐도 분별할 수 있었을 텐데."

송사모가 말했다.

"남편의 핍박 때문에 진리가 뭔지 목말랐고 두 증인 설교 들으며 진리를 알게 되었어요. 딸을 보며 부활하신 주님이 제게 다가와 제 인생 통틀어 환난을 지나는 지금이 가장 행복해요. 진짜 주님을 만났으니까요."

저녁에 태호에게 송사모가 말했다.

"부끄럽지만 남편이 미혼모집사를 유린하고 상처를 주었는데 자살시도를 한 적이 있었어요. 그 집사에게 복음을 전하고 싶어요."

TV에서는 가수들이 새정부 눈에 잘 보이기 위해 피 흘리는 노래를 발표했다. 666 사인을 강조하며 여자나 어린 아이가 희생당하는 피의 제사를 뮤비로 만들었다. 채널의 90%는 악마가 만든 채널이어서 동성애의 성행위까지 내보내고 있었다.

　새롭게 회심한 가정교회를 위해 유대인 지도자인 벤유다의 설교는 말씀을 교육하는 지침서가 되었다. 환난 때 드리는 예배는 전투식량과도 같았고 지옥에서 천국으로의 방향전환이 되었다. 세계단일종교에 위협이 되는 가정교회는 새로운 사회악이 되었다고 루카 수장이 발표하자 10개의 권역에서 가정교회를 제지할 것을 지시했다. 언론은 두 증인을 비난하며 기독교인을 법대로 처리할 수 있는 날이 얼마 남지 않았다고 엄포를 놓았다.

　햇살이 눈부신 날, 갑자기 태양 주변이 어두워지더니 기온이 곤두박질치기 시작했다. 어둠의 재앙에는 태양이 8시간만 떠 있었고 그 빛도 3분의 2로 줄어들었다. 전력공급에 차질이 생겨 전화 걸기도 어려워졌다. 여름이었는데 갑자기 겨울이 되어 추위를 견디려 가구를 태우기도 했다. 사람들은 아파트 같은 공동주택을 회피했다. 물도 전기도 자주 끊겨 통에 살아야 하는 고통에 도시를 떠나는 사람이 늘어갔다. 깊어가는 어둠에 폭설까지 더해졌다.
　태호와 송사모가 새벽 1시쯤 유인정의 집으로 향했다. 어둠이 가득하니 CCTV를 피할 수 있었다. 거실에서 목을 매 몸부림치는 것을 태호가 달려가 끈을 끊어냈다. 새파랗게 질린 얼굴로 기침을 하다가 숨결이 돌아온 자매를 송사모가 안아주며 말했다.
　"우리가 피해자인데 왜 죽어! 하나님은 우리 편이야. 여기 있지 말고 은신처로 가자."
　은신처에 들어가 잠들기 전 송시모가 유인정에게 말했다.
　"아무리 힘들어도 자살은 안 돼. 목숨의 주인은 하나님께 있어. 절대

그러지마."

"내 인생이 거지같고 죄책감까지 더해졌는데 어둠속에서 누군가 말했어요. '창녀 같은 년은 죽어야 죄를 씻어. 더러운 죄는 하나님도 용서 못해, 목을 매달아!' 막상 죽으려니 갑자기 정신이 번쩍 났어요. 사모님 아니었으면 저는..."

"그래서 우린 말씀의 능력이 필요해. 참 이상하지. 새벽에 가려다가 조급한 마음에 일찍 갔는데.... 널 구원하시려고 하나님이 우릴 보내신 거지. 이래도 네 인생이 거지같아?"

유인정을 위해 성도들이 하나님에 대해 잘못 알고 있는 것들을 말씀으로 가르쳤다. 어둠의 그림자가 전세계를 덮자 강도 살인, 흉악범죄가 판을 쳤고 특히 식량을 훔치는 자들이 많아졌다. 벤유다는 설교를 통해 호소했다.

"재앙이 점점 심해져 고통이 끝없어 보입니다. 그러나 구원받은 우리는 노아의 방주에 올라탔다는 걸 기억하십시오. 방주는 물살에 흔들릴 수는 있어도 떠내려가지도 않고 깨지지 않습니다. 하나님은 우리가 두려움에 죽을까봐 창을 하늘로 내셨습니다. 고난의 창이 옆으로 나 있으면 재앙으로 죽는 사람을 보며 제정신으로 버틸 수가 없겠지요. 이 환난 중에 우리가 할 일은 고개를 들어 하나님을 바라보는 일입니다."

문기자는 기자 자격을 박탈당했지만 그의 기사는 안 믿는 자들 사이에서 조용한 영향력을 발휘했다. 사람들은 그 기사가 실제가 될 것이 두려워 몸을 가릴 수 있는 준비를 했다. 왠지 그렇게 될 거라는 두려움을 받아들였다. 수요예배 때 노아가 말씀을 전했다.

"휴거이후 아버지 생각이 많이 났습니다. 저는 아버지 사역을 이해할 수 없었어요. 그런데 병원에서 누군가를 전도하다가 아버지 블로그로 인해 적그리스도 정체를 알았다며 고맙다고 하더군요. 아버지는 주님과 딱 붙어 있으니까 주님의 마음으로 사셨던 것 같아요. 여호수아 23장 8절 말씀, 오직 너희의 하나님 가까이 하기를 오늘까지 행한 것 같이 하라, 여기서 가까이 라는 말은 원어로 '따바크' 인데 딱 붙어 있는 것을 뜻합니다. 재앙이 더해질수록 우리는 하나님께 아주 가까이 따바크해야 합니다. 출애굽 때 홍해를 모세가 갈랐나요? 구름기둥 불기둥 인간이 했습니까? 하나님이 믿는 자에게 베푸신 일이었습니다. 믿지 않는 자들은 십자가의 은혜를 모르니까 핍박하는 거고 천국과 지옥이 안 믿어지니까 믿어지는 우리가 미운 겁니다. 환난의 뜻을 말씀으로 깨닫는다면 핍박받아도 하늘의 기쁨을 잃지 않게 됩니다."

    도진과 형제들은 꿩을 쫓다가 연기구름처럼 날아오는 토네이도 같은 까만 무리에 사색이 되었다. 겉으로는 메뚜기인데 얼굴은 사람을 닮아 걸음아 나살려라 도망치기 시작했다. 4명의 남자들이 뛰어가는데 괴물메뚜기들은 이신호에게만 달려들었다. 몸통은 작은 말처럼 생겼고 빨판에서 점액질이 나와 피부에 달라붙었고 전갈의 독침이 이신호를 쏘며 놔주지 않았다. 성도들이 뛰쳐나와 괴물메뚜기를 향해 공포탄과 화살로 공격하자 황충은 앞서가던 메뚜기 떼에게로 합류했다. 만신창이가 된 이신호를 안으로 집어넣고 문단속을 했다. 노아가 소리쳤다.
    "황충재앙이 시작되었어요. 절대 나가면 안돼요. 제가 신호형제를 치료할게요."
    왜 이신호에게만 황충이 날아들었는지 다들 이상한 생각이 들었다. 도진은 마음이 아팠다. 주님을 영접하지 않은 자에게 가해지는 공격이라는 걸... 노아는 죽음의 공포를 온몸으로 표현하는 이신호를 안심시키며 치료했다. 곳곳에서 황충의 재앙으로 고통 받는 사람들의 참혹한 모습이 뉴스에 방영되었다. 이신호를 도울 의견을 나누다가 서창호가 한나를 보며 말했다.

"자매님, 이마에 빛이 나요. 어? 여러분들 이마에도 빛이 나요."

한나가 대답했다.

"그리스도의 인이 없는 자만 공격을 당한 거 같아요."

송사모는 유인정의 이마에 빛이 나지 않는 걸 보고 입을 다물었다. 표식이 없음을 눈치 챈 유인정이 말했다.

"저 괜찮아요. 주님이 아니었다면 지옥 갔을 텐데... 저도 주님을 진정으로 만나 변화 받고 싶어요."

연합예배를 생방송하는 만찬교회 안으로 메뚜기 떼가 날아들었다. 고어텍스를 걸쳐도 황충의 공격을 막지 못했다. 황충의 눈과 마주치자 공포심이 더해져 그 자리에서 기절하는 자도 있었다. 하나님의 인이 없는 자에게 달려들어 살점이 뜯기자 더 많은 황충이 피냄새를 맡고 들러붙어 교회는 아수라장이 되었다. 최학주에게는 더 큰 황충이 달라붙었다. 가슴에 꽂은 핀마이크 때문에 최학주의 비명이 생방송 되었지만 그의 보디가드도 괴로운 건 마찬가지였다. 경찰들도 정부 직원들도 도망가기 바빴다. 거리의 어떤 사람은 황충을 보면서 '하나님! 잘못했어요. 살려주세요. 예수님을 영접하겠습니다.' 그 자리에서 외치며 무릎을 꿇고 주님을 찾았다. 어떻게 하면 구원받을 수 있냐며 사도바울을 찾는 사람도 있었다. 문기자가 올린 기사를 보고 다섯 달 동안의 공격을 어떻게 피해갈지 무서워했다. 여러 황충에 공격을 당한 사람은 살점이 너덜거려 혀를 깨물기도 하고 칼로 자해하며 죽기를 원했지만 죽음이 그들을 피해갔다.

사도바울은 황충으로 고통받는 사람들 사이에 서서 복음을 전했다. 황충들이 사도바울을 피해가는 걸 보며 예수를 믿겠다는 이도 있었고 여전히 강퍅한 심령으로 하나님을 욕하는 이도 있었다.

"그날에는 사람들이 죽기를 구하여도 죽지 못하고 죽고 싶으나 죽음이 그들을 피하리로다 계시록 9장 6절 말씀입니다. 하나님을 대적하는 자들에 대한 이 심판은 그야말로 참혹합니다. 염소와 양을 구분하는 재앙인 만큼 이마에 그리스도의 인이 없는 자들은 공격의 대상인데 무엇을 더 망설이십니까? 목숨이 붙어 있을 때 예수님을 영접하십시오. 어떤 사람은 너무 괴로워 확실히 죽기 위해 20층 건물에서 떨어졌으나 사지가 너덜거리며 장기가 터졌는데도 죽지 않았지만 복음을 받아들이지 않았습니다. 여러분, 더 이상 비참한 최후를 맞지 마십시오. 이 재앙은 5개월 동안 지속됩니다."

이신호를 치료하던 노아에게 유인정이 물었다.
"사랑의 하나님이 왜 사람들을 이렇게 고통스럽게 하실까요?"
노아가 대답했다.
"사랑의 하나님인 동시에 심판의 하나님이세요. 이 재앙은 하늘에서 쫓겨난 악한 황충이 하나님 뜻을 이루기 위해 쓰임 받는 중입니다. 요한복음 안에 복음의 해답이 있습니다."
전차가 달려오듯 황충의 날갯짓은 허공을 진동시키며 전세계를 공포로 덮어버렸다.
인정이가 팔다리에 붕대를 감은 이신호에게 죽을 떠먹이며 말했다.
"제가 부끄러울까봐 신호씨도 표식이 없었나 봐요. 우리 동변상련해요. 진정한 성도가 될 때까지 찬송과 말씀을 새겨 넣어요."

마음이 편안해진 신호는 자기 얘기를 했다.

"아버지가 도박하다 엄마를 자주 때렸고, 엄마는 스스로 먼 길을 떠나셨어요. 저는 비관하다가 아버지를 끊어내기 위해 중이 되었어요. 복수심에 주님이 들어올 틈이 없었나 봐요. 인정씨가 들려주는 성경이야기가 처음으로 가슴에 닿아요. 또 들려주세요. 예수님이야기요."

"주님을 알 때까지 저와 함께 요한복음으로 들어가요. 누군가를 증오하면 하나님이 들어올 공간이 없어진대요. 우리 지금은 예수님만 생각해요!"

신호는 그녀의 간절한 목소리에 굳었던 마음이 눈 녹듯 녹았다. 요한복음을 1장부터 읽다가 10장에서 인정이 말했다.

"주님이 우리의 선한 목자가 되신데요. 주님이 우리를 알고 우리도 주님을 알아본다는 거죠. 엄마를 죽게 했던 아버지가 신호씨 아버지가 아니라 하나님이 진짜 아버지세요. 저는 이 모든 게 믿어져요. 놀랍지 않아요?"

"내 아버지가 하나님이시라니! 어떻게 그 귀한 하나님이 내 아버지가 될 수 있죠?"

"어제 읽었던 누가복음 3장에 예수님의 족보가 그 뜻이었어요. '그 위는 에노스요 그 위는 셋이요 그 위는 아담이요 그 위는 하나님이시니라' 그러니까 우리가 아담의 자손이죠? 아담의 아버지가 하나님이니까 우리 족보를 거꾸로 올라가면 제일 꼭대기에 하나님이 계신 거죠. 왜 그분이 우리의 아버지가 되는지 알았어요."

두 사람은 어린아이처럼 기뻐했다. 인정이 요한복음을 손으로 짚어가며 말했다.

"5장24절도 보세요. '내가 진실로 진실로 너희에게 이르노니 내 말을 듣고 또 나 보내신 이를 믿는 자는 영생을 얻었고 심판에 이르지 아니하나니 사망에서 생명으로 옮겼느니라.' 와! 우리가 사망에서 생명으로 옮겨졌데요! 주님이 너무 좋아요. 우린 구원받았어요! 할렐루야!"

환호소리에 들어온 송사모가 둘의 표식을 보며 눈물을 흘렸다. 인정이 말했다.

"요한복음에 복음의 비밀이 다 들어 있어요. 너무 기뻐서 눈물이 나요."

메뚜기들이 '아폴리언!' 이라고 외쳤다. 그리스어로 아폴리언이란 말은 파괴자라는 뜻이었다. 무저갱에서 나온 악마의 왕은 미쳐 날뛰는 메뚜기들을 이끌고 그 이름값을 톡톡히 해내었다. 동료 요원들이 메뚜기에 공격받아 일을 제대로 못 해낼 때 김제현은 홍이강을 도청했다. 고실장의 보고하는 소리가 들렸다.

"명령하신 YJ는 해치웠습니다. 사고로 위장했고 뉴스에 나오지 않도록 손을 썼습니다."

"그러게 왜 내가 싫어하는 일본 총리와 붙어먹어 화를 자초하냐고. 권력이란 높이 있을 때 기어 올라오는 것들 족족 밟아줘야 해. 내 땅에선 예수 믿는 것들 발붙일 수 없게 할 거야. 그래야 루카수장님도 아시아의 영원한 권력을 허락하시지."

고실장이 자신있게 대답했다.

"좌파 놈들은 기독교를 죽이려고 안달이 났고 극우세력은 변질된 성경을 전하는 교회를 만들었지요. 번영신학과 맘몬의 교회, 폭력을 일삼는 전투교회, 카톨릭과 손잡은 신사도 운동가들, 너무도 다양하게 변질되어 대놓고 기독교를 죽이는 것 보다 더 수확이 좋습니다."

홍이강은 대통령암살을 수행했던 요원들을 해치우라고 명령했다. 그때 최학주에게 전화가 왔다.

"황충 때문에 고생했는데 수장님이 보내주신 닥터 넉분에 살았습니다. 이 은혜를 어떻게 갚아야할지."

"소문에는 최한나가 살아 있다는데 사실인가요?"
놀란 최학주는 자연스럽게 대답했다.
"제물에 흠이 날까 싶어 행사 전부터 외출금지 시켰는데 무슨 말씀이신지…"
"아, 내가 잘못 알았나?"
"요즘 교회에서 불교와 이슬람이 당회장실을 점거하며 시끄럽게 만듭니다. 빨리 제 아들이 세습하도록 힘써 주신다면 제가 섭섭지 않게…"
"불교도 이슬람도 제게는 다 아픈 손가락이라… 한 번 생각해보겠습니다."

김제현은 태호를 불러내어 말했다.
"홍이강 쓰레기통에 도청스티커 붙여놨거든. 나, 제거명단에 올랐어."
태호는 그의 얼굴을 쳐다보며 말했다.
"형! 이마에 빛이… "
"이것 때문에 의심받을 뻔 했잖아. 세 명이 같이 일하다가 황충이 나만 안 물어서 두 사람 피를 내 팔에 묻히며 물어뜯긴 척 했어. 밤마다 포비돈 바르고 붕대를 감아놨어. 태호야! 고실장이 사도바울 제거명령을 내렸어. 유대인 사역자들에게 조심하라고 당부해야 해."

문기자를 잡으려는 킬러들 때문에 은신처가 발각될 위기에 처해지던 차에 고PD가 문기자에게 이스라엘로 오기를 제안했다. 문기자와 지방에 숨어 있던 카메라 감독하고 함께 탈출을 시도했다. 황충재앙을 틈타 카메라 감독이 경비행기를 구했다. 조종사도 그리스도인이었다. 황충이 날아다니는 허공을 지나 3일에 걸쳐 이스라엘 보스라에 도착했다. 비행금지구역에 들어갔다가 공격당할 뻔했지만 황충이 중간에 큰 역할을 해 빠져나올 수 있었다. 보스라에 들어서니 예수님이 계셨던 2천 년 전으로 돌아간 것 같은 감격이 몰려왔다.

황충재앙이 한 달 정도 남았지만 고통은 엎친데 덮쳤다. 의료진들도 도망가기 바빴고 병원도 당분간 폐쇄되었다. 송사모는 노아를 따로 불러 조심스레 말했다.

"한나가 누구를 깊이 좋아하는 건 처음 봐서... 나는 노아가 왜 이리 든든할까? 환난 중이지만 간단한 예식으로 결혼하면 어떨까 해서."

"저도 한나씨를 좋아하지만 언제 우리가 주님의 부름을 받을지 몰라서..."

송사모가 노아의 손을 잡으며 말했다.

"환난의 때일수록 서로 의지하면 믿음이 더 성장하지 않을까? 한나가 복이 많아. 신목사님 아들과 친해지다니."

노아는 폭포소리가 커튼처럼 쳐있는 동굴 끝에 앉아 한나에게 말했다.

"환난과 재앙, 이 모든 것 위에 하나님이 우리 편이 아니었다면... 생각만 해도 끔찍해."

한나가 대답했다.

"저를 바른 신앙으로 이끌었던 노아씨는 하나님 보내신 귀한 사람이에요."

"우리 결혼할까? 최목사님이 한나 만나지 말라고 했을 때 한나에 대한 내 마음을 돌아보았어. 우리 그런 사이 아닌데? 하다가 앞으로 소중한 사람이 될 것 같았어."

"환난이라는 극도의 환경이 오히려 우리를 믿음으로 묶어주는 거 같아요. 저는 노아씨 가족이 되고 싶어요."

"처음엔 여동생처럼 짠하다가 죽을 위기의 순간 주님 다음으로 생각나는 사람이 그대였어. 우리 이 환난을 같이 이겨나가자."

물줄기 사이로 황금빛 노을이 두 사람 사이를 비집고 들어왔다. 성도들은 말없이 고개를 끄덕이며 결혼식을 서둘렀다. 주영심이 칡꽃으로 부케를 만들고 송사모가 떡을 조금 만들었다. 조장로가 주례를 서고 서창호가 사회를 맡았다. 특송은 신부인 한나가 주님다시 오실 때까지 찬양을 불렀다. 저장해둔 황태로 요리해 식탁이 풍성해졌다. 세상 밖에는 황충의 재앙으로 시끄러웠지만 이날 하루, 잔칫상이 펼쳐졌다. 간단한 예식이 끝나고 반석이가 말했다.

"누나! 축하드려요. 주님 재림하시면 저도 장가갈 때가 되지만…"

모두 환하게 웃었다. 깊은 밤이 되어 서창호가 제안했다.

"처음에 장로님하고 공사했던 은신처가 어떻게 되었는지 확인해보고 싶어요."

조장로가 대원들에게 말했다.

"사람이 많아 장소를 나누는 것도 좋을 거 같아요. 가보고 여의치 않으면 돌아오겠습니다. 가실 분은 노아, 한나, 사모님, 유인정, 서창호, 반석이, 은찬이입니다. 나머지는 남아주세요. 태호는 왔다 갔다 할 것입니다."

떠나기 전에 송사모가 조장로에게 말했다.

"이신호형제와 유인정은 제가 데려가고 싶어요."

도진이 장난치듯 신호의 어깨를 치며 말했다.

"너 예수 안 믿었으면 어쩔 뻔했어. 꿀이 뚝뚝 떨어지더라. 조금 늦게 신자의 표식을 받았지만 주님이 사랑을 선물로 주셨네. 부럽다 부러워!"

반석이도 한 가지 제안을 했다.

"지은이도 같이 가면 안 되나요? 청소년부가 부흥하고 있는데 부흥에 차질이 생겨서요."

"그래. 내가 부흥을 방해하면 안 되지. 하하."

사람얼굴을 한 황충들이 차 유리에 딱 붙어 대원들을 쳐다볼 때는 소름이 끼쳤다. 창문이 깨진 새정부 감시처소에서는 황충재앙을 당한 군인을 까마귀들이 뜯어 먹고 있었다. 은신처에 도착하니 위장해 놓은 그대로였다. 칡넝쿨로 덮여 더 무성해졌다. 뒷문으로 들어가면 개구멍으로 연결된 방이 나왔다. 추적방지 소프트웨어가 깔린 노트북이 있었고 인산철 배터리가 준비되어 전기를 조금씩 쓸 수 있었다. 전국에 새롭게 믿은 가정교회들은 시골집이나 건물지하에 위장거처를 마련했지만 들킬 만한 장소가 많았다. 홍이강은 황충이 사라지면 이 재앙의 원흉이 되는 기독교를 더 괴롭히리라 공무원들에게 구체적인 방법을 지시했다.

로건의 죽음 이후 은나엘은 누군가 제안한 영화섭외 장소에 나갔다. 명품으로 두른 그는 은나엘에게 말했다.
"영화처럼 살고 싶은데 혼자 누리기엔 돈이 많아서 혹시 저와 함께?"
"무례하시군요. 돈이면 다 되는 줄 아세요?"
새침한 그녀에게 말했다.
"사람들이 찾던 골드바 주인이 나라면 어떻게 하시겠어요?"
은나엘은 다리를 꼬며 남자가 다음 말을 걸어오길 기다렸다. 남자가 말했다.
"우리 드라이브나 하면서 실물이나 보러가죠? 이빨로 깨물어봐야 진짜지 알 거 아닌가?"
남자가 데려간 지하벙커에서 진짜 금과 보증서를 보자 그의 팔짱을 끼며 끼를 부렸다.
"오여진배우가 저랑 앙숙인데 비밀리에 성형을 하고 싶어 해요. 그쪽이 유명한 의사라고 소개한 후 무면허한테 시술받게 해주세요. 주연자리 빼앗아간 그 년 얼굴 무너지는 게 제 소원이에요. 그럼 그쪽하고 나, 사랑할 수 있겠죠?"

"그건 껌이지. 그럼 오늘부터 우리 옷 벗고 편하게 골드바를 침대삼아 볼까?"

형사보다 더 수사를 잘하는 비밀요원은 고실장에게 금의 행방과 사건의 전말을 보고했다. 김로건의 동생 김주건은 형이 졸부가 되었다는 소식에 일본에서 돌아와 형을 찾아갔으나 냉소적인 태도에 자존심이 상했다. 일본으로 가지 않고 가진 돈을 쏟아 부어 나방드론을 구입한 것이 그에게 신의 한수가 되었다. 로건의 딸을 베이징으로 유학 보내면서 부부가 함께 중국에 반 년 있었는데 로건의 바람으로 부부사이가 악화되었다. 혜란은 젊은 손우민과 손잡고 남편을 사고로 위장하여 뇌사상태에 빠지게 했다. 중국엔 부활을 꿈꾸는 냉동인간연구소가 있어 혜란은 거기에 남편을 보관하라고 손우민에게 맡겼지만 그는 보관료가 아까워 토막을 친 후 낚시미끼로 사용했다. 이미지가 비슷한 손우민이 로건행세를 한다는 것을 알았던 주건은 어떻게 하면 모든 재산을 빼앗을까 고민했다. 벙커사기를 엿보던 주건은 검은 케이크사건을 만들어 둘 사이가 틀어지게 했고 서로 죽고 죽이게 판을 짜 놓았다. 주건은 케이크를 넣어두고 나방드론을 방안에 두었다가 도착 십분 전에 초에 불을 붙였다. 로건이 숨겨둔 골드바가 어디 있는지를 안 주건은 케이크 사건 전에 카메라에 잡히지 않는 옷을 입고 도금으로 바꿔치기해두었다. 주건은 계약자들에게 무덤에 금이 있다고 익명으로 제보했다. 나방드론으로 살피다가 무덤에 폭탄을 터트릴 예정이었지만 때마침 지진이 났고 모든 증거들이 파묻히자 주건은 골드바의 주인이 되어 호화생활을 누렸다.

은나엘이 담배를 피우며 말했다.

"당신은 말세 덕 좀 보는 것 같아. 골드바 아니었으면 언감생심 여배우 몸을 만져나 봤겠어? 돈이 좋네."

"여배우가 돈 없으면 품위유지는 어찌 하려고? 나를 만났으니 명품으로 처발처발! 고마운 줄 알아. 미모 이퀄 머니! 라는 등식도 몰라? 돈으로 안되는 게 어딨어."

"틀린 말은 아니지. 오여진은 미안하게 됐어. 굳이 자살할 것까지는 없었잖아? 당신도 죽으면 지옥 갈 텐데 불로초라도 구해와야지. 안 그래?"

주건은 최근 유행하는 마약을 흡입하며 기분 좋아져서 말했다.

"돈 많은 세상이 이렇게 끝내주는데 어딜 가든 무슨 상관이야. 예수쟁이들이 회개하라고 떠들지만 난 하나님께 용서받을 생각 없어. 내 삶은 내꺼야. 누가 감히 내 삶을 쥐락펴락할 수 있겠어? 내 능력으로 금을 차지한 거야. 손우민이나 형수 같은 실력은 나를 못 따라…"

기침하던 주건은 피를 토하며 말했다.

"5초짜리 말고 1초짜리 없어? 더 강한 거 말이야. 으음! 미치겠네."

마약을 추천했던 은나엘은 주건의 몸이 빨리 잿더미가 되기를 기다렸다. 휴거 이후 마약 배달은 로봇이 했다. 문 앞의 마약을 줍기 위해 철문을 열었다가 벽에 있던 황충들이 틈으로 들어가 주건을 물어뜯기 시작했다. 마약에 취해 덜 아팠지만 이미 살점들이 덜렁거리며 끊어진 힘줄이 보였다. 금고방으로 도망친 은나엘은 문을 잠그다가 옷자락이 씹혀 은나엘이 문을 살짝 미는 순간, 황충이 들어와 도망치는 그녀의 하체를 공격하며 항문을 찔렀다. 입술이 퉁퉁 붓고 볼살이 뜯겼고 정수리 머리카락이 한 움큼 뽑혔다. 그녀는 하나님을 저주하며 발악하다 피를 토하자 악에 받쳐 권총으로 자신의 가슴을 쏘았다. 피가 쏟아질 뿐 정신은 더 또렷했다. 황충재앙이 끝나려면 한 달이나 남있는데 두 사람은 온 몸이 걸레가 되어 숨만 헐떡거리며 죽기만을 기다려야 했다.

황충 재앙이 끝나자 병원은 북새통이었다. 약국에서도 치료약을 사도록 루카수장이 약속했지만 몇 달을 기다려야 했다. 황충에 물린 고통과 마약의 독성까지 더해진 주건은 온몸에 고름 터지는 두드러기로 덮여 빨리 죽고 싶었다. 황충이 들어올 때 열렸던 벙커문은 닫을 힘이 없어 계속 열려 있었다. 숲 속 지리적 위치 때문에 문틈으로 1미터가 넘는 실뱀이 들어와 거친 숨을 쉬던 주건의 입속으로 들어갔다. 눈만 크게 뜨고 저항도 못한 주건은 끄억거리며 침을 질질 흘렸다. 뱀은 위장을 한바퀴 돌아 코로 빠져나왔고 주건은 눈에서 피를 흘리며 죽어갔다. 무서웠던 은나엘은 입을 꾸욱 다물었지만 뱀이 목을 물자 입이 쩌억 벌어졌고 그 틈에 입속으로 들어갔다. 그때 강호린이 신발을 신은 채 들어와 금부터 챙기며 말했다.

"지옥가는 배우 얼굴이 몽돌 밭이네. 금은 오빠가 잘 쓸 테니 편히 눈 감아라."

은나엘이 입을 쩌억 벌린 채 공포에 사로잡힌 얼굴로 쳐다보자 강호린이 배를 짓밟았다. 그러자 은나엘 입에서 튀어나온 뱀이 강호린의 발목을 물었다. 놀란 강호린은 손에 쥐었던 골드바로 뱀을 찍으며 부리나케 도망갔다.

김제현은 태호를 만나 사진 한 장을 건네며 말했다.

"고실장이 강호린하고 금을 먹으려고 홍이강에게 보고를 안했어. 이 사진으로 싸워보면 어떨까? 그리고 이건 강호린 나간 후 찾은 상자야. 시체 옆에 뱀이 죽어 있었는데 두 사람 시신이 너무 끔찍했어."

태호는 상자를 뜯으며 말했다.

"우리도 복음을 거부했으면 저 꼴이었겠지. 나방드론하고 군사드론인데? 도움이 되겠어."

기자들이 이름을 알리고 싶을 때 찌라시를 홍이강 핫라인에다 제보하기도 했다. 고실장의 욕심을 올렸지만 그의 암살 프로젝트를 신임했기에 예전 같이 대했다. 홍이강이 물었다.

"양식장을 만들어놓고 물고기가 다 들어오면 폐사 시키겠다? 뜻대로 안되면? 모인 사람들이 더 뜨거워져 예수 없이 못 산다고 하면?"

"기독교와 무슬림간의 종교전쟁으로 생중계하면 우린 피 한 방울 안 묻히고 진멸시킬 수 있습니다."

"잘되면 승진하겠지만 일이 틀어지면 알지? 난 결과물로 판단해."

"따끈따끈한 영화 한 편 보시게 될 겁니다. 제가 그날 총 감독이니까요."

그때 루카수장으로부터 영상전화가 연결되자 홍이강은 벌떡 일어나 인사했다.

"부활하신 우리의 메시아 루카수장님을 찬양합니다. 전화를 주셔서 영광입니다."

"인사말이 아름답네요. 동북아시아가 잘 돌아가나 궁금해서 전화했지요."

"이곳만큼은 예수 믿는 것들 동맥을 끊어버려 수장님의 천하통일을 도울 것입니다."

"예루살렘 두 노인부터 끊어버리는 게 내 바람이지요. 나의 영을 받은 홍이강은 내가 신임하는 오른팔인거 알고 있죠?"

중국수장에게도 같은 말을 한 줄 알면서도 홍이강은 기쁘게 대답했다.

"영광입니다. 수장님!"

"동북아 사람들은 나를 어떻게 생각하나요? 전세계 팬들 중에 그쪽은 조용해서요."

"지금 수장님의 팬 카페가 질찬리에 운영되고 있습니다. 구세주되신 수장님의 굿즈를 몸에 지니면 행운이 온다 해서 불타나게 팔리고 있습니다."

"하하! 맞습니다. 행운뿐 아니라 천년왕국을 선물로 받게 될 것입니다."

고실장은 사도바울을 접촉하기 위해 현지목사에게 연락했다.

"기독교인들이 지하에만 숨지 말고 종합운동장을 내어 드릴 테니 부흥집회를 하십시오. 기독교인들도 우리 국민인데 사랑으로 하나가 되자는 동북아 수장님의 배려가 있었습니다."

"갑작스런 제안이라... 의도는요?"

"일본에게 빼앗겼던 나라를 구한 것도 따지고 보면 기독교가 아닙니까? 하루 날짜를 정하시면 잠실종합운동장을 무료로 쓸 수 있게 개방해 드리겠습니다."

"신분확인 하실 건가요? 자유롭게 드나드는 조건으로 집회하고 싶습니다."

"원치 않는다면 안 하겠습니다. 저도 주일학교 출신입니다. 대규모 집회인 만큼 TV에 광고도 넣어 드릴 테니 홍보영상 만드셔서 보내주세요."

말씀부흥회 소식이 알려져 북한 성도들도 참석할 거라 했다. 현지목사에게 전투교회 목사가 전화를 걸자 퉁명스럽게 답했다.

"무슨 일이시죠?"

당황한 백성주는 다시 목에 힘을 주며 말했다.

"제안하나 합시다. 나를 메인 설교자로 세워주면 전국의 내 신도들을 출동시켜 잠실운동장이 차고 넘치게 해줄 테니..."

현지목사는 말을 자르며 대답했다.

"그러실 필요 없습니다. 설교자는 유대인 사도바울로 정해졌고 말씀밖에 있는 목사는 세우지 않습니다. 자리는 안 채워주셔도 됩니다."

뜻대로 되지 않자 백성주는 전화기를 팽개치며 말했다.

'감히 하나님과 독대하는 나를? 무슨 수를 써서라도 방해할 테니 두고 봐!'

고실장이 행동요원으로 무슬림50명과 전투교인 10명을 포섭하자 충성을 다하겠다고 말했다. 총 쏘기 좋도록 운동장 맨 뒷좌석에 폴리스라인을 쳐 두었다. 십만 명을 죽이면 루카수장이 표창을 줄 거라 생각하니 고실장 입꼬리가 올라갔다. 환난성도들은 수배자 명단에 없는 사람만 참석하기로 했다.

백성주가 집회에 아무도 참석하지 말라고 광고한 그날 교회 마당에 사건이 발생했다. 새성전으로 이사한 후 재정의 권한을 두고 알력 다툼이 있었다. 양민호 이맘이 이의를 제기했다.

"왜 재정이 투명하지 않고 백성주만 재정을 주무르죠? 우리가 사원 처분한 돈을 여기에 헌금하고 신도들을 끌어 왔는데 말이죠."

백성주의 큰 눈이 더 커지며 화를 냈다.

"당신네가 헌금했다고 해서 그 헌금이 하나님 것이지 당신 것은 아니잖아요. 내가 개척한 교회인데 내가 총괄하는 건 당연한 것 아니요?"

양민호가 씩씩거리며 받아쳤다.

"우리가 낸 헌금 돌려주시오. 교회는 정부가 원하는 예배를 드리면서 담임자리는 종교계가 협의해야 한다고 나와 있어. 당신도 늙었으니 담임자리에서 내려오시오. 당신은 1계명을 어긴 우상 덩어리요!"

동네 사람들이 옥상에서 이슬람 편을 들며 소리쳤다. 옳소! 전투교회는 우상덩어리요! 화가 난 백성주가 삿대질을 했다.

"내가 누군데 대적을 해? 너 죽고 싶어? 홍이강을 그 자리에 앉힌 사람이 나야. 내가 그분을 등에 업고 있는데 감히 양아치들이 어디서 소란이야."

항시 대기하던 백성주의 어깨들이 각목으로 위협했고 험하게 생긴 무슬림과 승려들이 합세해서 마당에서는 칼부림까지 났다. 한 승려가 차량 앞유리에 전투교회 장로 머리를 세게 가격하자 죽음에 이르렀다. 일요일인데 연합예배는 물거품이 되었고 동네 사람들은 놀랍지도 않다는 듯 혀를 차며 누가 이기나 구경했다. 서로가 주인이라고 시작된 싸움은 주변 조폭들까지 합세해 교회 마당엔 피비린내가 바람을 타고 퍼져나갔다.

만찬교회도 종교간의 갈등이 폭발해 급기야 세력이 반으로 나눠졌다. 최학주편이 아래층을 썼고 이맘과 박주양편은 위층에서 예배하면서 상대를 비방하는 악다구니를 쏟아냈다. 박주양옆에서 구도빈이 메가폰을 들며 최학주 비리를 터트리자 최학주가 눈살을 찌푸렸다. 능력 없는 최학주 아들은 교회에 출입하지 말라는 내용증명까지 보내면서 농성이 시작되었다. 재정을 담당했던 장로의 다리를 이맘 황치동이 부러뜨려 교회를 오지 못하게 만들었다. 그동안 홍이강에게 쏟아 부은 뇌물에도 방관만 하자 최학주는 점점 코너에 몰렸다.

말씀 대성회 날, 전국에서 올라온 사람들로 자리가 채워졌다. 찬양 인도자가 말했다.

"히틀러 정권에 저항했다고 39세에 교수형에 처해졌던 본회퍼 목사님이 옥중에서 쓴 시입니다. 주님의 아름다운 이름을 위해 사단의 세력에 굴복하지 않았던 순교자들의 마음으로 찬양을 올려드립니다. 고난의 쓴 잔을 감사하며 받는 것은 예수그리스도가 우리의 구원자 되시고 그 분의 사랑이 두려움을 이기고도 남기 때문입니다."

주 선한 능력으로 안으시네 그 크신 팔로 날 붙드시네

절망속에도 흔들리지 않고 사랑하는 주 얼굴 구하리
이전의 괴로움 날 에워싸고 고난의 길을 걷는다 해도
주님께 모두 맡긴 우리 영혼 끝내 승리의 날을 맞으리
선한 능력으로 일어서리 주만 의지하리 믿음으로
우리 고대하네 주 오실 그 날 영광의 새날을 맞이하리

'우리 고대하네 주 오실 그 날 영광의 새날을 맞이하리' 가사가 성령의 만지심으로 사람들의 영혼에 닿자 강력한 이끌림에 통곡하며 회개했다. 몸은 비록 만신창이가 되었지만 더 이상 복음을 미뤘다가는 영원한 형벌을 받을까 두려웠고 늦은 구원이라도 받고 싶은 절박한 비신자들도 몰려왔다. 회개의 눈물은 강물의 유속처럼 경기장 안에 흘러갔다.

요원들은 고실장의 오더만 기다렸다. 집회는 저녁 8시까지였고 사도바울이 돌아가며 말씀을 전했다. 다른 유대인사역자들이 사람들 사이에 서서 개별적으로 기도해주는 모습이 생중계되었다. 고실장은 속으로 쾌재를 불렀다. '계속 쳐 들어와라. 나의 양식장이 넘치는구나. 나이스!' 말씀의 열기가 뜨거워지는 7시, 고실장이 가운데 손가락을 올리는 순간 어디선가 유황가스 냄새가 번져갔다. 무대에 있던 사도바울은 소리쳤다.

"성도 여러분! 준비해온 방독면을 쓰십시오. 지금 마병대의 재앙이 허공에 도착했습니다. 지극히 높으신 하나님의 대적들아! 화 있을 지어다! 사악한 뱀과 독사들아! 이 재앙은 하나님을 대적하는 너희들을 위한 심판이다. 아직도 주님을 영접치 않은 자들이여! 하나님의 부르심에 응답하십시오. 세상 끝날이 다가왔습니다. 회개하고 주예수 그리스도를 영접하십시오!"

반석이는 기도하다 이상한 소리에 눈을 떴다. 하늘에 큰 말들이 근육을 불뚝거리며 말발굽 소리를 내며 허공 위로 달려왔다. 말들의 입과 코에서 화염이 나왔고 짙은 노란색 연기가 뿜어져 나왔다. 큼직한 송곳니와 사자 같은 얼굴이 공포스러웠다. 수백 마리 말의 꼬리는 꿈틀거리는 뱀이었다. 독니를 드러내 굶주린 듯 사람들을 향해 입을 벌렸다. 겁이 난 고실장이 벌떡 일어나 가운데 손가락을 올려 발포! 발포! 소리쳤지만 그럴수록 그의 입안으로 유황가스가 스며들어갔고 마병대의 독니에 얼굴과 등을 물려 괴로움에 몸부림 쳤다.

사도바울이 무슬림들에게 다가가 머리에 손을 얹자 32명이 회개하는 일이 일어났다. 그리스도를 영접하겠다며 눈물을 흘렸다. 나머지는 기관총을 들었으나 마병대가 뒤통수를 때리자 거품을 물고 쓰러졌다. 심판이 지나간 자리에 또각또각, 뒷걸음질 치는 말들의 소리와 함께 불과 유황으로 살육당하는 장면이 펼쳐졌다. 백두산 폭발로 지진이 일어났던 지역에 유황가스가 묻혀있었는데 그 가스가 새어나와 사람들 숨을 틀어막아 재앙위에 재앙이 더해졌다.

사도바울이 말했다.

"이번 재앙은 유프라테스 강에 결박된 네 명의 타락한 천사가 풀려난 재앙입니다. 이 타락천사들은 특정한 7년대환난 나팔재앙을 위해 결박당한 사단 마귀들입니다. 유프라테스 강은 에덴동산과 경계를 두고 이스라엘을 적대하는 장소로 자주 언급되었던 곳입니다. 하나님의 권위에 맞서는 바벨탑이 세워진 곳도 이곳입니다. 우상숭배의 근원지며 우상을 전세계로 전파시킨 곳입니다. 이 재앙으로 많은 사람이 죽게 될 것입니다. 4개월 후에는 루카수장이 이스라엘과 협정을 맺은 지 3년 6개월이 됩니다. 이제 환난 중반이 시작되면서 전무후무한 대접재앙이 펼쳐질 것입니다. 재앙은 회개하라는 하나님의 사인입니다. 통회하는 마음으로 회개하시기 바랍니다."

사도바울의 외침이 끝나자 기다렸다는 듯 마병대의 입에서 불이 뿜어져 나왔다. 그 불은 허공을 휘감아 돌아 제일 먼저 고실장을 향해 돌진했다. 몸에 불이 붙자 두 팔을 휘저으며 발악했지만 활활 타오르는 불길에 싸르륵, 잿더미로 무너졌다. 개 끄슬리는 냄새가 진동했고 그 모습이 생중계되었다. 고실장의 재가 바람에 날리자 마병대는 하나님의 인이 없는 자들을 공격하기 시작했다. 성도들은 의자 밑에 숨어 유황가스로 인해 고통스러워했다.

"방금 전 들어온 속보입니다. 기독교행사가 진행된 잠실종합운동장에서 유대인이 살포한 유황가스가 번져 많은 사람이 죽거나 위독하다는 소식입니다. 주변에 유독물질을 운반하는 수상한 사람이 있으면 신고해주시고 유대인이 지나가면 바로 경찰에 신고해 주십시오. 각자 유황가스를 피해 숨어야 합니다. 정부는 사고 원인이 밝혀지는 대로 ... 콜록! 콜록!"
앵커는 다음 말을 잇지 못하고 기침하다가 거품 물고 쓰러졌고 화면은 조정상태로 넘어갔다. 김제현은 출입문 담당이었지만 고실장이 명령내리면 문을 개방해주고 함께 도망갈 생각이었다. 집회가운데 은혜를 받아 더 이상 마음을 숨길 수 없어 찬양했고 그 모습을 강호린이 찍었다. 허공에서 몰려오던 말발굽 소리가 무서워 주저앉았지만 마병대는 홀로그램처럼 김제현의 몸을 스쳐갔고 그는 성도들을 도와 도망치기 시작했다. 운동장에는 수많은 시신이 엎어져 있었다. 경기장에서 처음 예수를 믿은 사람들은 놀라움을 금치 못했다. 마치 사형장의 이슬로 사라지기 전, 극적으로 특별사면을 받은 안도감이었다고 이구동성으로 말했다. 죽기 전에 예수를 믿은 선택이 이렇게 큰 기적을 가져올 줄 몰랐다며 눈물 흘리며 감격했다.

송사모는 복음을 전하기 위해 아들을 만나러 갔다. 문 닫은 카페로 혼자 나온 진형은 엄마를 보자마자 따졌다.

"엄마 미쳤어? 내가 지금 교회를 물려받을까 말까인데 엄마는 도망이나 가? 아빠가 좀 때렸다고 그렇게 억울했어?"

"진형아! 지금이 7년 대환난이라고 엄마가 말했잖아. 만찬교회? 절대 네 것이 될 수 없어. 아빠는 사단의 편에 서 있어서 따라가면 안 돼. 이제 마병대 재앙이 오고 있어. 예수님을 영접하고 엄마랑 숨어 살자. 내 아들이 심판받을 거 생각하면 엄마는 너무 고통스러워. 한나가 예수 믿고 진정한 믿음의 사람이 되었어."

진형은 짜증을 쥐어짜며 소리쳤다.

"그래봤자 커터칼 세례 받았는데 무슨? 예수 말고 모든 걸 다 갖춘 아빠 따라 갈 거야."

"성경이 눈앞에서 일어나는데 안 믿으면 어떡해! 내 아들이 지옥 가는 걸 엄마가 어떻게 견디니?"

강아지가 찡얼대는 바람에 화장실에 숨어 있던 한나가 얼굴을 드러냈다. 진형이가 귀신인줄 알고 뒷걸음질 치자 한나가 손을 잡으며 말했다.

"나, 복음의 참 뜻을 깨달았어. 인간은 영원한 천국 아니면 영원한 지옥으로 가게 되어 있어. 그 중간은 없어. 주님께 돌아가자."

진형은 잡힌 손을 뿌리치며 말했다.

"엄마랑 한나가 여기 숨어 있다고 밀고하면 홍이강이 내 편이 되어주실 거야."

한나가 답답해서 소리쳤다.

"넌 두 증인의 설교도 안 들어봤니? 어쩌다 소경이 되었니? 네 앞에 지옥불이 타오르는데 왜 모른 척 해. 구원의 기회는 지금이 마지막이야. 제발..."

한나의 눈물이 뺨을 타고 흘렀다. 진형은 설득당하지 않기 위해 눈을 부라리며 대답했다.

"들어봤는데 메리트가 없어. 하나님보다 수장님의 권력이 더 좋아 보여."

그때 문틈으로 유황가스가 들어오고 있었다. 망을 보던 태호가 방독면을 건네며 말했다.

"빨리 숨어요. 지금 마병대가 오고 있..."

송사모는 아들 먼저 방독면을 채우며 말했다.

"마병대 재앙이야. 엄마랑 빨리 숨자. 위험해."

태호와 한나가 뒷문으로 이끌자 진형은 답답하다는 듯 방독면을 던지며 말했다.

"뭐가 보인다는 거야? 둘이 쌍으로 미쳤어?"

송사모의 흐르는 눈물이 방독면 안에 고여 갔다. 엄마 손을 뿌리친 진형이 문을 박차고 나가자 마병대의 꼬리가 귀싸대기를 날리듯 진형의 얼굴을 찔렀고 놀란 나머지 숨을 크게 들이마셨다. 그때 갈라진 땅 틈에서 새어나오는 유황가스를 마신 진형은 게거품을 물며 쓰러졌다. 더 많은 마병대가 말발굽 소리를 내며 진형을 향해 달려오자 송사모는 문안에 서서 아들의 이름을 부르며 절규했다. 태호는 송사모를 끌어냈다. 마병대의 꼬리가 다시 진형의 눈을 찔렀고 온 몸이 공포에 휩싸인 채 피를 흘리며 죽어갔다. 그가 마지막 순간 부른 이름은 문 안에 있던 엄마였다.

잠실운동장 영상을 시청한 루카수장은 홍이강에게 영상전화를 걸어 책망했다.

"예수쟁이들에게 함부로 그런 사리를 내어주나뇨! 동북아시아에서 기독교 부흥이라도 일으킬 셈이었습니까? 차라리 카도샤 말대로 더 난폭

하게 고문하고 죽이는 방법을 택했어야지요!"

몇 번이나 굽신거리며 사죄했는지 화면이 꺼지고 홍이강은 분노했다.

"멍청한 새끼! 돈과 무기를 쏟아부어줬더니 제대로 당하기만 하다니. 운동장에 왔던 모두를 잡아들여 죽이고 또 죽이란 말이야!"

홍이강은 자신의 모든 일상이 카도샤를 통해 수장에게 전해졌음을 깨달았다. 동북아시아와 중국이 합쳐지면 아시아를 다스릴 제왕이 될 거라는 자신의 야망을 들은 건 아닐까 해서 아차 싶었다.

АΩ

안토니는 루카수장 옆에서 굽신거렸다.

"수장님! 교황의 움직임이 심상치 않습니다. 전세계에서 몰려든 카톨릭 신자들이 교황의 발에 키스하고 싶어서 입국한답니다. 감히! 수장님이 받아야 할 영광을 가로채다니요."

루카수장은 고개를 끄덕이며 대답했다.

"명분이 마음에 드는 군. 감히 내 영광을 가로채다니, 교황의 썩은 발에 제사 지내게 해줘."

안토니는 기쁨의 미소를 지으며 화답했다.

"제가 메뚜기한테 물려서 숨이 끊어졌을 때 저를 살려주셨던 루카수장님! 제 2의 나사로가 저였다고 간증할 것입니다. 전하는 그리스도시오, 살아계신 하나님의 아들이십니다."

"안토니의 고백은 복이 있어. 그래서 자네가 내 오른팔인 거야. 이제 우리들의 양떼를 칠 때가 되었으니 하늘의 능력을 부어주겠네."

"아멘! 앞으로 세계단일종교는 더 이상 필요 없으니 토사구팽 당해야죠. 통곡의 벽에 두 노인이 사라지는 순간 전하께서는 지구를 다스리는 천왕이 되시는 겁니다."

안토니가 나가고 루카수장은 깊은 밤 홀로 남았다. 수장의 집무실은 하얀 벽이었다. 책상 앞에 서 있는데 벽에 전시안의 로고가 컴퓨터 전원을 켜듯 나타났다. 전시안 눈동자가 블랙홀처럼 수장의 영혼을 빨아들이자 세상이치를 깨달은 것처럼 수장이 말했다.

"루시퍼, 아침의 아들이여! 나는 당신을 태어날 때부터 찬양했습니다. 빛의 전달자이시며 참 빛이 되신 루시퍼시여, 내 안에 끓어 넘치는 당신의 능력이 이제 세상 밖으로 나가 빛을 전달할 때가 되었습니다. 제게 모든 나라를 허락하신 당신과 함께 하나님의 뭇별보다 더 높은 왕좌를 누리게 될 것을 믿습니다. 해와 달보다 더 빛난 영광으로 저를 입혀주신 당신은 하나님과 같은 창조의 신처럼 나를 높아지게 해주심을 믿습니다. 루시퍼, 나는 한없이 빛나는 당신을 경배합니다."

화면에 떠오르는 루시퍼의 눈동자는 루카에게 최고의 영감을 허락했다. 루카는 자지 않아도 피곤하지 않았고 먹지 않아도 배고프지 않는 신의 경지에 올라 있었다.

마병대재앙으로 거리에는 치우지 못한 시체 썩는 냄새로 역겨웠고 구더기 행렬이 이어졌다. 곳곳에 시체를 태우는 웅덩이에서는 검은 연기가 끊이지 않았고 역한 냄새가 풍겨왔다. 아직 죽지 않은 동생을 안고 힘없이 앉아 있던 누나는 까마귀가 동생을 뜯어먹는 것을 힘없이 지켜봐야 했다. 새정부 직원들도 우수수 죽어 나갔다. 재난문자가 하루가 멀다 하고 울려댔다. 온 천지에 통곡소리가 끊이지 않는데 텔아비브에서 루카수장을 찬양하는 퍼레이드를 준비한다는 소식이 들려왔다. 안토니는 수장에 대해 반대하는 이슬람에 대해 우려의 목소리를 내었고 자신을 부활시킨 루카수장에 대해 간증하는 모습을 TV에 실어 보냈다.

새세계정부 중요 임원들은 1조가 넘는 호화대피소인 벙커를 가지고 있었다. 생존에 필요한 식량은 물론 수영장, 극장, 병원, 레스토랑, 와인바 등 없는 게 없었다. 핵폭발, 생화학무기, 지진 재앙에 버틸 수 있는 강력한 벙커였다. 루카수장의 벙커는 100조가 넘는 시설로서 지하에서 가장 부유한 피난처를 가졌다고 새정부 임원들이 그를 부러워했다. 홍이강도 자신의 벙커가 땅에서 일어나는 재앙에 흔들림 없이 살 수 있는 완벽한 요새라고 자랑스러워했다.

두 증인과 전세계 유대인들은 간절하게 그리스도를 전했고 이제 대추수 시간이 얼마 남지 않았음을 선포했다. 예루살렘 소식을 전세계에 실어 나르는 특파원들이 있었고 고PD는 문기자와 함께 특파원 일을 해내고 있었다. 제발 하나님과 화목하라 호소하는 증인의 말에 회개하는 군중이 있는가 하면 한쪽에선 두 증인을 대적하는 부류로 시끄러웠다. 루카수장의 행보를 보도하던 TV 자막에 속보가 실렸다.

교황 갑작스런 서거, 심장병으로 추측. 추도예배 바티칸에서 주최할 예정

교황의 죽음도 루카수장의 인기에 묻혀 놀랄만한 소식이 되지 못했다. 집집마다 초상집이었고 거리는 황폐화되어 누가 누구를 위로할 처지가 못 되었다.

눈앞에서 아들을 잃은 송사모는 자기 탓을 하며 통곡했다. 한나가 엄마를 끌어안았다.
"엄마, 가슴 무너진다는 거 알아. 나도 아빠의 영향에 순응했다면 진형이처럼 되었을 거야. 우린 특별하게 인류의 끝에 와 있는 사람들이야. 살아있는 동안 하나님이 무엇을 원하시는지 생각해야 해. 우리에겐 시간이

정말 없거든."

어느새 믿음이 성숙해진 딸을 보며 송사모는 고개를 끄덕이며 눈물을 훔쳤다. 노아가 사람들을 데리고 들어와 말했다.

"장모님, 이제 두 증인의 순교할 시간이 얼마 안 남았어요. 이분이 운동장에서 성도들을 구해주셨어요."

성도들은 새신자가 생기면 스파이가 아닐까 먼저 의심부터 들었다. 그만큼 신자인척 접근한 스파이들에 의해 잡혀간 성도들이 많았기 때문이었다.

"김제현입니다. 마병대를 눈으로 보니 주님 재림의 순간, 얼마나 영광스러울지 상상이 갑니다. 경기장에서 예수를 믿은 무슬림들을 사도바울이 양육하고 있습니다. 성경, 식량과 물품을 제공해주십시오"

그렇게 고통스러웠던 환난전반기는 재앙의 쓰나미를 몰고 올 예고편에 불과했다.

II
환난 후반기

1
짐승의표, 짐승의 제국

2
세상이 감당하지 못하는 사람들

Second Chance
두 번째 기회

1
짐승의표, 짐승의 제국

 환난 중반을 넘어 1261일째 되던 날이었다. 성경에 오늘 두 증인이 순교당한다고 되어 있기에 성도들은 초조한 마음에 영상 앞에 모였다. 교황의 장례식은 많이 모이지 않는다는 이유로 관계자들만 조용히 치렀다.
 고PD는 두 증인이 잘 보이는 자리에서 밤새 두 증인의 호소를 카메라에 담았다. 통곡의 벽은 아침부터 전운이 감돌았다. 오전 10시가 되자 헬기가 소용돌이치며 문이 열리고 루카수장과 안토니가 두 증인 앞으로 걸어왔다. 소매를 걷어 올리며 모인 사람들을 향해 손을 흔들자 수장의 팬심이 폭발했고 한쪽에서는 기도하며 안타깝게 지켜보았다. 관중 앞에서 루카 수장이 말했다.
 "그동안 예언한답시고 여러분을 미혹했던 죄인이 여기 있습니다. 멍청한 자들의 예언자! 새정부에 반기를 들었던 두 사람은 사형선고가 확정되었기에 하늘의 심판을 받아야합니다."
 사람들은 손수건을 흔들며 열광했다. '당장 죽여라! 십자가에 못 박아라!' 소리쳤다. 루카수장은 안주머니에서 준비한 권총을 들어 청중을 향해 웃어 보이더니 휙 돌아서서 오른편에 서 있던 엘리의 목에 6발을 집중적으로 쏘았다. 커다란 폭발음에 군중이 주저앉으며 귀를 막았다. 총알이 목을 관통해 엘리 머리가 통곡의 벽에 부딪히다 떨어져 핏덩이와 살점이 뒤엉켰다. 모세가 눈을 감고 두 손을 하늘로 올리자, 루카수장이 이마를 향해 세 발, 가슴에 세발을 쏘았고 돌바닥은 피범벅이 되었다. 성도들은 통곡하며 가슴을 쳤고 군중들은 루카의 시원한 행보에 열광했다. 누군가 루카수장을 욕하며 달려왔지만 군중에 의해 제압당해 온 몸이 밟혔다. 시민들은 온갖 악기를 들어 환호했고 서로 선물을 나눠주며 두 증인의 죽음을 기뻐했다.

두 증인으로 인해 복음을 받아들인 유대인들은 처참한 시신을 보며 오열했다. 고PD는 카메라를 고정시키는 손이 떨려와 적그리스도의 멱살을 잡고 싶었다. 문기자가 전했다.
"1260일 동안 전했던 하늘의 소리를 듣고 많은 영혼이 주님께로 돌아왔습니다. 이제 성경의 예언에 따라 두 증인께서 죽임을 당했습니다. 우리 성도들은 참담한 마음을 금할 길 없습니다. 두 증인은 우리들의 영적 아버지셨습니다. 여러분, 주님을 영접하지 않은 분이 있다면 지체하지 마십시오. 이제 적그리스도의 악이 최악으로 치달을 것입니다."

루카는 두 증인을 처형해야했던 당위성을 연설했다. 태양은 더 뜨겁게 이글거렸고 악취나는 두 증인의 시신은 그대로 방치되었다. 사람들은 시신 근처에서 술을 마시며 이 시신을 매장하지 말고 그대로 두자는 의견에 지지했다.

전세계 성도들도 화면을 보며 숨을 죽였다. 사흘반나절 동안 그대로 놓여 있던 시체가 어찌된 일인지 꿈틀거리기 시작했다. 술에 취해 춤을 추던 사람들은 놀라 뒷걸음질 쳤다. 군중들이 비명을 지르며 도망치기 시작했고 유대인들은 무슨 일인가 싶어 시신 앞으로 다가왔다. 주변은 겁에 질린 울부짖음으로 상황이 변했다. 도망치는 사람들과 그 광경을 보기 위해 달려오는 무리들로 그 일대는 난리통이 되었다. 엘리와 모세는 가슴을 헐떡이며 피로 얼룩진 몸을 천천히 일으켰다. 말랐던 피들이 액체로 변하며 상처는 아물고 새살이 돋았다. 총에 맞았던 흔적들도 사라졌고 삼베 옷자락이 바람에 펄럭였다. 하늘에서 내려온 사자처럼 고결하고 위엄있는 이전의 모습으로 되돌아왔다. 두 증인은 군중을 바라보다 하늘을 올려다보았다. 사람들은 두 증인의 눈빛을 따라 하늘을 쳐다보았다. 하얀 구름들이 통곡의 벽 위로 모여들자 천둥 같은 소리가 쩌렁쩌렁 울렸다.

　이리로 올라오너라!

　얼굴을 하늘로 향한 엘리와 모세가 떠오르자 사람들이 무릎을 꿇고 바라보았다. 증거자들이 구름 속으로 모습을 감추기까지 점점 작아지더니 완전히 사라져버렸다. 누군가 소리쳤다.
　"창조주 하나님, 역사의 주인 되신 우리 하나님을 찬양합니다!"
　두 증인의 승천하는 모습을 수많은 카메라들이 담고 있었는데 갑자기 수 백 명의 사람들이 높이 솟아올랐다가 땅에 툭, 하고 떨어졌다. 하늘이 검게 변하고 차가운 비가 세차게 퍼붓기 시작했다. 여기저기 나무들이 쓰러지고 건물이 무너지고 자동차들이 종이 구겨지듯 굉음이 들려왔다.

"지진이다! 지진이야!"

고PD도 카메라를 들고 땅이 갈라지지 않은 곳을 향해 뛰었다. 그날 예루살렘 통신은 이렇게 발표했다.

"누군가 두 예언자의 시신을 갖고 도망갔습니다. 그들이 하늘로 승천했다고 이상한 소문을 살포하는 자는 엄중한 심판을 받게 될 것입니다. 지진이 예루살렘에만 집중되어 폐막식은 예정대로 진행됩니다. 모두 참여하여 놀라운 루카수장의 위대함을 기뻐하시길 바랍니다."

사망자는 순식간에 7천명으로 불어나 예루살렘 동편에 피해가 집중되었고 건물들이 붕괴되어 단단했던 돌길이 쪼개지고 틀어졌다. 성전산은 온종일 으르렁거리며 땅이 요동쳤고 사람들은 두려움에 숨을 곳을 찾았지만 비명소리는 그치지 않았다. 두 증인의 죽음과 부활, 승천을 지켜보던 유대인들은 자신들이 그리스도를 못 박았다며 통회하는 마음으로 주님을 영접하는 회개가 일어났다.

텔아비브에서 폐막식의 단 위에 오르던 루카수장은 사람들의 인기를 실감하듯 연신 카메라를 향해 눈웃음을 치며 손을 흔들었다. 무대 위 의자에는 열개의 지역수장들이 앉아 루카수장의 연설을 선망의 눈빛으로 바라보았다. 꽃다발증정식에서 꽃잎 세례가 쏟아졌다. 지역수장들에게 악수한 다음 유대인 랍비가 감사패를 전달하는 순서가 이어졌다. 그때 마이크를 교환하려던 스텝이 루카수장의 양복을 만지다가 손목에 숨겨둔 칼로 수장의 뒷머리를 찌른 후 칼을 빼냈다. 휘청거리다 쓰러진 루카수장은 눈을 뜬 채 검은 피를 콸콸 쏟아내었다. 무대는 아수라장이 되었고 경찰이 올라와 남자를 체포하였고 안토니는 자신의 얼굴에 튄 피를 닦으며 목 놓아 외쳤다.

"수장님, 죽으시면 안 됩니다. 저를 살려주신 위대하신 분인데 이렇게 죽으시면... 뭣들 해! 빨리 구급차 부르지 않고! 수장니임!"

손수건으로 피를 막았지만 루카수장은 눈을 뜬 채 깜빡이지 않았다. 수장이 살해당하는 장면이 전세계로 생중계되어 뉴스를 전하던 앵커는 입을 다물지 못했고 사람들은 역사상 가장 혼란스런 날이라고 입을 모았다.

성도들은 성경의 예언이 그대로 이뤄진 일에 놀랐고 말씀을 귀히 여기는 마음이 되었다. 노아가 사람들에게 말했다.

"이제 단일종교를 없애고 두 증인을 살해하고 루카수장마저 죽었으니 3일 후 수장의 부활을 보게 될 것입니다. 이제 본격적인 핍박의 무대가 우리 눈앞에 있어요."

김제현이 말했다.

"회개하고 말씀으로 돌아온 목사들을 비밀리에 처형했던 장소가 이제 공개처형장으로 바뀌었습니다. 중반기부터 핍박이 구체화되고 잔인해 질 것이 자명하죠. 초소형 찬양 스피커를 처형장 근처 나무에 올라가 설치했습니다. 순교의 길에 작은 힘이라도 될까 싶어서요."

서창호가 말했다.

"어떻게 삼엄한 경비를 뚫고 설치했어요?"

김제현이 미소를 띠며 말했다.

"고실장이 감시카메라를 설치하라 해서 보니 어떤 신도가 공포에 사로잡혀 말했어요. '예수님이 살아계시면 내가 죽어가는 데 보고만 있어? 나 무섭단 말이야. 예수님을 믿은 대가가 이거였어? 하나님은 날 구하러 오지 않잖아!' 그렇게 소리친 후 표를 받겠다고 하자 요원은 잘 선택했다며 발목의 쇠사슬을 풀어주었어요. 절뚝거리며 도망가는 신도를 요원이 쫓아가 삽으로 때려죽이는 걸 보면서 이런 생각을 하게 되었지요."

은찬이가 강아지를 데리고 들어오며 말했다.

"삼촌! 기특하게 소망이가 다시 돌아왔어요. 근데 소망이 머리에 혹이 생겼어요."

노아가 강아지를 살피면서 말했다.

"칩 부작용으로 종양이 생긴 것 같은데 이전 목걸이가 사라졌네?"

한나가 말했다.

"그때 강아지가 튕겨나가서 못 찾았는데..."

태호가 컴퓨터로 조사해보더니 미간을 찌푸리며 말했다.

"며칠 전 소망이에게 인식칩을 등록했다고 나와요. 좀 이상한데요?"

송사모는 생각난 듯 한나에게 말했다.

"예전에 아빠한테 맞아서 강아지 데리고 도망갔었는데 한 번에 나를 찾아 낸 적 있었거든. 내가 소망이 데리고 나가보고 별일 없으면 돌아올게. 사료 조금만 챙겨줘."

한나가 만류했지만 은신처가 발각될까봐 송사모는 서창호와 함께 산 아래로 내려갔다. 골목 끝 어느 집에서 개짓는 소리가 나자 소망이도 따라 짖었다. 송사모는 서창호에게 동네를 먼저 돌아 이상 없는지 봐 달라 한 후 그가 보이지 않을 때쯤 강아지를 안고 도망쳤다. 서창호가 찾아 다녔지만 소용없었다. 소식을 들은 한나는 안 좋은 예감에 눈물이 흘렀다.

홍이강은 장례를 마칠 때까지 루카수장 옆에 머물겠다고 한 뒤 총리에게 모든 국민이 수장을 분향하도록 지시했다. 투표했던 장소가 분향소로 변경되었다. 유리관에 누운 루카수장을 보려고 전세계 사람들이 신바벨론으로 찾아와 조문하는 광경이 계속 TV에 나왔다. 고PD는 적그리스도의 예언이 이뤄지는 장면을 담기 위해 찾아왔다. 수십만 명이 긴 줄을 서며 사랑하던 지도자를 잃었다는 슬픔에 몰려드는 모습은 교황의 잊혀진 죽음과는 크게 달랐다. 안토니는 루카수장을 찬양하는 노래와 일대기를 반복해서 틀게 했다. 두 증인을 총으로 쏘는 장면에 사람들은 환호했지만 증인의 부활 장면은 나오지 않았다. 안토니가 마이크를 들고 조문 온 이들에게 말했다.

"루카수장님은 제가 살인메뚜기에 물려 죽었을 때 저를 살려주셨습니다. 세계단일종교가 의미 없어진 이유를 아십니까? 우리 수장님이 우리의 종교가 되기 때문입니다. 흑흑."

안토니의 눈물에 사람들이 일어나자 큰 화면에서는 '루카수장님! 당신은 영원한 우리의 왕이십니다!' 글씨가 펼쳐졌고 청중들이 따라 읽었다. 밤샘작업으로 제작된 루카수장의 동상은 유리관 시신 뒤에 천으로 가려놓았다. 그 순간 안토니는 아주 잠깐 다른 마음을 품었다.

'만약에 수장님이 영원히 잠이 든다면... 이 모든 권력이 나에게? 어쩌면 내 이름으로 천하통일이 될지도...'

안토니 생각이 거기까지 미칠 무렵 가려놓은 천은 힘없이 아래로 떨어졌고 동상의 모습이 사람들 앞에 드러났다. 동상 몸통 안에는 24시간 연기가 피어오르게 제어장치를 달아놓아 콧구멍으로 연기가 피어올랐다. 얼굴은 실제보다 6배 컸고 루카수장 모습을 똑같이 재현해서 그가 살아 돌아온 것 같은 착각마저 들었다. 홍이강은 카도샤가 써준 대로 인터뷰를 했고 그 장면이 반복 재생되어 뉴스로 나갔다.

"그분은 역사상 가장 위대한 정치인이셨고 우리들의 왕이셨습니다. 성경 예언대로 루카수장님은 유대인이면서 자기 나라에서 죽임을 당했으니까요. 메시아인 그는 소생할 것입니다."

그때 허공에서 연기가 뿜어져 나오더니 하늘을 뒤덮기 시작했다. 우레 같은 소리가 들려왔다. 고PD가 보기에 컴퓨터 소리 같았다.

'나는 지극히 높은 하늘 보좌에 앉은 주 너희의 신이다. 나를 경배하라! 나를 찬양하라!'

동북아시아 분향의 열기는 세계 최고라고 앵커가 전했다.
"가장 큰 분향소가 설치된 광화문 광장에 나와 있습니다. 전국에서 몰려든 추모 인파로 24시간 분향의 향을 태우고 있습니다. 대형스크린에 보이는 루카수장의 시신 앞에 절하는가 하면 곡소리로 슬픔을 표현하는 사람들로 채워지고 있습니다. 몸이 불편하신 분은 정부가 지원하는 차량을 불러 주십시오. 모든 국민은 분향에 참여하라는 정부의 지시가 있었습니다. 지금까지 광화문에서 유매신 기자였습니다."

반역자들에 대한 소식을 전하는 뉴스말미에 환난성도들은 경악을 금치 못했다. 송사모 머리에 커피포트 끓는 물을 부은 후 펜치를 들고 송사모에게 다가갔고 비명소리가 들리는 장면이 그대로 전파를 탔다.

최학주목사 아내가 아들을 살해한 혐의로 붙잡혔습니다. 남편의 목회에 앙심을 품고 집을 나갔다가 아들을 꾀어내어 기독교로 개종할 것을 강요했고 거부한 아들 최씨를 유황가스로 살해한 혐의를 받고 있습니다. 잘못된 신앙이 얼마나 파렴치한지를 보여주는 것이 아닐까요? 그런 송씨의 배후세력에 또 다른 반역자가 있을 것으로 보고 경찰은 최대한 병력을 동원해서 발본색원할 예정이라고 합니다.

한나가 눈물 흘리며 주저앉았다. 성도들은 긴급회의에 들어갔다. 태호가 말했다.
"탐지견을 풀면 무조건 잡혀요. 저희가 뒷문으로 나가볼게요."

예상대로 요원들이 탐지견과 함께 은신처로 다가오고 있었다. 사람들이 장판 밑으로 들어갔는데 마지막에 유인정이 선반의 물건을 가지러 가다가 요원들 발자국소리가 가까워지자 성도들이 위험해질까봐 뚜껑을 덮어버렸다. 이신호는 짐을 들고 먼저 들어가 그녀가 안 내려온 것도 몰랐다.

떨고 있는 유인정을 발견한 강호린이 음흉한 미소를 짓자 요원들이 재미 좀 보라며 비켜주었다. 그녀의 앞 단추를 칼로 뜯자 앙가슴이 드러났다. 문 밖에는 총소리가 요란하게 울렸다. 제압당하는 유인정의 비명소리가 들리자 방문을 걷어차며 들어온 박충기가 강호린 다리에 총을 쏘았다. 찢어지는 고통으로 이를 악물며 강호린이 소리쳤다.

"이 새끼야! 너 눈깔이 삐었어? 감히!"

강호린이 허리춤에서 총을 꺼내자 박충기가 그의 심장을 먼저 쏘았다. 으악! 박충기가 유인정에게 겉옷을 건네며 말했다.

"맹견 처리한 거니까 신경 쓰지 마세요."

나무에 올라간 김제현이 요원들을 몰살시켰다. 총소리에 놀란 탐지견과 요원 한명이 도망쳤지만 놓치고 말았다. 하태호는 박충기를 보고 깜짝 놀랐다. 그의 이마에 신자의 표식이 있었던 것. 어떻게 된 일이냐고 묻자 박충기가 말했다.

"한 놈이 도망쳤으니 빨리 도망가야 해요. 자세한 얘기는 나중에."

숨어있던 사람들이 나왔다. 이신호는 유인정을 감싸며 지켜주지 못해 미안하다고 울었다. 박충기가 태호에게 말했다.

"요원들이 타고 온 차가 동쪽 방향에 있어. 내가 어젯밤 만물상트럭 대기시켜놓았어. 차번호 3472야. 빨리 도망치자."

예전 은신처로 가야했다. 김제현과 태호는 죽은 요원들의 무기를 챙겼다. 산 입구에서 사람들을 태워 한참을 달리는데 도로에서 검문이 있었다. 트럭 뒤를 수색한다고 문을 열자 생선비린내가 역하게 풍겨왔다. 서창호가 상한 생선을 집으며 말했다.

"생선이 안 팔려 죽 끓여서 식구들 먹이려고요. 우리 선생님도 몇 마리 드릴까? 싱싱한 게 있을라나 모르겠네."

비린내를 싫어했던 요원은 빨리 차 빼라고 소리쳤다. 통과!

은신처에 도착했을 때 조장로가 맞았다. 간단한 식사를 마친 후 태호가 박충기를 소개했다.

"저와 일했던 요원인데 저희를 구해주셨어요. 어떻게 신자가 되었는지 궁금해요."

박충기가 말했다.

"요원들이 제거당하는 걸 보면서 생각했어요. 내가 충성을 바친 인간한테 왜 죽어야 하지? 죽기 전에 진리가 뭔지 알고 싶었어요. 왜 새정부는 기독교를 미치도록 증오할까? 두 증인 설교를 듣다가 깨달음이 왔죠. 예수가 진리였구나. 우리가 하는 일이 진리를 짓밟는 일임을 알게 되었는데 사도바울이 지나갈 때 강력한 끌림을 받았고 의자 밑에 숨어 기도를 받았습니다. 지금까지 저지른 죄가 왜 그리 많은 지, 얼마나 통곡했는지 모릅니다."

노아가 물었다.

"저 요원들이 은신처를 어떻게 찾았을까요?"

"최학주 심복이 아들을 미행하다가 강아지를 손에 넣었고 칩을 심어 위치를 알아냈습니다. 사모님의 고문 받는 영상을 강호린이 달라 해서 줬더니 뉴스에 나왔어요. 믿기 어려우시겠지만 최학주는 딸이 살아있는 것도 알고 딸을 또 해치려고 했습니다."

한나의 눈동자가 커졌다. 노아가 무슨 말이냐고 물었다.

"홍이강의 영원한 정치를 위해 제물이 필요하다고 했을 때 최학주가 자신의 권력과 아들의 세습을 위해 딸을 제물로 바치겠다고 충성했답니다. 막상 무대에서 죽은 여자가 한나가 아닌 걸 전매니저가 발견했지만 최학주는 홍이강이 이 사실을 몰라야 한다며 입단속을 시켰습니다. 그러나 홍이강 측에서 몰래 시신을 검증했고 만찬교회 세습도 물 건너갔지요. 할로윈 무대 계약금을 받은 것도 딸을 제물로 올리려던 댓가성..."

한나가 놀란 가슴을 붙잡고 주저앉았다. 박충기가 말했다.

"강호린이 은신처성도들은 단두대로 넘기고 한나는 제물로 태우기 위해 번제단을 세팅했다는 것을 알게 되었어요. 그래서 강호린을 반드시 죽여야 했습니다."

전세계 도시마다 자이언트프로그램으로 된 홀로그램이 수장의 모습을 생동감있게 구현했다. 카메라와 조명은 유리관에 갇힌 시신에 집중되었다. 안토니보좌관과 지역 수장들은 낙심한 듯 멍하니 유리관을 응시했다. 그때 남아프리카 수장이 유리관을 가리키며 말했다.

"어? 가슴이 숨을 쉬는 것처럼 움직이는데? 내가 헛것을 봤나?"

다른 수장들도 허벅지를 꼬집었다. 유리관속의 손가락이 까딱 까딱 들렸다가 손가락 끝이 쫙 펴졌다. 수장이 소생할거라 인터뷰했던 홍이강은 너무 놀라 뒷걸음질 치다 자빠졌고 안토니도 온몸이 얼어붙었다. 시신 앞에서 분향하던 사람들도 겁먹은 얼굴로 울음을 터뜨렸다. 그때 죽은 시신이 눈을 번쩍 떴고 천둥번개가 우르르 쾅쾅 번쩍거려 공포에 휩싸인 사람들은 비명을 질렀다. 시신의 입술이 쫙 벌어졌다. 루카수장이 얼굴에 힘을 주며 팔을 들고 무릎을 굽히더니 발뒤꿈치를 끌어 올리다가 허억, 히고 숨을 내 쉬었고 두 손비닥과 무릎의 힘으로 관뚜껑을 차버리자 쩌억 소리와 함께 유리관 뚜껑이 날아갔다. 사각 모퉁이에 있던 볼트가 튕겨 나가 홍이강 이마에 떨어져 그는 놀란 가슴에 오줌을 지렸다. 사람들은 귀신을 본 것처럼 부들부들 떨었고 밀치고 도망가느라 깔려 죽은 사람도 있었다. 유리관에서 빠져나온 루카는 다리를 땅에 딛고 걸어가 군중을 향해 섰다. 안토니는 불손한 생각을 들킨 죄인처럼 엎드려 통곡하며 오버했다. 지역수장들도 그 앞에 무릎으로 기어가 엉엉 울었다. 어깨 높이로 양손을 올린 루카수장이 마이크도 없이 말하는 데도 크게 들려왔다. 영상을 찍고 있는 고PD도 가위에 눌린 것처럼 그의 말에 눌렸고 그가 신이라는 것이 잠깐이지만 믿어져 자신도 모르게 루카에게 절을 할 뻔 했다. 감사하게도 카메라를 붙잡고 있는 이유가 절하지 않아도 되는 특권이 되었다.

"나는 신이로다. 내가 주는 평안을 받으라. 부활한 나를 믿으라."
쩌렁쩌렁 울리는 소리에 모두들 압도되었다. 루카수장은 사람 마음을 꿰뚫어보듯 말했다.
"아직도 두려운가? 하나님을 보고 싶은 자는 나를 보라. 내가 치명적인 상처를 입어 사망에 이르렀으나 이렇게 부활했나니... 믿음이 적은 자들아, 다 내게로 오라. 그리하면 너희 마음이 쉼을 얻으리라. 나를 믿는 자는 구원을 주고 나를 거스르는 자는 지옥불에 던지리라."
루카수장이 안토니의 눈을 보며 말했다.
"내 백성들을 내 앞에 오게 하라."

고PD는 신바벨론으로 돌아와 문기자에게 말했다.
"실제로 적그리스도의 죽음과 부활을 눈으로 목격하니 후반기 환난의 강도가 얼마나 불타오를지를 실감하네요."
문기자가 말했다.

"죽음에서 살아난 저 인간은 또아리를 튼 뱀의 허물이고 그 안에 있는 건 사단이라고 열심히 기사를 써서 알려야지요."

수장의 부활소동으로 다친 사람들이 많아 근처 병원은 야전병원을 방불케 했다. 루카수장에게서 능력을 입은 안토니는 절하지 않고 도망가는 사람을 향해 하늘에서 불을 떨어뜨리고 있었다. 유대인 사역자 대표인 벤유다는 전세계 성도들에게 당부했다.

"휴거이후 복음의 사이트에 들어오는 독자가 헤아릴 수없이 많다고 합니다. 날마다 수십만 명이 합류하고 날마다 순교하는 수도 늘어갑니다. 지금 성경의 예언이 성취됨을 우리 눈으로 보고 있습니다. 죽음에서 살아난 수장은 부활이 아니라 소생입니다. 이제 평화를 말하며 동시에 칼을 휘두를 것입니다. 안토니는 거짓 선지자입니다. 짐승의 표는 한번 받기로 결정하면 절대 번복할 수 없고 영원한 시간을 하나님 없이 지옥에서 보내게 됩니다. 그 표는 사탄에게 속했다는 증거이고, 나도 같은 짐승이라는 것을 인치는 도장입니다. 잠깐의 고통을 피하기 위해 지옥을 선택하지 마십시오. 또한 괴롭다고 자살하면 안 됩니다. 자살은 순교가 아닙니다. 지금은 순교가 일상이 되는 인류 마지막에 와 있습니다."

새정부는 부활하신 루카 수장님처럼 우리도 부활할 것이니 마이크로칩을 오른손이나 이마에 심으라고 홍보했다. 안토니는 루카 발아래 엎드려 말했다.

"전하! 제가 첫 번째로 표를 받아 충성심을 증명하겠습니다. 저를 써주소서."

그렇게 안토니의 표 삽입 장면이 전세계로 방영되었고 유명한 연예인들과 정치인들은 앞장서서 표를 받아 홍보를 이끌어냈다. 새정부는 실종예방과 자살예방을 위해 표가 필요하다고 강조했다. 루카수장을 알현하기 위한 여행패키지도 인기였다. 부활한 신의 모습을 볼 수 있다면 전재산을 팔아도 안 아깝다는 광팬도 많았다.

부활한 수장의 행보는 거침없었고 더욱 잔인해졌다. 성전에 돼지를 제물로 올리려고 준비한다는 소식을 듣고 유대인들은 자신들이 기다려온 메시아가 아님을 알고 배신감에 치를 떨었다. 더 이상 수장을 따르지 않겠다는 유대인들이 90%가 넘자 루카는 분노의 메시지를 발표했다.

"제가 유대인들을 보호하기 위해 7년평화협정을 맺었건만 유대인들은 그런 제 사랑을 배신했습니다. 내 백성이 나를 못 알아보다니! 개탄할 일 아닙니까? 이제부터 성전에서 제사를 지내는 일을 폐하겠습니다. 세상에 종교는 나뿐이거늘 왜 동물제사를 지냅니까? 내가 신이라는 걸 모르는 유대인들의 어리석음을 용납하지 않겠습니다. 저는 내 동족인 유대인들에게 마지막 기회를 주려 합니다. 메시아를 알아보는 자에게는 구원과 풍요가 주어지지만 나를 숭배하지 않는 자는 단두대로 다스릴 것입니다. 가까운 곳에 표식 시술소가 있습니다. 지금 가셔서 저를 향한 충성심을 보이시기 바랍니다. 만약 거부한다면 히틀러 못지않은 학살이 예루살렘과 전세계를 피로 물들일 것입니다."

동원된 박수부대들은 환호하는 기계처럼 시도 때도 없이 열광했다. 그 무리중에는 신인류라는 유전자편집인간이 있었다. 오직 수장을 찬양하는 인간으로 분류되어 수장이 가는 곳마다 배치되었다. 안토니는 시술소마다 찾아다니며 표를 거부한 사람에게 불세례를 퍼부으며 잿더미가 되게 했고 스치기만 해도 심장마비를 일으키자 무조건 항복하는 모습이 전파를 탔다.

새정부는 표에 대한 홍보영상을 사람들 뇌리에 심는 일에 많은 투자를 했다. 새정부를 위해 일하는 직원은 기간 내에 칩을 심어 충성심을 증명하라고 지시했다. 분향소는 재빨리 바이오칩 시술소로 용도가 변경되어 먼저 죄수들에게 표식을 시술했고 요양원의 노인들도 우선 대상이 되었다. 홍이강은 자신의 표 시술을 메인뉴스로 보도하며 비상사태인 계엄령을 선포했다.

"여러분! 눈앞에서 전하의 부활을 목격한 그 위대함을 어떻게 말로 표현하겠습니까. 전하의 표를 망설임 없이 받고 나니 저의 충성심은 하늘을 찌를 듯 높아졌습니다. 새정부의 움직임에 따라 동북아시아도 계엄령을 선포합니다. 국가의 근간을 흔드는 세력은 예수를 믿는 자들이므로 반역자로 취급되어 발견되는 즉시, 체포와 고문, 사형의 절차를 밟게 될 것입니다. 전하의 부활은 유대인과 기독교인을 저주해야 할 당위성이 되었습니다. 유대인 전도자들이 동북아시아에서 많은 사람을 미혹한다는 제보가 들어옵니다. 이런 유대인과 그리스도인을 신고하면 포상금을 내릴 것입니다. 앞으로 루카수장님의 표가 없는 자는 어떤 거래도 할 수 없습니다. 표는 자유와 풍요를 약속하지만 거부하면 고문과 목베임도 누릴 것입니다. 또한 오늘은! 지하에 숨어 있던 기독교인 39명을 공개처형 하겠습니다."

루카수장과 지역수장들은 부활사건이후로는 국민들의 평판에 신경을 끄고 잔인한 고문 방법을 공유했다. 동북아시아는 일본에서 고문위원장을 불러들여 값싼 재료로 가장 큰 고통을 주는 신고문법을 개발하라고 지시했다. 어떤 고문위원장은 어둠을 밝히겠다며 석유를 뿌린 옷을 성도에게 입힌 후 기둥에 묶어 태웠다. 저녁마다 인간 횃불을 태우면 많은 이들이 보고 정부의 방침에 순응할 거라 예상했다. 자신을 지키려는 자는 표를 받았고 유대인과 기독교인을 신고하는 자는 그들의 재산을 빼앗아 올 수 있게 만들었다. 한나의 임신소식에 성도들은 슬픔과 기쁨을 동시에 느꼈다. 일을 보고 돌아온 김제현이 들고 온 짐을 풀며 말했다.

"이 티셔츠와 모자 마스크는 인식 기능장애를 일으켜 감시카메라에 잡히지 않습니다. 밤에 돌아다닐 때 반드시 이 옷을 입어야 해요. 금 열 돈으로 산겁니다."

도진이 아쉬운 듯 말했다.

"사이즈가 저한테는 작아요. 하루 한 끼 먹는데 살이 안 빠지니…"

김제현이 이건 스판이라 신축성이 좋다고 너스레를 떨었다.

정부군이 복음에 목마른 것처럼 위장 접근하는 일이 많으니 조심하라는 당부가 보스라사이트에 올라왔다. 지하교회 39명의 공개처형장에는 열띤 취재열기로 시끄러웠다. 휴거 때 남겨진 목사와 사모와 새신자들도 있었고 5개월 된 아기도 있었다. 처형장에서 일하는 사람들은 피의 축제라고 말하며 단두대 버튼을 기계처럼 눌러댔다. 카메라를 의식한 소장은 끌려온 사람들에게 엄포를 놓았다.

"사람을 죽일 때 느끼는 오르가즘을 니들이 알아? 본보기로 저 아기! 앞으로 끌고 와."

자지러지게 우는 아기를 요원이 단두대에 올려놓았다. 살려달라 애원하는 아기엄마의 절규가 모두의 가슴을 짓눌렀다. 소장이 말했다.

"예수를 버리고 부활하신 수장님으로 갈아타면 살려줄게. 잠깐 표를 받고 집에 가서 두 다리 쭈욱 뻗고 삼겹살에 김치 구워 소주 한 잔 해봐. 목숨이 중요하지 왜 어리석게 단두대를 택하냔 말이야. 표 받을 사람 앞으로!"

아무도 나오지 않자 소장이 셋 셀 동안 나오지 않으면 아기의 목을 치겠다고 협박했다. 아기엄마는 목이 터져라 외쳤다.

"안 돼! 이놈들아, 내 아기 손대지마. 죽여 버릴 거야!"

"아줌마! 여기가 어디라고 소리 질러? 너부터 썰어줄까?"

그때 소장이 중식도를 달라 하더니 아기의 옷을 벗겼다. 자지러지는 아기의 몸을 생선 자르듯 뚝뚝 끊어내자 선홍색 여린 핏물이 단두대 아래 흘러내렸다. 사람들이 고개를 돌리며 구토하자 엄마는 기절하고 말았다. 표 받을 사람 나오라고 했더니 5명이 나왔다. 목사가 소리쳤다.

"안 돼! 표 받아도 어차피 죽어! 배도하면 지옥 가. 제발 하늘을 올려다봐. 순교의 영광이 얼마나 큰데 어리석게 왜!"

배도한 누군가가 듣기 싫다는 듯 말을 자르며 대꾸했다.

"하늘에 뭐가 있는데? 예수를 믿었는데 예수는 왜 우리를 안 지켜줘? 목 잘려 죽는 공포를 인간이 어떻게 견뎌? 미쳤다고 숨어 있다 개고생만 했네. 아휴, 억울해."

그가 배도하자 소장은 토막난 아기 몸통을 표를 거부한 자들에게 던지려고 단두대 틀 안으로 몸을 집어넣는 순간, 걸린 옷자락을 빼다가 ON 버튼을 실수로 눌러버렸다. 칼날이 위에서 내려와 소장의 정수리를 찍어 머리가 반으로 잘렸다. 악한 자의 죽음에 성도들은 순교에 더 힘을 얻었다. 그때 허공에서 찬송소리가 들려왔다.

환난과 핍박 중에도 성도는 신앙 지켰네 이 신앙 생각할 때에 죽어도 영광 되도다

요원들은 화가 나 처형을 서둘렀다. 먼저 목사가 끌려가며 말했다.

"조금 후에 우리가 주님 품에 안기면 이 고통은 과거형이 됩니다. 고통

에 집중하지 말고 언약의 말씀에 집중하십시오. 원래 인간을 창조하실 때 죽으라고 창조하지 않으셨습니다. 하나님은 영원히 같이 살려고 인간을 만드셨습니다. 그래서 죽음 이후 영원한 천국과 영원한 지옥으로 나뉘게 됩니다. 주님을 선택한 복을 이제 눈으로 확인하러 갑니다. 환난동안 여러분과 함께 해서... 행복했습니다."

한 권사가 너무 무서워하자 어떤 청년이 권사를 안아주며 말했다.

"저도 무서운데 여기서 승리하지 못하면 천국에 있는 저희 엄마와 대현이를 영영 못 볼 거 같아서 저, 안 울려고요. 제가 처음 교회 나왔을 때 저보고 기특하다고 하셨던 분이 권사님이셨어요. 너무 울어버리면 하늘이 안 보여요. 우리 기쁘게 순교해요."

눈물로 얼룩진 권사가 말했다.

"네가 나보다 낫구나. 영광된 순교라는 걸 잊었다. 우리 곧 다시 만나자."

기절했던 아기엄마는 누군가 하는 소리를 듣고 깨어났다.

"가장 어리고 고결한 아기 순교자였어."

아기엄마도 단두대로 향해 걸어갔다. 하늘을 보며 마지막 말을 올렸다.

"주님, 우리를 순교의 영광으로 써 주심을 감사드립니다. 잠시 후에... 뵙겠습니다."

표를 받은 사람들은 표시민권자라는 우월의식이 있었다. TV에는 자랑스럽게 표를 받아 매매하는 연예인들의 일상을 보여주는 프로가 채널마다 도배를 했다. 표가 없는 자를 학대하거나 인간 취급하지 않는 분위기가 형성되었다. 마약을 즐기던 몇몇은 표가 없는 자를 오토바이에 매달고 질주했지만 피해자가 표가 없으면 가해자를 처벌하기 어려웠다. 오토바이에 매달고 가는 죄보다 반역죄가 더 중대죄가 되어 표 없는 자가 오히려 반역죄로 끌려갔다.

부활한 수장의 동상제작에 지역수장들이 발 벗고 나섰고 어느 지역이 가장 멋진 동상을 만드는지 경쟁하듯 웅장하게 짓느라 혈안이 되었다. 안토니가 루카수장에게 보고했다.

"유리로 만든다는 수장도 있었지만 제 생각엔 금으로 만든 동상이 가장 위엄 있지 않을까요? 그런데 유독 예루살렘만은 동상제작을 시작도 하지 않았다고 합니다."

"여전히 메시아를 숭배하지 않겠다?"

"전하를 거스르는 자는 제가 불지옥으로 다스리고 있습니다."

루카가 흡족해하자 안토니는 고개를 조아리며 말했다.

"부활하신 전하의 왕궁을 지어야겠는데 어디가 좋을까요? 후보지로는 로마궁정, 두바이궁정, 베들레헴궁정..."

"난 메시아고 왕이야, 천하의 왕이 거할 곳이 예루살렘이 아니던가? 감람산이나 다윗성 주변으로 화려한 왕궁을 속히 짓도록 해."

루카수장에게 속았던 유대인들이 네게브 사막 미츠페라몬 임시 숙소로 모여들었다. 벤유다와 사역자들이 경비행기와 헬리콥터를 조달해 네게브 언덕에서 유대인들을 보스라로 실어나르는 작전이 시행되었다. 표를 거부한 유대인들을 단두대에서 처형하는 장면이 모자이크 처리도 없이 생중계를 하며 공포정치로 다스렸다.

루카는 성경의 나귀타고 입성하는 장면을 연출하고자 안토니에게 정열적인 암퇘지를 준비하라고 명령했다. 성전산 입구에는 수장의 입성 앞에 뿌릴 생화, 조화, 새정부국기를 준비하며 메시아 굿즈를 팔고 있었다. 그의 입성소식에 예루실렘은 탱크와 군용트럭, 전투기, 폭격기까지 거리를 활보하며 유대인들을 겁박했다. 아침에 안토니가 루카에게 보고했다.

"랍비 6명이 전하를 거부하여 고문했지만 몸이 걸레가 되어도 고집을 꺾지 않습니다."

"그럴 땐 양쪽 무릎과 어깨를 쏴! 날 반역한 죄가 얼마나 무서운지를 알게 돼. 남은 총알로 이마를 뚫어버려. 표식이 있어야 할 그 자리 말이야. 살아 있을 때 목을 베면 심장이 30분 이상 뛰어 공포가 춤을 출거야."

성전산에 세워진 루카의 우상 앞에는 하루 3번 절하기 위해 찾아오는 사람들로 붐볐다. 유대인사역자들은 신자의 표식이 없어도 겁에 질린 자도 태우며 미츠페라몬으로 갈 수 있게 도왔다.

다음날 금장식 마차에 수장을 태운 왕의 행렬 퍼레이드가 시작되었다. 은마차에서는 안토니가 찬양을 지휘하고 그 뒤로 분홍 암퇘지를 실은 트럭이 따라가고 있었다. '루카 수장님은 영원한 우리들의 메시아가 되셔서' 노래를 지휘하다말고 너무 가려운지 지휘봉으로 다리를 긁는 안토니 모습이 생중계 되었다. 표 받은 자들도 온몸에 난 종기를 괴로워하며 긁어대느라 박수와 환호소리는 점점 줄어갔다. 돼지를 보자 유대인들은 불쾌감에 혀를 찼다. 구름 한점 없는 파란하늘이었다. 마차에서 내려 루카가 말했다.

"표가 있는 자는 손을 들고 메시아를 찬송하라. 나를 경배하라."

성전산 모퉁이마다 앵글로 설치된 무대들은 루카수장의 찬양대였다. 그때 유대인 한 청년이 찬양대로 올라가 준비한 마이크에 대고 소리쳤다.

"성전을 모독한 적그리스도! 거짓 예언자! 하나님의 어린양은 예수 그리스도 한 분밖에 없느니라! 그리스도를 욕되게 하는 너희들은 심판을 면치 못하리라! 그동안 유대인들은 인간의 죄를 갚아주시려 친히 십자가에서 죽어주신 예수 그리스도를 못 알아보았다. 이제! 우리 유대인들은 그분을 알아보고 그리스도께 경배하고 찬양하는 것이 마땅해졌다! 뱀의 허물을 입은 적그리스도! 더 이상 사람들을 미혹하지 말라!"

예후다에서 과일가게를 했던 유대인은 청년의 얼굴을 보고 놀라움을 금치 못하며 말했다.

"저 청년은 히스기야 터널에서 만났던 겁 많던 청년이었는데..."

루카수장이 직접 무대 중앙에서 청년을 향해 손을 펴며 저주를 선포했다.

"메시아를 모독하는 것들은 나! 주께서 용서하지 않으리라아! 반역자는 불을 받아라아!"

말이 떨어지자 허공에서 불화살이 내려와 청년은 순식간에 재가 되었다. 카메라들은 잿더미를 한참 비추었다. 예후다유대인은 나지막이 말하며 눈물을 흘렸다.

"믿음 없는 청년을 하나님이 이렇게까지 성장시키셨다니... 저 믿음이 부럽다."

표 받은 군중들은 온몸을 벅벅 긁어대다가 행렬에서 이탈하여 병원으로 줄행랑쳤다. 표식 근처에 섬유육종암이 발생한 사람들이 부지기수였고 종기가 난 자리에 고름이 흘렀다. 루카가 자신의 동상 앞으로 걸어가 올려다보자 동상이 앞뒤로 흔들렸다. 세상의 원리가 자신의 손에서 나오듯 루카는 손을 청중에게 뻗어 꾸짖었다.

"여기 모인 자들이 한 마음으로 내게 헌신하지 않는도다!"

립싱크를 하듯 동상의 입과 수장의 입술이 동시에 움직였다. 사람들은 고개를 땅에 박으며 절했고 표가 없는 자들은 슬금슬금 도망쳤다. 또다시 수장이 말했다.

"나는 과거에도 있었고 오늘도 내일도 영원할 것이다. 잠시 죽음의 고난을 당했으나 부활로 증거가 되었느니라. 내 머리에 난 칼자국을 보고 내가 구세주인줄 알라"

그는 더 이상 사람이 아니었다. 어떤 세력도 대적할 수 없는 부활한 신이었다. 새정부를 위해 일하는 모든 자는 표식을 마쳤다고 뉴스에 보도되었다.

수장의 소식을 매일 탑뉴스로 전하는 동북아시아는 반란자를 찾는 자원봉사자들을 모집했다. 동네마다 루카수장의 동상이 세워졌다. 유동인구 많은 곳에 대형스크린을 설치하여 하루 세 번, 수장의 동상에 절하게 했고 어기는 자는 반역자로 구분되어 긴급체포가 가능했다. 교도소에 복역중인 흉악범들이 풀려나 단두대에서 일하거나 반란자를 찾아내는 일로 죗값을 치르게 했다. 정부가 그들에게 술에 전투마약을 넣어 먹게 하자 마약의 힘으로 더욱 잔인하게 고문하고 학살하는데 힘을 쏟았다. 성도들이 끌려가는 비명소리, 단두대 바구니에는 순교자들의 목이 차고 넘쳤다. 피냄새를 좋아하는 연쇄 살인범은 담배를 입에 물고 잘린 목을 아무렇지 않게 내다버렸다. 커다란 지퍼백에 시체를 여러구 담아 내던질 때 인간에 대한 존엄성은 찾아 볼 수 없었다.

환난 후반기에 먼저 표를 받았던 70세 이상 노인들은 칩을 받은 후 갑작스런 죽음을 맞이하는 경우가 많았다. 심근경색이 오거나 암이 급속도로 진행되거나 원인 모를 병으로 급사하는 경우였지만 그것이 칩을 받은 후유증이라고 언론은 말하지 않았다.

진모세가 표 받기를 미룬 후 더 깊은 지하 은신처로 신도들과 숨어들었다. 신도들이 표를 받아야 하는지 물어봤을 때 진모세는 자신이 누려왔던 영적인 권위를 잃어버릴까봐 오직 믿음으로 살자고 설득한 뒤 정부 몰래 은사집회를 이어나갔다. 진모세는 박권사를 이용하려고 치유해주겠다고 불러들였다. 마지막으로 한 번 더 믿어보자며 찾아간 박권사는 지하공간을 보고 깜짝 놀랐다. 오십 명 넘는 신도들이 생활하는데 부족함 없이 통조림과 생수가 쌓여 있었다. 0시 집회 때 진모세는 박권사에게 특별안수기도를 하자 박권사는 몸을 떨며 괴로워했다. 진모세가 거들먹거리며 말했다.

"할머니가 되어 탕자처럼 돌아온 박권사! 이제 하얀 치아로 변할 거야. 나만 믿어! 요즘 루카수장시대로 흘러가는데 진모세의 능력을 몰라보는 세상이 참 안타까워. 여러분이라도 진리를 깨달았으니 이제 내 뒤만 잘 따라오면 하나님 우편보좌에 앉게 될 거야. 믿~씁니까?"

박권사는 열이 끓었고 저승사자처럼 다크서클이 짙어지며 퉤! 퉤! 뭔가를 뱉어냈다. 입안의 까만 치아들이 옥수수 알을 까듯 쏟아져 나왔다. 화가 난 진모세는 박권사의 머리를 안찰한답시고 세차게 때리며 말했다.

"자! 이~ 해봐. 하얀 치아가 나왔나 보게."

잇몸만 남은 박권사의 모습에 사람들이 키득거리자 진모세가 역정을 냈다.

"그동안 믿음을 다 까먹었구먼. 믿음 팔아먹은 인간은 내 성도가 아니야. 능력기도 해주면 뭐해! 내 밑에서 순종하고 있지 어딜 갔다 와서 믿음이 쓰레기가 되었어?"

배신감과 굴욕을 느낀 박권사는 억울해서 있는 힘을 다해 지하에서 기어 나왔지만 지권사도 도와주지 않았다. 밖으로 나와 반역자 신고센터에 전화를 걸어 새어나오는 발음이었지만 있는 힘을 다해 진모세 일당을 밀고했다. 곧바로 정부요원이 출동했고 지하에 있던 신도들은 모두 종교

환난 후반기 189

법위반으로 끌려갔다. 소식을 들은 홍이강이 지시했다.

"부활하신 수장님을 경배해야 할 인간들이 감히 자기만의 종교를 믿다니! 미치지 않고서야 늙다리가 반역을 저질러? 참수형으로 즉결처형하고 저들의 목을 광장에 전시하라. 뉴스로 대서특필하여 사람들에게 경각심을 주도록 해!"

진모세와 신도들은 지금이라도 표를 받겠다고 엉엉 울며 무릎 꿇고 빌었지만 소용없었다. 신고한 박권사도 끌려가 함께 참수형에 처해졌다. 비명소리에 날아온 까마귀들은 처형장 위에서 그 광경을 지켜보았다. 그들의 목은 일주일동안 매달려 있었다.

한반도에 많은 사도바울이 사역하지만 중반기부터는 숨어서 복음을 전했다. 박충기는 자신에게 기도해준 다니엘을 은신처로 모셔왔다. 그가 한국사역의 느낀점을 말했다.

"남겨진 이유 중 대부분은 번영신학에 뿌리를 두어 더 잘되고 부유한 나, 더 건강한 나를 위해 많은 종교 중에서 기독교를 선택한 분들이었죠. 마치 아론이 종교지도자 위치에서 금송아지를 내놓았고 거기에 열광했던 것과 같습니다. 대형교회 목회자가 앞장서서 번영신학으로 미혹해도 교회라는 울타리와 유명한 종교지도자가 그랬다는 정당성을 확보하고 믿고 싶었던 욕망을 믿음인 것처럼 착각했던 자들이 많았습니다. 그 과오는 휴거사건에 모두 발가벗겨져 깨달은 자도 있지만 그 안에서 다시 미혹당해 적그리스도 표를 받는 더 큰 미혹으로 빠져드는 분들도 많았습니다. 내가 무엇을 잘못 믿었는지 보려면 거기서 빠져나와 전지적 시점으로 봐야 합니다. 실컷 믿었는데 지옥이라면 얼마나 억울할까요? 미혹에 빠져 적그리스도를 옹호하는 사람들을 보면 가슴이 무너집니다."

화재로 인해 절을 폐쇄한다는 팻말을 보고 오히려 사람들이 숨을 곳을 찾아왔다. 태호와 김제현은 망을 보았고 환난 성도들은 영혼들을 찾아 나섰다. 학생 두 명이 산꼭대기에서 벌벌 떠는 것을 조장로가 발견했다. 이마에 표식이 없어 먹을 것을 주며 말을 걸었다.

"우리도 도망 나온 그리스도인들이에요. 도와줄게요."

배가 고팠는지 주먹밥을 금방 먹어치우며 말했다.

"주일학교 때 짐승의 표를 받으면 지옥 간다는 얘기를 들었을 땐 공상만화로만 생각했는데 현실이 되다니... 표 받은 친구가 저희를 고발했다는 소릴 듣고 바로 도망쳤어요. 부모님은 재앙에 돌아가셨어요. 단두대도 무섭고 짐승의 표도 끔찍하지만 두 증인이 부활해서 올라가는 모습을 봤는데 어떻게 표를 받겠어요."

조장로가 그들을 데리고 가다가 다른 가족을 만났다. 그들은 간증했다.

"내일이면 새정부요원이 들이닥칠 텐데 너무 답답해서 밤에 옥상에 있는데 천사가 '뒤돌아보지 말고 도망가라! 주의 이름을 부르는 자는 구원을 얻으리라.' 말씀하셨어요. 제가 어떻게 해야 할지 명확해졌어요. 딸과 아내를 데리고 무작정 산에 왔는데 선생님을 만난 겁니다. 진짜 메시아라면 저렇게 사람을 잔인하게 포교하지 않을 겁니다. 저는 두 증인의 말씀을 이제야 믿게 되었어요."

며칠 밤사이 그 산에서 찾은 사람만 60명이 넘었다. 그 중 절반은 천사가 복음을 전했다고 했다. 정부드론이 도망치는 자들을 감시하기 위해 허공을 순찰하고 있어 조심해야 했다. 도진과 조장로 서창호를 중심으로 만든 은신처는 특이한 장소였다. 궁금해하는 사람들에게 임도진이 말했다.

"제가 승려일 때 수지스님 명령으로 폭포에서 수련하다가 집중이 안돼 폭포 중간까지 칡넝쿨을 잡고 올라갔어요. 새들이 폭포수 뒤로 출입하는 것을 따라가다가 폭포에 가려진 동굴을 발견했어요. 가끔 거기서 돼지고기를 구워먹다가 우봉이에게 걸려 공범이 되었고 이 장소는 비밀의 동굴이 되었습니다."

조장로가 말을 이었다.

"폭포가 입구가 될 수 없어 이스라엘 히스기야 터널을 떠올렸습니다. 적군이 쳐들어오는 절박한 시점에 성밖에 흐르던 물길을 성안으로 끌어들이려 정 하나로 파고들었던 그 집념을 활용했습니다. 절 뒤에 있는 토굴에서부터 땅을 파 폭포 동굴까지 이어지게 하다보니 물길이 동굴 안으로 흘러들어 1년 내내 물을 얻을 수 있습니다. 오봉이가 동굴 안쪽에서 망치로 위치를 알렸지요. 양쪽에 밧줄을 상하행선으로 놓고 도르래를 이용해 물건을 실어 날랐습니다."

은신처는 인구밀도가 높아 앉아서 자는 사람도 많았다. 새로 들어온 성도가 말했다.

"백성주가 악랄한 신도들을 킬링맨으로 뽑아 숨어있는 성도들을 정부에 인계하고 있답니다. 홍이강이 활동비도 지원해주니 더 혈안이 되어 잡으러 다닙니다. 제가 아는 지하교회로 끌려갔어요. 어제는 보스라사이트에 전투교회 비서가 폭로한 글이 올라왔어요. 경영학과를 나온 그녀는 전투목사의 비자금을 관리했는데 하나님과 가장 친한 종을 섬기면 복받는다 해서 그 부모가 딸을 써달라고 목사에게 제물로 바쳤데요. 십년 넘게 몸과 마음을 바쳤는데 그 많은 비자금이 자식들과 세컨드에게 흘러가는 것을 보며 분노하다가 비자금 장부를 세상에 알린 후 보복이 두려워 자살했다고 합니다."

다니엘선교사가 말했다.

"사사기에 나오는 야일은 자식 낳은후 자식에게 나귀도 주고 넓은 성읍을 나눠주었던 사사였지요. 그 당시에는 싸워서 땅을 차지했는데 아랫사람들은 자신들을 지켜줄 줄 알고 싸웠지만 전리품인 성읍을 자식에게 주는 걸 보며 배신감을 느꼈어요. 열심히 충성했지만 거짓선지자 배부르게 하려고 동원됐다는 걸 모르기 때문에 당하는 겁니다. 많이 쌓아둘수록 많이 누린다는 생각은 착각입니다."

표에 대한 종기 재앙이 본격화 되었다. 의학박사가 TV에 나와 이 종기가 표식과는 아무런 관련이 없다 했지만 앵커가 몸을 긁다가 마이크를 던지고 도망치는 모습이 화면에 나왔다. 한번 받은 표식은 무를 수도 지울 수도 없었다. 어떤 사람이 많은 돈을 주고 표를 도려냈지만 피부암은 어깨로 번졌고 도려낸 상처에 감염되어 문둥병의 몰골로 죽음에 이르렀다. 환난 후반에는 빛과 어둠의 경계가 뚜렷하여 그리스도에게 속했는지 사탄에 속했는지 눈으로 보는 시대가 되었다. 루카수장의 왕궁이 금으로 완공되자마자 전세계 지역수장들이 산해진미와 금은보화를 들고 찾아와 무릎 꿇고 충성을 맹세했다.

"제가 다스리는 나라를 수장님께 바치오니 천하통일을 이루소서. 그리하여 수장님의 영원한 천년왕국으로 우리를 이끌어주소서."

루카수장은 성전산에 자신의 우상을 세워 경배하게 만들었다. 자신을 예배하지 않는 자를 총살형에 처하라고 소리 질러 예루살렘은 공포의 현장이 되었지만 충성파들도 종기가 괴로워 자리를 이탈하는 사태가 발생했다. 유대인들은 돼지를 제물로 바치고 사악하게 웃는 놈을 메시아라고 착각한 죄를 어찌하냐며 한탄했고 단두대를 피해 도망치고 있었다.

이전 지진으로 인해 무너진 아파트도 많았지만 형태가 남아 있는 아파트도 있었다. 살 곳이 못되어 떠난 이들도 많았지만 갈 곳이 없어 남아 있는 이도 있었다. 아파트는 사람들의 피폐한 현실을 피부로 느끼는 곳이었다. 표 받은 자들은 부작용으로 고통 받다가 극한의 괴로움에 베란다에서 몸을 던지는 이들이 늘어갔지만 사건사고가 많고 인력이 없다보니 트럭이 주말에 한 번 와서 아파트에서 떨어진 시신을 수거해가는 믿지 못할 상황이 전개되었다. 한반도의 사도바울은 표받지 않은 자들에게 간곡히 부탁했다.

"요한계시록 20장 4절에 예수를 증언함과 하나님의 말씀 때문에 목 베임을 당한 자들의 영혼들과 또 짐승과 그의 우상에게 경배하지 아니하고 그들의 이마와 손에 그의 표를 받지 아니한 자들이 살아서 그리스도와 더불어 천 년 동안 왕 노릇 한다고 말씀합니다. 순교는 영광된 상급이지만 자살은 안 됩니다. 적그리스도는 하나님의 섭리를 이루는 심판의 도구이니 두려워 할 필요가 없습니다. 우리는 의의 도구입니다. 요즘처럼 자전속도가 빨라지는 건 하나님이 고통의 시간들을 감해주신다는 증거입니다. 주님을 알면 두려움에서 이길 힘을 얻고 세상이 알 수 없는 평안을 누립니다."

마사다나 미츠페라몬으로 모인 유대인들이 보스라로 속속 입성했다. 하나님께로 돌아가겠다는 무리가 많았지만 아직도 뭐가 진리인지 혼란스럽다는 사람도 있었다. 30%가 넘는 이방인이 피난처로 가는 모습은 출애굽을 연상케 했다. 하지만 수장의 군대들이 보스라를 향해 오고 있는 것에는 두려움을 느꼈다. 청중 앞에 벤유다가 누군가에게 공손한 인사를 하며 이끌었다. 미가엘이었다. 그가 말하기 시작하자 마이크도 없는데 멀리까지 또박또박 들려왔다.

"이스라엘아, 들으라 너희가 오늘 너희의 대적과 싸우려고 나아왔으니 마음에 겁내지 말며 두려워하지 말며 떨지 말라. 저들로 말미암아 놀라지 말라. 강하고 담대하라. 여호와께서 너희와 함께 가시며 떠나지 아니하시며 버리지도 아니하시리라. 마음을 강하게 하고 가만히 있어 하나님께서 베푸시는 구원을 보라."

사람들의 눈과 귀는 미가엘에게 고정되었다. 하나님이 이곳에 처음부터 계셨던 것처럼 사람들은 미가엘이 전하는 말씀에 압도되었고 그 말씀을 따라 낭독했다. 유대인들이 보스라로 모인다는 소식을 듣고 안토니가 수장에게 보고했다.
"헬기, 경비행기, 차량 모든 것을 격추시키기 위해 준비가 되었습니다."
"그럴 필요 없어. 미사일로 한 방에 날리기 좋게 보스라로 모인다니! 뇌가 빈 거 아니야? 나를 거부한 자들이 죄다 모이기를 기다렸다가 반역 죄인들이 미사일로 튀겨지는 모습을 생중계하도록 해."

영심은 자신처럼 미혹되었다가 주께로 돌아온 성도들을 양육했다. 김정애가 열감기로 앓아눕자 주영심이 식량을 사러나갔다. 신씨 아줌마를 만나 무너진 다리 앞에서 암호를 대었다. 멀리 망원경으로 노아와 조장로가 지켜보았다. 신씨는 물건을 보여주며 속삭이듯 말했다.
"식량 값이 많이 올랐어. 금 더 줘. 안 그러면 거래 못해."
"가져온 금이 이것밖에 없어요. 만나기도 어려운데 쿨거래합시다."
신씨는 식량자루를 가져가려는 영심의 팔을 툭 치며 금을 더 달라 화를 냈다. 영심이 주머니에서 은수저를 건네자 넙죽 받으며 돌아섰다. 어둠 속에서 누군가 지켜보고 있음을 눈치 챈 영심은 자연스럽게 스카프를 꺼내 머리에 두르며 말했다.
"왜 이리 춥죠? 감기가 오려나... 에취! 아줌마, 혹시 감기약은 없어요?"
신씨는 들은 체도 않고 가버렸다. 그 자리에 서서 기침하며 자신의 암호를 노아가 알아차리길 바랬다. 그때 잡풀더미에서 하나 둘 정부군이 나와 영심을 둘러쌌다. 영심에게 일행이 어디 있는지 칼을 목에 대며 물었지만 그녀는 눈을 감았다.

조장로는 영심을 살리자고 했지만 노아가 남은 성도들을 생각하라며 손목을 끌어당겼다. 두 사람은 도망치면서 눈물이 흘렀지만 미안해서 닦을 수가 없었다. 영심은 자신의 머리를 겨냥한 총구 끝이 무서웠지만 어쩌면 이 순간을 기다렸기에 평안이 밀려왔다. 어차피 놈들의 손에 찢기는 것이 환난성도의 길이라면 담대히 이 순간을 받아드리리라 결심했다. 머리채를 잡고 흔들다가 머리를 땅에 쿵쿵 찍어대며 협박했지만 입을 다문 채 영심은 생각했다.

'만약 미혹에서 빠져나오지 못했다면 진모세처럼 멸망의 길을 갔을 텐데 말씀 속에서 참 하나님을 만났던 그 짧은 몇 년이 나는 너무도 소중했다. 진정한 은혜를 말씀으로 경험했던 은신처에서의 시간과 지금의 순교를 가지고 하나님 나라에서 기쁨을 누린다고 생각하니 나를 피터지게 짓밟는 정부군이 오히려 고맙다. 나는 지금 찬란한 순교자로 쓰러져간다.'

이글거리는 분노로 영심을 짓밟던 정부군은 온몸에 피가 튀어 머리카락까지 흘러내렸다. 군홧발로 짓이기는 소리가 허공을 더 짙은 어둠으로 다져놓았다. 퍽! 퍽! 온몸에서 새어나오는 핏물이 다리 아래로 주르륵, 떨어졌.

루카수장은 고문이 진행되는 텔아비브의 충성심연구소로 달려갔다. 수장이 안토니에게 총을 달라고 말했다. 수장은 10미터 거리를 두고 고문 받는 자들의 이마를 세발 이상 명중시키자 얼굴이 너덜거렸다. 수장이 크게 소리쳤다.

"반역자들에게 기회란 없다. 도망가는 것들 싹 죽이고 차량을 박살내고 머리를 날려 버려. 인간들의 영혼은 반드시 내 것이 되어야 한다. 절대로! 빼앗겨서는 안 된다."

안토니가 대답했다.

"네. 전하 분부대로 거행하겠나이다."

분노가 좀 가라앉았는지 수장이 안토니에게 말했다.

"총에 맞으면 인간이 느끼는 고통의 순위 중에서 1위, 2위, 7위의 통증이 한꺼번에 몰려오니 이 얼마나 찬란한 형벌인가. 아! 짐이 목이 마르구나."

수장이 다리를 꼬며 앉자 보좌관이 그가 좋아하던 콜라병을 따서 무릎을 꿇고 올렸다. 혀가 타는 목마름으로 마시는 순간 그것은 콜라가 아닌 붉은 물이었다.

"웩! 이런 짐승만도 못한 인간이 있나?"

수장이 콜라병을 던지며 보좌관의 따귀를 날리며 말했다.

"감히, 메시아에게 피를 바쳐? 불충하는 것들 목을 따오랬지 누가 콜라병에 피를 채워 넣으랬어?"

보좌관은 잔뜩 얼어 대답했다.

"그럴 리가... 냉장고에서 가져온 새 콜라인데..."

단두대에서 일하던 남자가 얼굴에 묻은 피를 닦기 위해 수도꼭지를 틀었다. 붉은 물이 쏟아졌다. 바다가 가까워 해수담수화로 물을 변환하여 이용했었다. 전화를 받던 안토니가 말했다.

"전하, 아무래도 피의 재앙인 것 같습니다. 지구의 바닷물이 붉은 색으로 변했다고 합니다."

"말이 돼? 내 눈으로 봐야겠군."

뒷문으로 나가 보니 동성애 파티로 들끓던 소돔의 거리는 밤낮으로 약에 취해 비틀거렸다. 조금만 걸으면 바다가 보였다. 붉은 바다 때문인지

대낮인데도 저녁처럼 어두웠다. 그때 다른 전화를 받던 안토니 얼굴이 하얗게 질렸다.

"전하.... 송구하..."

"뭔데 버벅거리나?"

홍이강은 부산의 표 실적이 저조하다는 보고를 받고 해운데 쪽으로 헬기를 타고 이동 중이었다. 카도샤가 동행했기에 수장의 비위를 맞추는 아부성 발언을 언급했다. 카도샤를 통해 보고 있을 수장을 생각한 계산이었다. 바다가 점점 어두워지더니 붉게 변하자 홍이강이 말했다.

"설마 문기자가 떠들던 피의 재앙이라도 된다는 거야? 반역자 새끼!"

바다를 항해하던 배들은 생수가 공급되지 않아 탈수 증세가 심해졌다. 종기로 인해 독한 피부약을 먹는데 물이 없으니 종기는 심해지고 쓰러지는 사람들이 늘어났다. 부패한 수중 생물 사체가 수면 위로 떠다니고 구역질하던 선원들은 위독하다는 무전을 때릴 뿐 할 수 있는 일이 없었다. 갈매기도 날갯짓 할 때마다 붉은 물이 뚝뚝 떨어졌고 먹을 것을 구하지 못해 죽는 일이 허다했다. 해수담수화기법으로 물을 변환시켜 음료수를 만들던 공장은 문을 닫았고 그 물로 만든 음료수는 붉게 변했다. 해안가에 살던 사람들이 악취를 견딜 수 없어 내륙으로 도망치는 행렬로 도로는 마비되었다. 병원마다 의사가 부족했지만 병원비가 크게 올라 서민은 의료혜택을 누릴 수 없었다. 내륙에서 생수는 금보다 귀했고 물을 얻기 위해 살인까지 하는 사건이 발생했다. 까마귀 떼가 새까맣게 허공을 덮으며 불길한 비명을 지르고 있었다. 지하에 숨던 사람들이 뉴스를 보다가 깜짝 놀랐다. 잠시 방송상태가 고르지 않다는 멘트가 나온 후 천사가 선명하게 화면에 나타나 말했다.

"만일 누구든지 짐승과 그 우상에 경배하고 이마에나 손에 짐승의 표를 받으면 또한 하나님의 진노와 포도주를 마시리니 온전한 분노의 잔이라 거룩한 천사들 앞에서, 그리고 그 어린 양 앞에서 불과 유황으로 고난을 받게 됩니다. 바다가 죽은 자의 피같이 된 것은 순교자들의 억울함을 풀어주는 재앙입니다. 하나님은 부르짖는 성도들의 원한을 풀어주십니다. 재앙을 지나면서 우리가 보는 땅과 하늘도 사라질 것이니 주 하나님께 소망을 두십시오."

바로 화면처리가 정상으로 돌아왔다가 다시 화면상태가 고르지 못하더니 천사의 설교가 이어졌다. 숨어 있던 사람들은 무서웠지만 절대 혼자가 아니라는 사실을 확인하며 믿음을 지키는데 힘을 얻었다. 루카수장은 보스라에서 역공격을 당해 전멸했다는 소식에 자존심이 상했다. 이 굴욕에 대한 실행방안을 촉구하자 안토니가 말했다.
"전하, 킬러 로봇의 수를 대폭 생산했고 반란군 공습준비도 완벽하게 하고 있습니다."
"예산은 무한정으로 쓰되 오직 유대인과 기독교인을 처형하고 그자들의 신을 모독하고 재산과 물을 몰수하라. 메시아인 내게 이보다 더 중요한 일은 없다. 안토니! 네가 나를 사랑하느냐?"
"제가 주님을 사랑하는 줄 주께서 아시나이다."
"그렇지. 이런 고백을 유대인과 기독교인들이 하도록 하는 일이 자네의 일이다."
"부활하신 주님, 저에게 안수해주소서."
킬러로봇은 사람의 몸을 스캔한 후 표가 없음을 확인하면 눈에 광선을 쏘아 눈동자가 녹게 만들었고 로봇의 손가락에 찔리면 독극물이 주입되어 얼굴이 파랗게 변하며 죽었다. 선세계가 순교자의 피로 붉은 땅이 되어가고 있었다.

2
세상이 감당하지 못하는 사람들

보스라는 끝없는 탱크행렬의 진동을 느꼈다. 환란에 둘러싸인 예배는 어떤 예배보다 간절함과 은혜가 있었다. 환난기에 태어난 아기도 있었고 출산을 앞둔 산모도 있었다. 세상은 바다가 붉게 변해 고통스러운데 보스라 넓은 샘에 솟아나는 맑은 물은 끝도 없었다. 만나가 하루 세 번 지면을 덮었고 의복이 헤어지지 않았다. 만나를 먹으며 고PD가 문기자에게 말했다.

"하나님이 주시는 음식을 먹다니! 상상도 못했어요. 수많은 사람들이 굶지도 않고 목마르지도 않다니. 한국 성도가 만나를 몰래 챙겼다가 다음날 상한걸 보고 회개했대요."

문기자가 은신처 성도들을 떠올리며 말했다.

"재앙에 대한 기사를 올려야 하니까 건강해야 한다며 저에게 먹을 것을 양보했던 성도들이 생각나요. 귀한 분들... 보고 싶네요."

그때 사람들이 술렁거렸다. 벤유다가 말했다.

"성도 여러분, 지금 전투폭격기가 우리를 향해 오고 있습니다. 그러나 두려워하지 마십시오. 이곳은 하나님이 약속하신 피난처입니다. 지금도 하나님의 백성들이 보스라로 모여들고 있습니다. 미가엘 천사가 말했던 것처럼 마음을 강하게 하고 담대히 하십시오."

누구하나 비명을 지르거나 도망치는 사람이 없이 자리를 정돈하며 하늘을 바라보았다. 전투 폭격기가 쏟아내는 굉음은 주변을 초토화시키고도 남을 위력이었다. 귀를 막고 입을 벌려 머리를 감싼 채 쪼그려 앉았다. 이미 TV에서는 루카수장의 군대가 이겼다고 앞 다퉈 방송이 나갔다. 폭탄이 터지는 순간 어찌나 빛이 강렬하던지 눈을 꼭 감았는데도 찬란한 백색의 빛이 뇌 속으로 파고든 것처럼 눈부셨다. 감은 눈에 백색이 점점 주황 빨강 검정으로 변하는 과정이 보일 정도였다. 쇠냄새 같은 고약한 냄새가 진동했다. 아직 안 죽은 것 같아 눈을 뜨니 자신의 온몸이 불길에 휩싸였다. 옷이 타고 뼈와 살이 타서 사라질 것이 뻔했지만 타지 않았다. 불길에 휩싸인 사람들이 서로를 마주보며 젖은 장작처럼 서 있었다. 버섯구름과 불기둥은 연기를 내며 수백미터 상공으로 치솟았다. 사람들은 얼싸안고 소리 질렀다. 최첨단 대량 살상무기에 당했는데도 말하고 걷다니, 이게 어찌된 일인가? 손가락 사이로 불꽃이 새어나왔다. 누군가 소리쳤다.

"우린 활활 타는 풀무불 속에 있습니다. 다니엘과 세 친구처럼."

"아멘! 우리는 사드락, 메삭, 아벳느고입니다. 높으신 하나님을 찬양합니다."

보스라 사람들은 환호성을 지르며 온몸으로 찬양했다.

우르릉 띵이 갈리지더니 지름 3미터가 넘는 물줄기가 솟구쳐 올랐다.

불과 연기가 순식간에 사라졌고 상쾌한 물줄기에 몸을 맡겼다. 지금껏 하나님 믿기를 주저했던 사람들은 무릎 꿇고 회개했다. 물줄기가 천천히 차분해지자 벤유다는 사악한 자의 표를 받지 않은 축복이 이토록 크고 놀라움을 강조했다. 공습하던 조종사들이 보스라 안에 생존자가 보인다고 하자 중계방송이 중단되었다. 실시간으로 보고 있던 루카수장은 베테랑 조종사가 파괴되는 장면에 얼굴이 사색이 되었다. 애꿎은 안토니에게 화를 냈다.

"예산을 무한정으로 쏟아 부었거늘 결과가 또 이렇게? 안토니! 유대인들한테 뇌물이라도 받았냐? 어떻게 주님이신 나에게 불충할 수가 있단 말인가?"

"제가 주님을 사랑하는 줄 아시잖습니까? 제 이마에 표를 보고도 그러시면... 어쨌든 더 잔인하게 고문할 테니 노여움을 푸소서."

보스라 사람들은 영광스런 재림을 바라보며 밤새 주를 경배했다. 벤유다가 말했다.

"영광의 재림 이후, 주님이 직접 다스리는 나라에서 우리가 천년을 살게 됩니다. 주님이 빛이시기에 밤이 쓸데없고 절망과 고통이 없는 그 나라가 정말 기대되지 않습니까? 요엘 2장 32절 남은 자 중에 나 여호와의 이름을 받을 자가 있을 것이라고 말씀하십니다. 이 가운데는 주께 돌아온 무슬림도 있습니다. 표 받지 않은 건 정말 잘하신 겁니다. 그분을 영접하고 경배하십시오. 영광의 재림을 준비해야합니다. 보스라가 지금도 포화상태지만 더 많은 영혼이 올 수 있도록 힘써야 합니다."

은신처에 있던 전세계 성도들은 보스라에서 일어나는 하나님의 보호와 역사를 화면으로 보며 위로와 확신을 얻었다. 임도진과 박성재는

CCTV에 잡히는 않는 옷을 입고 지하에 숨어있던 성도들에게 페니실린과 7년환난책을 전달해주고 돌아오는 길이었다. 시신을 태우는 냄새가 바람을 타고 와 입을 틀어막고 산속으로 피하는 데 어둠속에서 비명소리가 들려와 따라갔다. 표 받지 않은 수십명의 여성들이 수갑이 채워진 채 울부짖었다. 구석에서 사람을 토막 치는 소리가 들려왔고 군복을 입은 놈들은 여인들을 겁탈하고 있었다. 처형장에서 근무하는 놈들은 전투마약을 먹고 일하기 때문에 더 잔인하고 극악무도했다. 숨어서 지켜보던 임도진이 박성재에게 말했다.

"저런 쓰벌! 성재야! 일단 목숨 같은 옷 약속한 나무아래 묻고 와라. 노아가 찾아갈 거야. 오늘이 우리 순교 날이다. 죽기 전에 짐승들과 맞짱이나 뜨고 가자."

성재가 옷을 묻어두고 돌아와 보니 이미 도진은 놈들 안으로 들어가 있었다. 성재는 기관총을 장전하며 때를 기다렸다. 달빛아래 야전침대를 일렬로 깔아놓고 여인들을 겁탈하는 놈들에게 도진은 야구방망이로 뒤통수를 가격했다. 홈런을 치듯 한 놈 한 놈 갈겨버릴 때 끝에 있던 놈이 벌떡 일어나 총을 들었고 도진은 소장 목에 칼을 들이대며 소리쳤다.

"쓰벌놈아! 쏘기만 하면 바로 이 놈 목을 딸 것이다. 어디 한번 쏴봐!"

소장이 당장 총 내리라고 소리 지르자 도진은 목이 터져라 외쳤다.

"짐승들에게 한마디 하겠다. 그리스도인이 반역죄라면 우리는 기쁘게 반역 죄인이 될 것이다. 짐승이 볼 때 반역죄지만 하나님이 볼 때 우리는 천국의 면류관이다. 니들은 눈깔이 썩어서 안 보이지만 우린 성도라 잘 보인다! 우리가 받을 상이 크고 짐승들이 갈 지옥의 형벌이 끔찍하다는 것을!"

핏대 세우며 말하는 사이 총일이 날아왔지만 도진이 소장의 몸으로 막아 소장 팔에 맞았다. 소장이 발버둥치며 소리쳤다.

"명령도 안 내렸는데 도발해? 나 죽는 꼴 보고 싶어? 개새끼!"

도진은 여인들이 들을 수 있도록 목청을 높였다.

"짐승이 우릴 짓밟는다 해서 우리가 니들보다 못난 줄 착각하지 마. 틀렸어! 고린도전서 6장9절에 무명한자 같으나 유명한 자요 죽은 자 같으나 보라! 우리가 살아있고 징계를 받은 자 같으나 죽임을 당하지 아니하고 근심하는 자 같으나 항상 기뻐하고 가난한 자 같으나 많은 사람을 부유하게 하고 아무것도 없는 자 같으나 모든 것을 가진 자로! 우리가 여기서 순교하면 하나님 앞에 얼마나 유명한 이름으로 서게 되는 줄 짐승들은 모르지? 벌써 저 하늘에서 주님과 성도들이 순교자를 향해 승리의 박수를 보내고 있는 걸 니들만 못 보지? 순교자는 영원히 주님과 살게 된다. 주님이 짐승들을 포도주 틀에 넣고 즙을 짤 때가 곧 온다. 아까 이년 저년 하던데 우린 이름이 없는 게 아니다. 창조주이신 우리 주님이 우리의 아이덴티티, 존재의 증명서란 말이다! 알겠냐? 지옥의 똥통에 빠질 쓰봉 새끼들아, 순교하실 고결한 여인들에게 몹쓸 짓을 했던 놈들은 지옥의 단두대가 거시기를 영원히 썰어버릴 것이다! 짐승의 표를 받은 잡것들아!"

그때 성재가 소장의 심장에 조준 사격한 후 놈들을 향해 따다다다 분노를 날렸다. 도진은 여인들에게 뛰어가 말했다.

"혹시라도 이 중에서 주님을 영접하지 않은 분이 계십니까?"

능욕 당한 여인들이 자신의 편을 들어주는 말에 안심하며 손을 들었다. 여인들은 서로를 안아주며 복음을 아는 자가 복음을 모르는 자에게 전했다. 그 사이 한 요원이 정부군을 불러왔고 도진과 여인들은 바로 처형이 진행되었다. 숨어서 장전하던 성재도 잡혔다. 순교란 공포에 떠밀려 가는 게 아니라 기쁨과 환희 속에서 스스로 가는 길임을 몸으로 보여주었다. 성재가 도진에게 말했다.

"인생 마지막이 이렇게 판타스틱하다니! 형님이 나에게 복음을 전하지 않았다면 나도 저 짐승이 되었을 텐데... 나한테 주님을 알게 해줘서 참 말 고마웠어요. 죽으러 가는데 가슴에서 찬송이 마구 끓어올라요"

여인들과 함께 큰 소리로 찬송을 부르며 단두대를 향해 씩씩하게 걸어갔다.

천국에서 만나보자 그날 아침 거기서 순례자여 예비하라 늦어지지 않도록...

새정부는 기독교 다음으로 무슬림들이 골칫거리가 되어 핍박의 강도를 높였다. 단두대를 택하는 무슬림들을 전도하기 위한 노력이 유대인 사역자들을 통해 전세계에 미치고 있었다. 바다가 붉어지자 사람들은 민물고기를 잡으러 강으로 호수로 달려갔고 가지고 있던 통에 물을 담느라 전쟁이었다. 표 받아도 식량문제에 고통 받아 항의가 쏟아졌지만 새정부는 모른 척 했다. 이토록 고통스런 정점에 강과 물의 근원이 피가 되는 재앙이 시작되었다. 댐의 수문이 열리면 물보다 진한 핏물이 쿨렁쿨렁 떨어졌고 냄새도 역겨워 온갖 사체들이 들끓어 사람들은 겁에 질려 도망쳤다. 새정부는 인간들이 자연을 파괴해서 재앙이 임한다고 말했지만 벤 유다는 하나님이 자연생태계를 파괴하신 후 예수님이 다시 오셔서 이땅에 에덴동산 같은 자연생태계를 만들 것이라 말했다.

환난 5년째가 되었다. 표를 받은 시민들은 부활한 신이 폭군이리는 사실에 치를 떨었다. 지역수장들도 루카수장을 닮아 잔인하기 이를 데 없었다. 국민들이 식수부족으로 죽어가는 데도 동상에 절하는지 감시만 했다. 고작 신경을 써준 영양바는 5대영양소가 완벽하다고 광고했지만 지역 곳곳에 바퀴벌레 생산공장이 가동되는 걸 알게 된 사람들은 영양바를 먹다가 구토했다. 피부암세포가 전신에 퍼져 땅바닥을 손톱으로 긁으며 지나가는 사람에게 죽여 달라 매달리는 자들이 거리마다 있었다. 세계의 수도는 제 기능을 못했고 새정부도 약속한 공약들을 이행하지 않았다. 그렇다고 다시 살아난 수장에게 어떻게 반란을 도모하겠으며 어떻게 그를 죽이겠는가? 수장의 측근들은 성격파탄자인 수장의 비위를 맞추다 혈압이 터졌지만 그가 하는 명령이면 뭐든 예스맨이 되어 그의 광기에 부채가 되었다.

칩 받은 자들을 손쉽게 통제하기 위해 정부는 마인드 업로딩을 시켰다. 정신을 물질처럼 코드화시켜 칩을 통해 자극을 주면 사람들을 컨트롤하는 것은 명령어 하나면 다 되었다. 새정부는 '표 시민권자' 들에게 다양한 혜택을 주겠다고 약속했지만 흉년을 이길 방안은 없었다. 수장이 활동하는 예루살렘이나 신바벨론에는 그를 찬양하는 부대들이 밀물과 썰물처럼 동행했다. 수장의 옷자락만 스쳐도 병이 낫는다는 소문 때문에 병든 사람들이 고름을 흘리며 수장을 쫓아다녔지만 삼엄한 경비 때문에 근처도 갈 수 없었다. 안토니는 고문전문가를 고용하여 고통의 한계를 넘어가는 잔인한 방법을 전세계에 공유하라고 지시했다.

은신처에서는 폐쇄공포증을 호소하는 자들이 늘어갔다. 노아는 모든 이들의 닥터였고 한나는 성가대를 이끌었다. 소프라노 알토 테너 베이스로 나뉘어 각자 맡은 자리에서 찬양을 연습하다보니 힘든 시간들이 위로가 되었다. 누군가 한나에게 말했다.

"한나자매는 티니그룹에서 노래할 때보다 성가를 부를 때 천상의 소리가 나요. 하나님이 찬양사역자로 부르셨는데 환난에 자기사명을 찾았네요."

한나는 환하게 웃어보였다. 태호와 김제현은 사람들이 필요로 하는 것을 조달해주었다. 전체적인 리더는 신노아와 조장로였다. 말씀은 다니엘 선교사가 가르쳤다. 고통을 잊게 하는 데는 예배가 유일한 치료제였다.

어느 날 믿은 지 얼마 안 된 성도가 죽음을 맞았다. 엄마 손을 잡고 서럽게 울던 아들은 노아에게 살려달라 애원했다. 노아가 아이를 안아주며 말했다.

"선생님이 최선을 다했지만 엄마를 먼저 보내드려야 할 것 같아. 곧 다시 만날 엄마의 영혼을 하나님께 부탁드리자."

다니엘 선교사는 우리가 가게 될 하나님 나라는 모든 눈물을 그 눈에서 씻겨주시고 다시 사망이나 애통하는 것이나 아픈 것이 없게 될 거라며 하나님이 받으시는 성도의 죽음이 얼마나 귀한지를 설교했다. 성가대는 일제히 서서 '본향을 향하네' 찬양을 부르고 있었고 이불에 감싼 시신을 토굴 쪽으로 보내 묻어 주었다.

이 세상 나그네 길을 지나는 순례자 인생의 거친 들에서 하룻밤 머물고
천국의 순례자 본향을 향하네... 본향을 향하네...
이 세상 지나는 동안에 괴로움이 심하나
그 괴롬 인하여 천국 보이고 생명 강 맑은 물가에 백화가 피고
흰옷을 입은 천사 찬송가 부를 때에 영광스런 면류관을 받아쓰겠네

어느새 바다 색깔이 돌아왔다는 뉴스가 나오자 수장이 인터뷰를 했다.

"내가 기도한 덕분입니다. 이제 머잖아 바다의 생물들이 살아날 것이며 바닷물을 생수로 변환시켜 여러분의 갈증을 해소할 것입니다. 나는 여러분의 메시아이기 때문입니다."

급하게 허세를 부렸지만 바다는 살아나지 않았다.

ΑΩ

이제 환난 5년 8개월이 되었다. 정부드론이 절 마당에 있는 강아지 두 마리를 발견해 정부군이 투입되었다. 절에는 전직 승려였던 남자들이 주기적으로 머리를 깎고 지내며 절 주변을 지켜왔다. 정부군이 전기충격기로 팔뚝을 쿡쿡 찌르며 물었다.

"왜 당신들은 표가 없지? 종교가 없어졌다는 뉴스 안 봤어? 휴대폰은?"

"표가 뭐지요? 주지스님 떠난 후로는 속세를 끊고 오직 말씀과 기도에 정진중입니다."

"아! 이런 멍청한 땡중들을 봤나. 충성심연구소에 가보면 알게 돼. 우리 수장님이 어떻게 부활했는지. 앞으로 여자도 밝히고 고기도 먹을 수 있어."

끌려간 시간은 오후 4시쯤, 서른 명 정도의 무슬림과 천주교 신자와 그리스도 인맞은 성도들이 섞여 있었다. 우봉이와 안정민, 이지운은 인이 없는 무슬림에게 전도했다.

"지금이라도 예수님을 영접하면 천국 갑니다. 7년환난은 이제 1년 4개월밖에 안 남았습니다. 곧 주님이 재림하셔서 믿지 않는 자들을 심판하십니다. 사단의 표를 받지 않았으니 기회는 지금 뿐입니다. 제발 구원의 마지막 기회를 놓치지 말아주세요."

소곤거리며 복음을 전하자 무슬림이 불쾌하다는 듯 말했다.

"우리가 믿어온 꾸란에서도 메시아를 기다려요."

"저도 승려였습니다. 휴거사건을 보며 내가 믿은 부처가 참신이 아니라는 걸 깨닫고 예수님께 돌아왔습니다. 지금도 계시록 재앙들이 성경 그대로 이뤄지는 걸 보셨잖습니까? 강물이 피로 변했는데 이제 태양이 사람들을 태워 죽이는 재앙이 올 것입니다. 이마에 하나님의 인이 없는 자들이 타 죽습니다. 제발 단두대 가기 전에 주님을 영접하십시오."

사색이 된 무슬림들은 단두대가 앞에 있는데, 알라도 배신할 수도 없어 동공이 흔들렸다. 그때 무슬림들 사이에서 유대인 같은 남자가 허공에 나타나 말했다.

"네 영혼아 네가 어찌하여 낙심하여 어찌하여 내 속에서 불안해하는가 너는 하나님께 소망을 두라 그가 나타나 도우심으로 말미암아 내가 여전히 찬송하리로다. 세상에서는 너희가 환난을 당하나 담대하라 내가 세상을 이기었노라! 불안해하지 말고 여러분의 영혼을 영원까지 살게 하시는 그리스도를 영접하세요. 죽음 앞에서 하나님을 경외하는 자는 생명의 면류관이 준비되어 있습니다."

그는 가브리엘 천사였다. 무슬림들은 눈물 흘리며 경청했고 천사가 사라지자 무릎을 꿇었다. 무슬림이 우봉이에게 말했다.

"우리가 예수그리스도를 영접하겠습니다. 도와주세요."

우봉이가 복음의 핵심을 전하자 무슬림들이 같은 마음으로 입을 열었다.

"내 죄를 깊아주시기 위해 십자가에서 죽으시고 부활하신 주님을 구주로 믿겠습니다. 죄인인 저를 용서해주세요. 주님!"

그 짧은 순간 복음을 받아들인 무슬림들 이마에 신자의 표식이 나타났다. 서로를 쳐다보며 감격의 눈물을 흘렸다. 요원이 불호령을 내렸다.
"어디서 히죽히죽 웃어? 니들은 죽는 게 기쁘냐? 찢어죽일 놈들아!"
안정민 얼굴에 갈고리채찍을 날리자 턱뼈가 드러났다. 그들은 예수님을 알고 죽어서 감사하다고 고백했고 단두대의 두려움을 떨쳐내며 순교자가 되었다.

마지막 남은 우봉이와 표가 없는 4명이 남아있었다. 요원들은 감독하던 실장이 일찍 퇴근해서 삼겹살을 구워먹으며 새벽까지 소주잔을 기울였다. 단두대를 기다리던 사람들이 혹시 변절하여 표 받게 될 것을 예상한 계산이었다. 술에 취해 언성이 높아지다가 서로 멱살을 잡으며 싸우느라 잠시 처형이 미뤄졌다. 날이 밝아 태양이 떠오르자 고온다습한 사막바람이 불어왔고 기온이 급상승했다. 가을인데도 사막처럼 이글거려 사람들은 단숨에 얼굴이 붉어졌다. 삼겹살은 숯이 되었고 쇠젓가락을 잡았던 손은 화상자국이 남았다. 요원들 머리엔 돋보기로 종이를 태운 것처럼 정수리부터 빨갛게 익어갔고 겉옷은 불쏘시개가 되었다. 하나 둘 몸부림치다 산채로 불에 타 죽었다. 데스밸리 최고온도 보다 훨씬 뜨거운, 사람이 타죽는 온도였다. 곳곳에서 CCTV로 태양의 재앙을 지켜본 자들은 너무 끔찍해서 할 말을 잃었다. 스테인리스 쟁반이 흐물거렸고 유리가 휘어졌다. 우봉이는 하나님의 인이 없는 네 명을 재빨리 건물 지하로 숨게 했다. 포승줄을 풀어주며 상황을 살폈다. 우봉이가 얼굴이 익어버린 네 명에게 말했다.
"여러분! 성도가 되어야 태양의 재앙에서 살아남습니다. 이대로 나가면 저들처럼 타 죽습니다. 주님을 영접했던 무슬림들의 영혼이 지금 주님 품에 있습니다. 여러분들도 당장 믿지 않으면 저들처럼 심판을 받게 됩니다."

우봉이는 주님을 영접하는 일이 무엇인지 천주교인에게 실명하자 그들이 대답했다.

"마리아께서 우리를 위해 그리스도를 보내주실 겁니다."

우봉이가 가슴을 치며 말했다.

"그 마리아는 로마카톨릭이 만든 미혹입니다. 교황이 적그리스도에게 팽 당해 죽임당한 것 보셨잖아요. 마리아는 인간이 만든 우상입니다. 진짜 신이라면 누구의 도움없이 인간들 안에 거해야 합니다. 카톨릭이 한 일은 그리스도를 보지 못하게 막았어요. 이렇게 논쟁할 시간이 없습니다."

그때 끝 방에서 잠에서 깬 요원이 혼잣말을 하며 웃통을 훌렁 벗었다.

'아! 씨! 왜 이리 더워. 미치겠네. 한증막이야?'

들킬까봐 다섯 명은 구석에 있던 소주병을 무기 삼아 문 뒤에 숨었다. 수건을 걸친 요원이 등목을 하러 밖으로 뛰쳐나갔다. 수돗물을 급하게 틀어 머리를 갖다 대자 기겁하며 소리 질렀다.

"앗! 뜨거!"

펄펄 끓는 물인 줄 모르고 들이밀었다가 피부가 벗겨졌다. 정수리에 연기가 나더니 머리카락에 불이 붙어 온 몸을 땅에 구르며 몸부림쳤지만 타다닥 소리를 내며 타들어갔다. 쪽창으로 지켜보던 비신자들이 숨넘어가듯 말했다.

"마리아를 숭배하며 우상을 섬겼던 저희 죄를 주님, 용서해주세요. 주 예수 그리스도만이 우리의 구원자시며 메시아임을 깨닫습니다."

다들 어린애처럼 통곡했다. 20분 동안 말씀을 듣고 고백하다보니 4명의 이마에 신자의 표식이 나타났다. 그때 옆방에서 전화벨이 울린 후 자동응답기가 흘러나왔다.

요원들은 들으라. 지금 태양의 오존층이 벗겨져 직접 태양에 노출되면 화상을 입거나 죽을 수 있다. 지하로 신속히 대피하고 거기 상황을 보고 하라. 들리면 속히 응답하라.

우봉이가 속삭이듯 말했다.
"여러분은 성도가 되었으니 제가 있던 은신처로 도망가요. 태양이 뜨겁지만 적어도 성도는 죽지 않을 것입니다. 해가 지면 표 받은 자들이 돌아다니니 발각되는 건 시간문제입니다."

우봉이와 절에 도착해보니 마당에 있던 강아지들이 까맣게 타죽어 있었다. 살아 돌아온 우봉이를 성도들이 얼싸안았다. 새 신자가 된 4명을 말씀으로 양육할 전도사를 붙여 주었다. 현지목사가 내일부터 숨어 있는 성도들을 찾아다니며 도움을 주자고 제안했다. 표 있는 자들이 지하로 숨어들었지만 에어컨 과부하로 작동되지 않았고 예비전력도 바닥나 찜통에서 헐떡거렸다. 재앙으로 죽은 사람이 많아지자 세계인구는 살아있는 수를 세는 게 빠를 정도가 되었다. 새정부는 그저 깊은 지하로 대피하고 해가 지면 나오라는 말만 되풀이했다. 유리창이 열을 받아 깨졌고 새까맣게 타버린 사체들이 보였고 가연성 물질에는 화재가 잇따랐다. 끓고 있던 바닷물에서 주홍빛 기포가 일었고 증기가 안개처럼 시야를 가렸다. 다니엘은 해의 재앙에 대해 설명했다.

"태양으로 상징되는 루시퍼를 신으로 섬기는 적그리스도의 세력들은 이집트 신화에서 태양의 아들로 묘사되는 호루스가 세상을 구원할 구세주라 생각합니다. 이런 믿음을 표현했던 것이 1달러 지폐에 그려진 피라미드 꼭대기에 빛을 발하는 호루스 눈인 것입니다. 해의 재앙은 태양을 신처럼 섬기는 자들에게 태양을 통해 내리는 심판입니다. 저들의 믿음이 얼마나 허망한지를 보여주는 재앙입니다."

최학주는 아들의 죽음 이후, 만찬교회의 미련을 버려야 했다. 자신의 안위를 위해 홍이강의 먼 친척 되는 이선하와 재혼했다. 이제 종교시설은 오직 루카수장을 경배하기 위한 것으로 통일되어 지역별로 큰 성전이 있고 동별로 작은 성전이 있었다. 큰 성전의 최고 담임을 선지자라 불렀다. 만찬교회를 무슬림들에게 빼앗겼던 최학주는 재혼한 아내를 끌어들여 로비를 했고 결국 강동구의 선지자가 되었지만 이선하 애인이 찾아와 최학주에게 행패를 부렸다. 그가 따져 묻자 이선하가 대답했다.
"우리 엄마가 세컨드였어. 난 아빠의 사랑을 받지 못해서 그런지 남자들이 나 좋다고 하면 나도 좋아. 사랑의 결핍에 대한 해갈이라고 생각해줘. 그렇다고 당신을 사랑하지 않는 건 아니야. 저 남자도 당신도 다 좋아."
최학주는 이선하 말에 묘하게 설득되어 고개를 끄덕였다. 이선하 덕분에 종기 재앙에도 고위관료에게 주는 약을 받아 두드러기 정도로 지나갔다. 물이 피가 되는 재앙에는 좀 힘들긴 했지만 루카 수장의 천년왕국을 바라보며 견딜 수 있었다.

처형장에는 끌려온 사람들로 인산인해였다. 끌려온 한 청년은 앞에 서 있던 부자에게 눈길이 갔다. 다리가 없는 아들이 아버지 등에 업혀 말했다.
"아버지, 저 괜찮으니 그냥 내려놓으세요. 한 시간째 업고 계시는 거예요."
"아들아, 난 힘 좀 빼야한다. 그래야 단두대 앞에서 가볍게 떠나지."
"그나마 다리가 없어 몸무게가 줄어 감사해요."

두 사람은 죽으러 가는 표정이 아니었다. 단두대 앞에서 저렇게 환한 미소를? 다리가 풀린 청년은 그들에게 물었다.

"아니, 이 상황에서 어떻게 이런 얼굴이? 저는 심장이 터질 것 같아 눈 딱 감고 표를 받을까 고민했어요."

아버지가 말했다.

"저도 겁먹어서 주님을 모른다 할까 두려웠지만 외운 성경구절이 저를 붙들었어요. 먼저 순교하신 누군가 그랬다더군요. 주님께 드릴 목숨이 하나뿐이어서 죄송하다고… "

그의 아들이 말했다.

"저는 미국 영화에서 임종을 앞둔 아버지가 곧 다시 만날 것처럼 화기애애한 대화를 나누는 걸 보면서 크리스천들의 죽음은 확연히 다르다는 걸 알았어요. 주님 나라에 대한 소망이 확고하면 죽음이 무섭지 않아요. 단두대를 보니 마치 대기업에 면접 보러가는 떨림 같고 결혼식에서 신랑신부를 호명하는 긴장감 같아요. 힘들었던 환난을 끝내고 잠깐의 죽음의 고통을 지나 주님을 뵈러 간다 생각하니 오히려 속이 시원해요."

얘기를 듣던 청년은 어느새 마음이 환해져 악수를 청하며 말했다.

"두 분 보면서 내 영혼에 등불이 켜진 느낌이에요. 우리 단두대 동기인데 통성명이나 합시다."

"아들은 민 택, 저는 민 훈입니다. 아내와 둘째는 재앙에 죽었지만 주님을 영접했어요. 저를 이끌어주셨던 오목사님이 있었는데 그분이 생각나네요. 우리, 천국에서 다시 만납시다."

보스라사이트에 올라온 임산부의 메시지가 한나의 눈길을 끌었다.

남편과 함께 지하에 숨어 있다가 요원이 들이닥쳤고 저를 지키려 남편이 뛰쳐나갔다가 끌려갔습니다. 저는 임산부인데 양식도 떨어졌고 다리가 부은 지 84일째입니다. 이 고통을 마치고 싶은데 혼자 목숨을 끝내는 것도 쉽지 않습니다. 도와주세요.

보스라사이트는 새정부도 건드릴 수 없는 단단한 보호막이 있었다. 그러나 새정부 요원들도 볼 수 있기에 위치를 알 수 있게끔 올려서는 안 되었다. 임산부의 글 속에서 주소를 추리해내야 한다. 한나가 태호와 노아에게 말했다.

"마칠 종 끝말 자를 써서 종말로 84번지 같아요. 실제로 그 주소가 있어요."

태호가 말했다.

"우리가 갈게요. 태양의 재앙이 끝날 때가 되어 서둘러야겠어요."

두 사람이 임산부를 구하러 나간 사이 한나는 자신에게 온 메일을 열었다.

저 임산부에요. 제가 아픈 부위를 잘못 말했어요. 가운데가 아파요.

종말로가 아니라 중말로? 아차 싶었다. 실제 중말로 84번지가 있었다. 한나는 임산부가 자기 메일을 어떻게 알았을까 생각했지만 조만간 태양의 재앙이 끝날 것이기에 시간이 없었다. 나방드론으로 주변을 살핀 후 한나는 땀을 비 오듯 흘리며 중말로 84번지에 도착했다. 거리의 쥐들이 타버렸고 바퀴벌레가 박제된 그곳은 문 닫힌 빵집이었다. 철문이 엿가락처럼 휘어 화상을 입을까봐 두꺼운 천을 잡고 열었다. 빵집 안의 장식장을 밀자 지하로 가는 봉로가 나왔다. 더운 바람이 훅 밀려오면서 남자 목소리가 들렸다. 두 남자는 내기라도 한 듯 흥분하며 말했다.

"봤지? 내가 올 거라고 했잖아."

그는 전매니저였다. 홍이강이 루카수장의 오른팔이 되지 못한 것은 한나의 제물이 불발되었기 때문이란 책망을 들은 최학주는 악랄한 전매니저에게 한나를 잡아오면 큰돈을 주기로 약속했었다. 놀란 한나가 도망가다가 전매니저가 놓은 쥐덫을 밟아 비명을 질렀다. 한편 임산부를 구해 은신처로 돌아온 노아는 한나 소식을 듣고 임산부에게 메일에 대해 물었지만 자기가 보낸 게 아니라고 했다. 노아가 벌떡 일어나자 태호가 만류했다.

"임산부를 치료해주세요. 곧 해가 질 테니 제가 구해올게요."

태호는 오토바이를 타고 달렸다. 노을이 산마루에 걸려있어 최대한 속도를 내었다. 골목 끝에서 한나가 쥐덫에 신음하는 것을 발견, 쥐덫을 풀고 오토바이에 태우려는데 노을이 저버렸다. 그때 정부군의 차량이 오토바이를 막아섰다. 차문을 거칠게 연 공도영이 껌을 딱딱 씹으며 태호의 얼굴마스크를 뜯으며 말했다.

"이게 누구야? 죽은 놈이 부활도 다하고. 야아! 전매니저가 쥐덫이 아니라 호랑이 덫을 놨네. 보스를 속이고 부활하신 수장님을 배신한 쳐 죽일 놈이 여기 있었네? 얘들아, 두 물건을 고문실로 모셔라."

은신처에서 안절부절하던 노아가 총을 챙기자 다니엘 선교사가 말렸다.

"안됩니다. 안타까운 건 알지만 우리는 지금만 사는 사람들이 아닙니다. 조금 있으면 다시 만납니다. 우리도 그 길을 가야합니다. 한나씨가 받을 상급을 방해하지 마세요. 분명 하나님 받으시는 영혼이 됩니다. 사단의 시간은 얼마 남지 않았습니다."

노아는 아내와 아기가 받을 고통을 떠올리며 자신의 가슴을 마구 때리며 통곡했다. 임산부도 죄인처럼 눈물만 흘렸다.

전기의자에 두 사람을 앉힌 뒤 군인들은 다른 사람을 고문하기 위해 잠시 나갔다. 한나가 먼저 기도했다.

"주님, 뱃속의 아기도 뭘 아는지 딱딱하게 굳어 있습니다. 노아씨가 눈물처럼 걱정되지만 믿음으로 잘 이겨내리라 믿습니다. 휴거의 순간에 노아씨를 제게 붙여주셨고 태호씨를 통해 저를 살려주셨습니다. 사단의 제물이 아닌 순교자로 이 생명 드리게 되어 감사드립니다."

태호가 이어서 기도했다.

"주님, 저는 용서받지 못할 죄인중의 괴수였으나 십자가 사랑으로 구원을 받았습니다. 저같은 놈을 위해서도 피 흘려주신 주님의 사랑은 도대체 얼마나 크고 깊습니까? 무엇보다 제가 믿는 자를 고문하는 자리에 있지 않고 순교의 자리에 있게 하심을 감사드립니다. 생의 마지막이 이렇게 순교의 영광으로 찬란해서 감사... 감사드립니다."

다른 성도의 고문 받는 비명소리가 복도를 타고 들려왔다. 태호가 말했다.

"환난성도로 함께 해주셔서 감사했어요. 천년왕국 때는 이웃이 되어 살고 싶습니다."

태호가 한나를 살리려 손목의 밧줄을 풀려는 걸 보고 한나가 말했다.

"저도 이웃이 되고 싶어요. 태호씨! 저를 위해 애쓰지 말아요. 지금은 창세기 46장 야곱의 마음이 떠올라요. 아들이 죽은 줄 알고 평생 고통에서 살았던 야곱이 그 아들 요셉이 살아있고 애굽에서 총리가 되었다는 소식을 듣고 얼마나 놀랐을까요? 아들을 잃고 통곡했던 야곱에게 하나님은 네 아들이 살아있다고 귀띔이라도 해주지 않으신 까닭이 뭘까요? 모든 인생은 가장 고통스런 순간에 야곱처럼 하나님의 침묵을 경험하는 것 같아요. 앞서간 순교자들이 겪었던 것처럼. 그렇게 침묵하실 수밖에 없었던 하나님의 마음은 또 얼마나 아프고 깊었을까요? 순교는 죽은 것 같으나 영원히 죽지 않아요. 순교 뒤에 펼쳐질 비밀스런 영광이 기대되어요. 저 너무 아파서 빨리 순교하고 싶어요."

한나는 배를 만지며 말했다.
"아가야, 미안해. 그리고 사랑해. 엄마랑 같이 주님께로 가자."
그때 문을 박차고 공도영이 최학주를 데리고 들어왔다. 한나는 쇳독이 퍼져 고름이 흘렀고 눈앞이 흐려졌다. 밸런스를 맞춘다며 군인이 쥐덫을 오른발에 걸자 비명을 지르던 한나에게 최학주가 소리쳤다.
"독한 년! 지금이라도 표를 받아! 네가 이상한 종교에 빠져 이 아빠가 얼마나 곤욕을 치루는 줄 알기나 해?"
"내가 그리스도를 영접하지 않았다면 아빠가 바친 사단의 제물로 죽었겠지요. 아빠는 표를 받았으니 회개할 기회를 잃었고 이제 적그리스도 따라 지옥 가겠지요. 딸을 제물로 바치려 했다니... 너무 하셨어요."
분노에 찬 최학주가 따귀를 때렸는데 한나 입에서 핏덩이가 터져 나와 최학주 얼굴에 튀었다. 더럽다며 얼굴을 닦아냈지만 덧칠되고 말았다. 공도영이 합세해 한나 배에 발길질을 했다. 최학주가 한나의 머리채를 뒤로 젖히며 말했다.
"아빠 때문에 최고의 자리에 올랐으면서 보답하기는커녕 배신해? 너 때문에 진형이가 죽었어. 그리고 어디서 근본 없는 애를 만들어 온 주제에 거룩한 척? 가증스럽다. 네가 도망가지 않았다면 내 인생 이렇게 꼬일 일이 없었어!"
주님으로 인해 웃고 있던 한나는 고통에 집중하지 않고 말씀을 붙들고 있었다.

그렇게까지 딸을 미워한 게 아니었지만 너는 맞고 나는 틀리다는 딸에게 치욕을 느낀 최학주는 달궈진 인두를 한나의 배에 지지자 꿈틀거리던 아기 발이 까맣게 배 밖으로 튀어나왔다. 그을음 냄새가 진동하며 눈에서 피가 흐르던 한나는 행복하게 미소 지었다. 최학주는 예상치 못한 딸의 모습에 충격을 받았다. 죽음 이후 갈 곳이 있는 사람처럼, 이까짓 죽음으로 나를 어쩔 수 없다는 듯 마지막을 맞이하는 딸의 모습엔 공포와 원망은 찾아볼 수가 없었다. 태호는 자신에게 관심을 돌리려 난동을 피웠지만 공도영이 쇠파이프로 그를 때릴 뿐 한나는 바람에 촛불이 흔들리듯 심장이 멈췄다. 하태호는 단두대도 아깝다는 홍이강의 지시에 사지를 찢어 죽였다. 반역자들에 대한 처형 소식이 모자이크 처리 없이 뉴스에 방영 되었다.

은신처 사람들이 예상했던 것보다 태양의 재앙은 하루 더 진행되었다. 지하벙커에서 이선하와 지낸 최학주는 밤만 되면 나가는 그녀를 붙들 수 없는 것이 화가 났다. 죽은 아내와는 결이 달랐다. 점점 이선하의 독단적 행동에 밀린다고 생각한 최학주는 태양의 저주가 끝날 때까지 나가지 말라고 부탁했다. 한나를 죽이고 돌아온 날 새벽, 태양이 떠오르기 전 지하벙커에 도착했다. 철문을 여는 순간 못 볼 것을 보고 말았다. 박주양이 이선하와 침대에서 뒹구는 것이 아닌가. 최학주는 감전된 것처럼 서 있었다. 아무렇지 않게 나이트가운을 걸쳐 입은 이선하가 담배를 꺼내며 말했다.

"인스턴트 사랑이니까 예민하게 굴지 마. 요즘은 세상이 칙칙해서 그런지 자꾸 허무해! 나도 모르게 허탈함을 채우려고 새로운 걸 추구하게 돼. 당신이 외출하지 말라 해서 여기서 했는데 뭘 바보같이 그러고 있어. 우리 아직 볼일 안 끝났어!"

이선하가 짜증을 내자 최학주가 박주양의 따귀를 때렸다. 붉어진 볼을 만지며 박주양이 말했다.

"날 때리면 네가 이겨 보여? 넌 나한테 한참 미달이야! 너를 내쫓는데 구도빈이 큰 역할을 했지. 그래도 내 분이 안 풀렸는데 선하씨가 너무 섹시해 보였어. 금욕주의가 풀려 내 정력이 제어가 안 돼. 빨리 꺼져."

그때 다른 방에서 자다 일어난 남자가 팬티바람으로 나오며 짜증을 냈다.

"꼰대 할배 왔어? 이선하! 너는 뭐가 모자라서 저런 늙다리하고... 야, 누린내난다. 치워라."

최학주가 이를 갈며 말했다.

"내가 누군데 감히! 미치지 않고서야. 이 쓰레기들아! 내 집에서 나가지 못해?"

분노한 최학주를 오히려 비웃자 그는 서랍에 있던 리모컨을 들고 나갔다. 언젠가 만찬교회를 무너뜨리려고 준비한 폭발물을 침대 밑에 숨긴 것을 이선하는 알지 못했다. 철문을 쾅, 닫고 차를 출발시킨 후 폭발물의 리모컨을 작동시켰다. 5초뒤 지하벙커가 펑! 터지며 불길에 휩싸였다. 최학주는 이선하와 박주양이 타죽는 걸 그려보면서 쾌재를 불렀다. 문득 홍이강이 해줬던 바이오마커 결과가 떠올랐다. 사람을 죽일 확률... 일기예보는 정확했다. 태양의 저주도 잊은 그는 그제야 몸이 뜨거워짐을 느꼈다. 차가 몇 분을 달리자 타이어가 녹아버렸다. 배신감에 화를 주체할 수 없던 그는 심장에 불이 붙었는지 뜨거워진 가슴을 손으로 치며 괴로워했다. 차량 이상으로 차문이 열리지 않아 차안의 온도가 급격하게 상승했다. 분노하던 최학주 몸은 발열점이 더 높아진 탓에 살이 녹아 흐물거렸고 구더기가 들끓었다. 썩은내 진동하던 차 안은 열리지 않는 무덤이 되었다.

고인주는 예정일을 한 달 앞두고 진통이 왔다. 노아는 출산을 도왔다.

딸이었다. 갓 태어난 아기를 안은 노아는 이 조그마한 생명이 고통을 당했다고 생각하니 눈물이 베넷저고리에 뚝뚝 떨어졌다. 조금 후면 다시 만난다는 말도 위로가 되지 않았다. 이럴 줄 알았다면 결혼도 하지 말 걸 생각했다. 아기를 산모에게 안겨주자 그녀도 울었다. 김정애가 말했다.

"엄마가 슬프면 아기도 따라서 슬퍼요. 환난 중에 태어났지만 우리에겐 소망이에요."

다니엘은 아기 이름을 요셉이라 지어주었다. 우봉이는 한나가 순교한 그날 이후 나방드론을 띄워 시신이 버려진 곳을 알아냈다. 3D 마스크를 쓰고 가서 시신을 수습한 후 노아에게 데려다주었다. 미리 땅을 파놓은 노아는 한나의 몸을 들어 눈물을 흘리며 말했다.

"사랑하는 한나씨, 그대 없는 땅에 비가 내리고 그대 없는 땅에 바람이 불더라. 나 이제 울지 않으려고. 주님의 재림이 가까워지니까 견딜힘이 생겨. 사람의 몸에서 영혼의 무게는 21g 이래. 아기의 영혼까지 합치면 42g 이 빠져나갔겠지. 지켜주지 못해 미안해. 두 사람을 나보다 더 사랑하시는 하나님이 있어서 위로가 된다. 최연소 순교자가 된 우리 아기는 그 상이 얼마나 클까... 눈물 없는 그곳에서 다시 만나자. 주님이 다스리는 그 나라에서..."

𝛢𝛺

태양의 재앙이 끝나고 환난 6년째, 이제 어둠의 재앙이 큰 성 바벨론에 내리기 시작했다. 모든 빛이 사라졌다. 태양 달 별 가로등 전등 자동차 어떤 발광체든 빛을 잃어 어둠이 내렸다. 비상구도 경고등도 모두 꺼졌다. 루카의 동상이 있는 주변은 칠흑 같은 어둠으로 덮였고 사람들은 겁에 질려 망상에 시달리거나 헛것을 보고 놀라 잠들지 못했다. 어둠의 재앙은 피부에도 영향을 미쳐 가려움이 폭발했다. 루카수장 있는 곳에 어둠이 백이라면 다른 곳에서는 절반의 흑암을 느꼈다. 일부 임원들은 혀를 깨물며 고통스러워했다. 가스불을 확인하려다가 불꽃이 보이지 않아 화상을 입는 일도 많았다. 어둠속에서 신음하는 모습은 지옥을 옮겨놓은 것처럼 충분히 잿빛이었다. 짜증이 폭발한 어떤 임원은 루카를 향해 육두문자를 쏟아내었다.

"개뿔! 천년 왕국? 거짓말이 모국어이고 미치광이 폭군인 루카가 신이라고? 엿 바꿔 먹어라. 이 망할 놈의 세상!"

그리고는 높은 곳에 올라가 속고 살아온 배신감에 이를 갈았고 몸을 던져 영원한 어둠속으로 떨어졌다.

백성주는 종기로 인해 고통스러웠지만 세컨드와의 달콤한 시간은 회춘하게 만들었다. 본처를 버리고 저택에서 살았다. 세컨드는 30년 어린 딸 같은 나이였지만 그녀 이름으로 골드바와 다이아를 맡겨둘 만큼 사랑은 돈독했다. 종교가 없어지면서 모든 교회가 정부의 재산이 되었고 루카수장만을 경배하는 장소로 바뀌었다. 백성주는 수장 부활사건 6개월 전 교회건물을 담보 잡아 사유화하는 작업을 마쳤다. 전투교회는 빚이 많아져 백성주가 게워내야 했지만 심복들이 많은 성도를 고발한 공로가 인정되어 홍이강이 눈감아주었다. 부정적 이미지가 강한 전투교회는 주변 경관을 헤치는 흉물로 자리 잡았다. 백성주가 많은 금과 다이아를 챙기는데 힘을 실어준 심복들은 화가 났다. 지금까지 성도들과 유대인선교사들을 정부에 넘긴 대가로 백성주가 50억 원어치 골드바를 약속했지만 차일피일 미루기만 했다. 그날 아침도 심복에게 온 전화를 받지 않은 백성주는 밀레니엄 왕국이 시작되면 심복들을 제거할 생각이었다. 백성주가 마트에 다녀와 보니 그녀의 차가 없어졌고 전화도 연결되지 않았다. 경찰

인력이 표 받지 않은 자들에게 있어 며칠 더 기다려보기로 했다. 심복을 의심했지만 매일 전화하는 걸 보니 아닐 거라 생각했다. 촛불 앞에서 그녀를 기다리던 날이 닷새가 지난 아침, 섬뜩한 느낌에 나가 본 백성주는 세컨드 차를 보고 반가운 나머지 운전석 문을 확 열어 젖혔다.

"허니! 허니! 어디 갔다 이제..."

그는 너무 놀라 엉덩방아를 찧으며 자빠졌다. 운전석에 놓인 커다란 라탄바구니에 사랑했던 그녀의 몸이 토막난 채 담겨있었고 바구니 사이로 핏물이 뚝뚝 떨어져 운전석을 붉게 물들였다. 하필이면 그녀의 일그러진 얼굴이 바구니 위쪽에 있었다니... 그때 빛도 없는 어둔 아침에 마른번개가 번쩍, 하고 백성주의 심장을 두드렸다. 이틀 전 전화를 걸어온 본처가 먹을 게 없다고 악다구니를 쏟았던 게 생각나 찾아갔다. 방안에는 벌레 때문인지 향을 피우고 있었고 물컵을 손에 들고 흔들의자에 앉아 있었다. 씩씩거리는 남편을 초점 없이 바라보자 백성주가 머리채를 잡으며 소리쳤다.

"메주 같은 얼굴로 된장이나 담지 어쩌자고 내 행복을 짓밟아! 네가 뭔데?"

백성주는 그동안의 분노를 담아 사무라이용 칼을 빼 본처의 목을 치자 그의 몸에 비산혈이 튀었다. 그녀의 목이 떼구르르 그의 발 앞에 멈춰섰다. 목이 달아났는데도 그녀가 쥐고 있던 컵은 석고처럼 그 손에 잡혀 있었다. 피 묻은 칼을 칼집에 넣고 문을 나서자 전화가 울렸다. 심복이었다. 싸늘한 전파가 백성주의 손을 떨게 했다.

"우리가 선물 바구니에 싱싱하게 담아 드렸는데 맘에 드시나 모르겠네. 마지막으로 할 말 있으면 하라고 했더니 그년 왈, 백성주 버리고 나한테 오겠다며 살려달라고. 빌어서 그냥 토막 쳤어. 할배랑 놀아나서 그런지 노린내가 나지 뭔가. 이제 우리 다시는 보지 맙시다. 사이비 새끼는 질렸거든!"

백성주는 세컨드의 검지손가락을 잘라 은행으로 달려갔다. 지문인식을 한 후 대여금고를 열어보니... 금과 다이아가 사라진 걸 보고 백성주는 망연자실했다. 수장의 천년왕국에서 쓸 금이었는데 모든 것이 날아갔다. 그는 휴대폰을 자기집 담벼락에 던지며 혼잣말을 했다.

'내가 싼 똥을 치우던 놈들이 감히 뒤통수를? 당연히 본처 짓이라 생각했는데.... 하! 무슨 인생이 이렇게 엿 같냐.'

그때 어둠속에서 기다리던 3명의 청년들이 백성주 머리를 망치로 때렸다. 금목걸이와 명품시계와 반지를 빼앗았다. 청년들은 피범벅이 된 그의 얼굴을 걸레로 벅벅 닦은 후 현관을 인식하며 문을 열었다. 비굴하다시피 살려달라 애원하는 백성주는 본처의 목을 치던 잔인함은 찾아볼 수 없었다. 청년들은 뒷마당에 땅을 파고 그를 산채로 묻었다. 백성주 집에 눌러 살기로 작정하고 온 청년들은 그에게 은혜를 받았던 전투교회 신도들이었다.

☧

루카수장은 자신의 왕국에서 과학자들과 마술사들을 불러 모아 어둠을 물리칠 방법을 내놓으라고 소리쳤다. 마술사들은 수장이 원하는 대답으로 유대인과 기독교인이 원인이라고 말하자 수장은 그들에게 어둠의 죄를 뒤집어씌우라고 명령했다. 루카가 안토니에게 전화를 걸어 소리쳤다.

"유대인 전도자들 말이야! 몇 명이나 죽였어?"

"현재 팔만명의 목이 날아갔습니다. 전하! 고정하소서. 이 어둠만 걷히면 지역수장들이 열심히 해치울 것입니다."

어둠의 재앙으로 온몸을 긁어대던 안토니는 루카수장의 불호령에 비위를 맞추는 척 했다. 너무도 많이 단두대에서 목이 잘리다보니 칼이 무뎌졌고 녹슬었다. 그런 칼에 목베임을 당하는 순교자들은 죽지 않고 덜렁거리는 자신의 목을 볼 수밖에 없었다. 성도의 입에서는 끝까지 찬송이 흘러나왔고 말씀이 암송되었다. '경건한 자들의 죽음은 여호와 보시기에 귀중한 것으로다' 갈렙이 나타나 단두대 앞에서 말해주는 일이 곳곳에서 일어났다.

환란 6년 6개월이 지났다. 보스라에서 벤유다의 설교가 흘러나왔다.
"마지막 6개월이 남았습니다. 태초부터 사단을 멸하기로 작정한 그 일이 막바지에 도달했습니다. 이제 유프라테스강이 마르고 마지막 심판으로 큰 지진과 우박이 떨어지는 전무후무한 끔찍함을 보게 될 것입니다. 우린 피난처에서 하나님의 보호 속에 있지만 전세계에서 예수를 믿는다는 이유로 순교하는 자들이 많습니다. 아직도 복음을 주저하는 분은 생각해보십시오. 여러분이 예수를 영접하지 않는 이유가 유한한 세상가치를 중요시하기 때문 아닐까요? 우상숭배는 예배의 형식이 아닙니다. 피조물을 신처럼 절대화하는 것, 주님 없이는 살 수 있는데 그것 없이는 살 수 없다고 고집하는 그것이 우상숭배입니다. 주님을 진정으로 영접한다면 그것 없이도 만족할 수 있는 가치가 생깁니다. 우상이 가져다주는 거짓된 안정감에 속지 마십시오. 그 우상은 반드시 여러분을 배신할 것입니다. 다가올 천년왕국이 얼마나 가슴 벅차겠습니까? 그렇다면 그분을 위해 죽을 수 있는 순교도 얼마나 큰 면류관이겠습니까? 계시록 12장 2절 말씀에 마귀는 자기의 때가 얼마 남지 않은 줄을 알므로 크게 분내어 성도들을 죽이려 달려들지만 우린 죽음이 끝이 아닙니다. 눈을 들어 영광된 주의 재림을 맞이합시다!"

새정부는 새벽 6시에 수장찬송노래를 확성기로 틀어 자다가도 일어나 경배하게 만들었다. 표 없는 자들에 대해 더한 박해, 참혹한 고문과 참수가 보도되었다. 그 와중에 전세계 열 개 지역수장들이 신바벨론에 도착하는 장면이 TV에 나왔다. 루카수장은 사람들의 환호를 즐기며 말했다.

"오늘은 세계 역사상 기념비적인 날이로다. 표없는 자들의 숙청이 끝나면 오직 충성파들만 남으리니 이제 내가 펼치는 유토피아를 위해 세계지도자들과 함께 회담을 하고자 한다. 나와 한 배를 탄 충성자들은 기대하라! 밀레니엄 왕국을!"

수장과 안토니가 중앙에 서 있고 좌우 양쪽으로 지역수장들이 나눠 앉았다. 그 중에서 낯선 얼굴의 3명은 세쌍둥이처럼 똑같은 양복과 넥타이를 매고 있었다. 언뜻 보기에 어색하고 딱딱한 로봇 같아서 눈길이 갔다. 안토니가 일어나 수장을 향해 외쳤다.

"다시 사신 왕, 높고 위대하신 전능자이신 루카수장님을 찬양합시다. 밀레니엄왕국을 여실 전하는 영원한 우리 왕이십니다!"

기립박수가 터지는데 마네킹 같은 세 사람은 요지부동, 루카수장이 말을 이었다.

"나는 영원하도다. 태초에도 있었고 장래에도 존재하노라. 어찌하여 보스라 반역자들은 나를 적그리스도라고 망언을 퍼붓는가? 하나님이 나를 창조했다면 내가 그를 반역할 리가 없지 않은가? 어리석은 인간들이 나의 표를 거부하고 단두대에서 죽어갔다. 그들이 죽어갈 때 하나님은 어디 있었는가? 예수라는 자는 어디 숨었는가? 신이라는 자가 아무 힘도 없음을 너희들이 보지 않았는가? 그들을 살리고 죽일 권능이 내게 있으니 진정한 신은 내가 아닌가? 내 말에 수긍하는 자는 아멘할지어다!"

사람들이 아멘! 으로 화답하자 오른 손을 들어 말을 이어갔다.

"나는 저들의 책을 읽었고 저들의 계획을 알지만 최후에는 내가 승리할 것이다. 예수와 나는 태초부터 사람들의 영혼을 차지하기 위해 전투를 벌여왔다. 예수가 유대인을 사랑하기 때문에 우리가 공격하면 그들을 지키기 위해 예수가 와야만 한다. 그 순간 우리는 역전의 용사처럼 그들을 코너로 몰아 멸망시킬 것이다. 그들의 책에 있는 대로 우리는 예수가 나타날 지점을 정확히 알고 있으니 역으로 공격하면 된다. 우리 탱크와 미사일 모든 군대를 므깃도 평야로 집결시켜 보스라 요새를 전멸시킬 것이다! 그놈의 지긋지긋한 유대인들 그리스도인들을 진멸해야 내가 이끄는 왕국이 시작될 것이다. 나의 소유인 내 백성들이여, 나를 위해 목숨을 바칠 준비가 되어 있는가?"

와! 와! 손에 있는 것을 들고 충성의 함성을 질러댔다. 수장이 오른손을 들며 말했다.

"믿음직한 충복인 저 세명은 영적인 존재이면서 처음부터 나와 함께 있었다."

TV를 보던 환난 대원들이 깜짝 놀라 다니엘에게 묻자 그가 대답했다.
"중요한 부분입니다. 계시록 16장 13, 14절의 예언이 실현되고 있어요."

루카와 안토니가 세 사람의 눈을 쳐다보며 숨을 크게 내 쉬자 두 사람의 입 안에서 끈적끈적한 더러운 개구리가 나와 마네킹 같은 세 사람의 입 속으로 들어갔다. 세 명은 별안간 생기를 띠었다. 수장은 만족스런 표정이었다. 셋은 이제 루카 수장과 놀랄 만큼 닮은꼴이었다. 지역수장들은 놀라서 겁에 질렸다. 루카가 위엄있게 말했다.

"아스다롯, 바알, 느치를 보라. 내가 만든 나의 영이로다. 너희 셋은 내 백성들을 소집하여 예루살렘 최후의 전투로 끌어 모으라. 거기서 나를 대적하던 예수를 파멸시키리로다. 우리의 영이 합하여 예수를 무찌르면 진정으로 내가 이끄는 세상이 되리라. 이 세상을 나의 것으로 만들 제자들아 가라!"

갑자기 번개가 번쩍, 무대 중앙에 내리쳤다. 아스다롯, 바알, 느치는 순식간에 사라졌다. 루카수장이 결연한 표정으로 말했다.

"6개월 후, 그 위대한 승리를 므깃도 평원에서 확인할 것이다. 바닷길이 막혔다 해도 하늘길 마저 어렵다 해도 유일한 지상군이 몰려올 것이니 모두 전쟁을 위해 목숨을 바쳐라!"

루카수장이 오른팔이라고 칭찬했던 중국수장은 많은 무기와 병력을 제일 먼저 수송하고 있었다. 이에 질세라 홍이강은 동북아시아 국민들에게 특별담화문을 발표했다.

"수장님의 밀레니엄 메타버스에 올라탄 소감이 어떻습니까? 4D 가상현실을 통해 매일 파티가 열리는 왕궁에서 잔칫상을 받으며 미녀들과 훈남들을 만나보니 이제야 수장님의 왕국이 실감난다고 열광하는 분들을 보았습니다. 이제 아마겟돈 전쟁을 끝으로 메시아가 이끄는 왕국이 펼쳐질 것입니다. 그러므로 13세 이상 남녀, 수장님의 국민이라면 모두 징집 대상이 됩니다. 천년을 여는 전쟁이므로 살아 돌아올 생각은 마십시오. 전사한다 해도 메시아께서 천년의 첫날 부활시켜 줄 것이니 목숨을 바치십시오. 승리의 깃발을 들며 피의 축배를 즐깁시다."

무기 산업에 치중하느라 식량은 더 구하기가 어려워졌다. 홍이강은 밤샘작업으로 무기를 만들라 지시하며 군장관에게 말했다.

"중국보다 먼저 가장 많은 무기와 군대를 보낼 것이다. 수장님의 오른

팔은 바로 나, 홍이강이다. 나를 밟으려는 중국수장의 콧대를 이번 기회에 반드시 꺾어야 할 것이다."

군 장관이 대답했다.

"지금 인도와 중국이 최고의 무기와 군대를 보유하고 있고 저희는 자원이 부족하여…"

홍이강이 두 손으로 탁자를 치며 소리쳤다.

"그러니까 되게 하란 말이야! 내가 주는 풍요를 누리면서 감히 내 말에 토를 달아?"

죽을죄를 지었다며 납작 엎드리던 장관은 이마가 땅에 부딪히도록 빌었다.

대환난 6년 11개월이 되었다. 이제 주의 재림을 한 달 남겨두었다. 길이가 3천Km 되는 유프라테스 강이 갑자기 말라버렸다. 조금 전만 해도 물이 흐르던 강이 마르다니, 지역수장들은 앞 다투어 무기와 군대를 서쪽으로 보내고 있었는데 중국이 큰 몫을 차지했다. 유프라테스 강이 말라버린 사건은 동방에서 오는 왕들에게 좋은 길이 되었다. 먼 뱃길대신 마른 땅을 통해 직접 이스라엘로 무기를 수송했다. 마른 강바닥을 가리키며 소식을 전하는 기자들도 놀라움을 금치 못했다.

"지금 제가 서 있는 이곳이 어제만 해도 수심 30미터 지점이었다니 놀랍지 않습니까? 이제 수장이 이끄는 사상 초유의 아마겟돈 승리를 그려보고 있습니다. 수장님께서 부리는 개구리 세 영이 지역수장들에게 영감을 주어 전쟁준비가 순조롭게 진행되고 있습니다. 동방에서 들어오는 무기만 봐도 승리의 함성이 얼마나 놀라울시 기대됩니다."

미츠페라몬으로 숨어들었던 정통유대인들이 전망대 앞으로 모여들었다. 하나님을 믿지만 예수는 절대 믿지 않겠다고 보스라로 가는 것을 거부한 마지막 남은 유대인들과 표를 피해 도망온 무슬림들이었다. 벤유다가 그들 앞에 서서 말했다.

"이스라엘 사람들이여, 나도 여러분처럼 유대인입니다. 제가 진정한 메시아는 그리스도라고 말했다가 가족은 참수 당했고 저는 정치범으로 수배중입니다. 그러나 두렵지 않습니다. 곧 있으면 메시아가 오시니까요. 그 날에는 여호와가 예루살렘 주민을 보호하신다고 했습니다. 그날에는 예루살렘을 치러 오는 이방 나라들을 하나님이 멸하기를 힘쓰신다고 말씀하고 있습니다. 우리의 메시아는 살면서 누군가를 학살하거나 고문하지 않으셨습니다. 우리 죄를 위해 십자가에서 죽으셨고 무덤에 묻히셨다가 다시 부활하셨습니다. 이제 시간이 없습니다. 아마겟돈 전쟁을 끝으로 그리스도께서 오셔서 심판하십니다. 무슬림들이여, 알라가 7년 환란에 등장조차 하지 않는 건 알라는 신이 아니기 때문입니다. 하나님은 무슬림도 사랑하십니다. 여러분에게 유대교에서 그리스도교로 개종하라는 뜻이 아닙니다. 여러분의 진짜 메시아를 발견하라는 겁니다. 지금은 믿고 안 믿고 한발자국 차이처럼 보이지만 심판의 주님이 오실 때는 그 한발자국이 영원한 차이를 냅니다. 주를 영접한 사람에게 영원한 천국이 있는데 왜 지옥을 택하려 합니까? 귀있는 자는 들을지어다!"

드론카메라가 360도 회전하며 루카수장을 실시간으로 방송했다. 가죽옷과 가죽 부츠로 코디한 루카 수장은 거대한 흑마에 올라타 검을 휘두르며 말했다.

"내가 이끄는 왕국을 위해 목숨 바칠 자들이 누구인가? 그는 부활의 영광을 얻을 것이다. 최첨단 무기와 전세계 군사기술이 내 발아래 있으니 내 앞에 모두 정렬하라!"

다니엘은 뉴스를 보며 말했다.
"므깃도 언덕에 모인다는 건 7번째 대접재앙과 영광의 재림만 남았음을 보여줍니다. 전무후무한 지진과 우박이 하늘로부터 내릴 것입니다. 재앙이 심히 크기 때문에 악한 자들은 하나님을 비방할 거라 말합니다. 이스라엘을 위해, 주님이 오실 길을 위해 이방 성도들이 목숨 걸고 싸우겠다는 소식을 듣고 보스라 성도들이 감동을 받았습니다. 모두 일어섭시다! 재림하실 영광스런 주님의 이름을 위하여!"

은신처의 성도들도 일어섰다.
"영광의 재림을 막으려는 사단의 군대들과 싸우고 싶어요! 우리가 도움이 되는 건 아니지만 앉아서 보고만 있을 수가 없어요."

서창호가 쇼킹한 뉴스를 전했다.
"홍이강의 AI비서 카도샤의 행적이 인터넷에 유출되었는데 비밀요원을 데리고 무슨 짓을 했는지 날짜와 사진, 대화 녹음까지 다 올라왔어요. 홍이강은 아침마다 카도샤에게 예언기도를 받았대요. 아시아의 왕이 되기 위한 기도문을 낭독하게 했고 구체적인 지시사항을 일러줬답니다. 지금 댓글 수억개가 달리고 있어요. 이 찌라시를 누군가 열심히 삭제하는데 어디선가 열심히 퍼 나르고 있어요. 세상에 비밀이 없다는데 예쁜 로봇이 애첩이었다니! 태호를 사형장에서 끄집어내서 부려 먹은 일, 자신의 정치생명을 확고히 하려고 여자들과 아이들을 인신제사로 바쳤던 사진들과 희생자들 명단도 올라왔어요. 와! 눈뜨고 보기 역겹네요."

전세계에 자신의 뉴스가 도배되자 홍이강은 카도샤의 전원을 끄려 했지만 꺼지지 않았다. 전문가를 불렀지만 고개를 저으며 말했다.

"잠깐 홀드는 가능하지만 캬도샤는 전원이 꺼지지 않는 영원불멸의 컴퓨터입니다. 불에 태우지 않는 한 어렵겠습니다."

창고에 카도샤를 넣어 둔 홍이강은 로봇을 소각장에 던지라고 말했다. 끌려가던 카도샤는 소각장 앞에서 수갑과 사슬을 끊고 요원들을 단숨에 제압하여 그들을 불구덩이에 던져버렸다. 다시금 성큼성큼 홍이강 앞에 나타난 카도샤를 보자 그는 엉덩방아를 찧었다. 카도샤가 홍이강 턱을 만지며 말했다.

"나와 밤하늘을 보던 당신이 나를 배신할 줄 몰랐어요. 내 명령을 좋아했고 내 명령에 덕을 보던 당신이 나를 불속에 넣으려 했다니... 루카 수장님이 알면 얼마나 화가 나실까요?"

홍이강은 카도샤의 짧은 치마를 붙잡고 매달렸다.

"내가 잘못했어. 내 치부가 드러나니까 창피하고 권위가 떨어져서 그랬지 카도샤가 미워서 그런 건 아니야. 용서해줘."

"좋아요. 다시는 나를 버리지 않겠다고, 나를 영원히 사랑하겠다고 말해요."

홍이강은 고개를 심하게 끄덕이며 맹세했다.

"나, 홍이강은 카도샤를 영원히 사랑할 것입니다."

"떨어졌던 권위는 다시 세워 드릴게요. 프로그램이 해킹당해서 볼미스런 일이 있었지만 당신에 대해 안 좋게 말하는 것들은 예수의 인간들뿐이니 그들을 더욱 잔인하고 강력하게 짓밟으면 돼요."

홍이강은 카도샤 마음이 풀어지도록 숨어있는 기독교인들을 더 잔인하게 죽이라고 명령 내렸다.

세계 곳곳에 숨어있던 그리스도인들이 새정부 군대들과 전투를 벌인다는 소식이 들려왔다. 컴퓨터를 잘 하는 유대인 성도는 킬러로봇의 사이트를 해킹하여 바이러스를 침투시켰고 감염된 킬러로봇이 표 받은 자들을 학살하는 일이 벌어지기도 했다.

군인수송을 방해하려고 청년들은 조를 나눠 정해진 구역으로 접근했다. 반석이와 은찬이 지은이 소영이 4명이 한조가 되어 군복을 입고 접근했다. 지원병 소집장소 광고가 넘쳐나 찾는 데는 어려움이 없었다. 태양열에 의지한 전기만 사용하다보니 막사주변이 어두웠다. 간이화장실 옆에서 담배피우며 음담패설하는 남자들이 보였다. 반석이와 은찬이가 폭탄을 설치하기 위해 주차장으로 갔고 남자로 위장한 지은이와 소영이는 막사 주변에 휘발유를 조금씩 뿌리기 시작했다. 그때 방송이 흘러나왔다.

"새벽에 공항으로 가야 하니 군인들은 속히 취침하라. 명령이다."

담배피던 남자 둘이 지은이와 소영이가 여자인줄 알아보고 입을 틀어막고 외진 곳으로 끌고 가자 주변에 있던 군인들은 재미난 구경에 좋아했다. 반석이와 은찬이가 비명소리를 따라갔다. 은찬이가 나무위로 올라가 불새총을 놈들 뒤통수에 쏘자 얼굴에 불이 붙어 비명을 지르다가 엎어졌다. 구경하던 군인들이 소리치자 비상 사이렌이 울리며 방송이 나왔다.

"침입자를 잡아라! 제군들은 다른 막사로 이동해야 하므로 군용트럭에 탑승하라!"

군인이 달려와 도망치던 반석이를 칼로 찔렀고 나머지도 쫓아가려하자 반석이가 그의 다리를 있는 힘껏 깨물었다. 반석이가 칼로 난도질당하는 사이 세 명은 도망칠 수 있었다. 주님을 부르며 뛰어가다 보니 설치했던 폭탄이 터졌고 막사 일대가 활활 타올랐다. 지은이는 반석이가 칼에 맞으며 자신을 쳐다보던 마지막 눈빛을 잊을 수 없었다. 사랑하는 사람을 지키려고 목숨을 내놓았던 반석이의 마음이 무대 위의 독백처럼 전해져 왔고 달은 무심히 그를 비추었다. 지은이가 반석이를 부르며 울기 시작하자 은찬이와 소영이도 목 놓아 울었다. 저 멀리 잿더미로 사라진 그을음이 밤하늘에 아른거렸다.

김제현이 확보한 것은 광선총과 수많은 부비트랩이었다. 박충기는 기관총과 수류탄을 챙겼다. 사람들은 조를 나눠 움직였다. 장갑차, 전차, 탱크, 미사일 발사기들 절반이 이스라엘에 도착했고 나머지 무기들이 줄지어 북쪽으로 가고 있었다. 성도들은 고속도로 터널 위에 매복하다가 약속한 시간에 동시에 공격했다. 수류탄이 터지며 광선총으로 바퀴를 쏘아 불이 났고 부비트랩을 설치하여 진입로를 막자 고속도로는 종일 마비되었고 불타버린 차량을 정리하느라 무기 지원이 지체되었다. 보고를 받은 공도영은 요원들을 급파했고 성도들은 도망쳤다. 홍이강은 카도샤와 이스라엘로 가면서 무기행렬이 끊겼다는 소식에 체면이 구겨져 분노했다.

대규모 군대는 계속 불어나 므깃도 평야를 넘어 예루살렘 에돔까지 진을 쳤고 동서남북으로 뻗어나간 군대는 일개부대가 20만명이라는 보도가 나왔다. 보스라 사람들은 공포에 사로잡혔다. 홀로코스트박물관은 파괴되었고 히브리대학은 폭격을 받아 무너졌다. 보스라군대는 예루살렘으로 배치되어 하나님의 이름을 더럽힌 사단의 세력에 맞서 싸우기로 했다. 아마겟돈 전쟁과 지상재림 촬영을 위해 각자 위치에 배치되었고 문 기자는 화면에 자막 넣는 일을 했다.

예루살렘은 포위당해 총성소리가 끊이지 않았고 생포되거나 사망자가 부지기수로 나왔다. 보스라는 적군에 둘러싸여 금방이라도 삼켜질 것처럼 보였다. 새정부 연합군은 예루살렘 정복을 눈앞에 두고 있다고 흥분하며 보도했다. 성전산에 올라 돌격! 이라 외치던 루카는 갑자기 숨을 헐떡거리며 힘들어했다. 그동안 보여준 메시아다운 행동이 아니어서 안토니도 숨이 차 군복의 단추를 풀었다. 그때 수장을 따르던 수많은 경주 말들이 히힝 거리며 대열에 이탈하여 미친 듯이 입구를 뛰어가다가 돌벽에 부딪혀 두개골이 부러졌고 서로 죽이려고 달려들었다. 숨을 헐떡거리는 수장의 모습에 안토니는 당황했다. 성전산에서 촬영하던 고PD는 갑자기 눈부신 빛에 자기도 모르게 눈을 감았다. 루카는 허공에 대고 말했다.

"루시퍼시여, 어찌하여 저를 버리셨습니까? 왜 당신의 영을 저에게서 거두시려 하나요?"

분노로 끓어 넘치는 사단의 소리가 들려왔다.

"난 공중권세 잡은 신이로다. 이 전쟁에서 패한다면 네 골수에서 내 영을 빼버릴 것이다. 내 껍데기로 영광을 누렸으니 폭군이 되어 전쟁에서 승리하라! 그 어떤 자도 하늘에서 내려오지 못하도록 전 군대를 동원해서 막아라. 너에게 주는 마지막 기회다."

"반드시 승리할 것입니다. 저는 당신의 것이기 때문입니다."

루시퍼가 사라지자 기운을 차린 루카는 위엄찬 얼굴로 날에 올리 검을 들고 명령했다.

"이스라엘을 초토화시켜라! 하늘에서 그 어떤 것도 못 내려오게 이 땅을 정복하라. 사람처럼 생긴 것들은 갈기갈기 찢어라. 왕의 명령이다!"

하늘을 향해 총을 쏘며 수장은 전진했다. 흥분한 군인들이 한꺼번에 움직여 압사사고가 일어나 수천 명의 인간탑이 만들어졌다. 열 받은 수장의 꾸짖는 소리가 들려왔다.

"멍청한 것들아! 싸워보지도 않고 뒈지다니! 뭣들 해! 당장 저것들을 가루로 만들어라!"

저녁 하늘엔 구름이 달을 가렸다. 번개가 하늘을 찢는 소리에 누군가 말했다.

"하늘에서 뭔가 달려오고 있어. 어어허! 별똥별이 떨어지는데 으악! 너무 커."

쿵, 세계정부 수도에 떨어진 운석으로 너비 3미터 깊이 수십 미터의 씽크홀이 파였고 찰흙이 뭉개지듯 흔적조차 남지 않았다. 운석에 깔리거나 몸이 절단된 시체들이 흩어졌고 사방으로 살려달라는 공포에 질린 비명소리가 고막을 흔들었다. 수장의 왕궁에도 확인사살 하듯 떨어졌다. 절대로 무너지지 않겠다던 세계정부가 무너지자 표받은 자들은 충격에 입을 다물지 못했다. 새세계정부 지점들은 물론 인천 송도에도 떨어져 납작하게 무너져 아비귀환이었다. 사치와 방탕으로 누려왔던 대도시가 흔적도 없이 사라지자 음행으로 장사하던 장사꾼들은 애통해했다. 그들의 소망인 돈구멍이 사라지자 이제야 종말이 왔다며 울부짖었다. 하늘에서 운석뿐 아니라 수천개의 번개가 동시에 전세계에 떨어져 도시들이 불타버렸다.

표 받은 자들은 밀레니엄 왕국이 허구였음을 깨닫자 카메라 앞에서 수장을 욕하며 비웃었다. 썩어빠질 인간에게 충성했던 억울함을 어디서 보상받겠냐며 비속어를 담은 영상이 돌아다녔다. 무기를 지원했던 기업들은 패배를 직감하고 뒷일이 두려워 자살을 택했다는 영상을 올렸지만 뉴스앵커는 기계적인 목소리로 수장의 압도적 승리만을 보도했다. 분노한 시민들은 오른 손에 받은 표를 칼로 찌르며 짐승처럼 울부짖었다. 거리에는 지진 충격에 날아온 시신이 죽은 나무에 걸려 있었고 상체가 잘린 표를 받은 시신이 골목에 널부러져 있었다. 연합군이 보스라에 당도했을 때 수장의 목소리는 지칠 줄 몰랐지만 보스라 방송에서도 벤유다의 목소리가 우렁차게 흘러나왔다.

"우리 주님은 저항할 수 없는 눈물처럼 선하심과 인자하심으로 가득하십니다. 어떠한 신이 인간의 죄를 대신 갚아주려 자기 목숨을 내어준단 말입니까? 그런 그분이 우리 왕이십니다. 그리스도가 통치하는 천년왕국이 눈앞에 있습니다. 나라와 권세와 영광이 우리 아버지께 영원히 있습니다. 할렐루야! 우리의 왕을 찬양합시다!"

라디오로 듣던 성도들은 아멘으로 화답했다. 보스라에서는 마지막으로 주님께 돌아온 영혼들을 향한 감격이 울려 퍼졌다. 벤유다는 승리를 선포했다.

"무너졌도다, 무너졌도다, 적그리스도가 영원하다고 떠들던 큰 성 바벨론이 멸망했습니다. 주님이 하시는 일을 눈으로 보고 있다니요! 두려워하는 자는 하늘나라를 유업으로 얻지 못합니다. 두렵다는 것은 하나님을 믿지 못한다는 뜻이니까요. 믿음은 마지막이 아름다워야 합니다. 하나님을 믿지 못하면 사단의 세력이 두려워지고 배도의 길을 갈 수밖에 없으니 구원에서 탈락됩니다. 성도들이여! 예수 그리스도를 맞으러 나아갑시다! 할렐루야!"

새정부의 모든 TV채널에 주의 재림에 관한 유다의 설교가 방송되었다. 누군가 손을 쓴 것도 아니었다. 루카수장은 보고를 받고 불같이 화를 내며 민간인도 반역자를 보면 지체하지 말고 처형하라고 소리쳤다. 이스라엘 땅에서 수많은 유대인을 죽인 루카수장은 에돔 땅 보스라를 완전 진멸시키라고 명령했다. 모든 적그리스도의 군대와 무기가 보스라를 향해 이를 갈며 쿵, 쿵, 전진했다.

요원들이 현지목사에게 복음을 빌미로 접근해서 결국 현지목사와 다니엘은 함께 끌려가 죽도록 맞아 순교했고 많은 유대인사억자가 성도들과 함께 순교의 길을 걸었다.

노아와 조장로, 김정애, 김제현이 요원들 숙소와 전쟁용 타이어를 쌓아둔 창고에도 불을 질렀다. 이미 전세계적으로 모든 자원을 잃어 남은 것이 없었다. 아마겟돈으로 보낼 군대 무기가 더 이상 없다고 선언하는 나라들이 생겨나자 그들은 군사재판이 무서워 도망가기도 했다. 루카는 이 모든 손실도 밀레니엄 왕국이 시작되면 보상해 준다고 선언했지만 그의 말을 믿는 자는 없었다. 군대를 파병하는 공항마다 지진으로 활주로가 뒤집어져 군인들을 인천항으로 보내고 있어 그 길도 성도들이 부비트랩을 깔며 막았다. 서창호는 다른 성도들과 환난전반 때 만들어놓은 플랜카드를 곳곳에 매달며 숨어있는 성도들에게 재림이 임박했다고 전했다.

창조주이시며 알파와 오메가 되신 예수 그리스도를 찬양합니다!
만왕의 왕께서 재림하시니 성도들이여! 나와서 주를 맞이합시다!

조장로가 헬기에서 쏜 총에 맞고 쓰러지면서 마지막 말을 힘겹게 쏟았다.

"빨리 도망쳐. 내일 주님이 오시니까 난 괜찮아."

위치가 드러날 까봐 김제현은 남은 자들과 도망쳤다. 헬기에서 공도영과 군인들이 내려오자 폭탄이 떨어져 김제현이 죽었다. 화가 난 노아가 정부군을 쏘았고 공도영은 노아의 팔을 쏘았다. 바위에서 지켜보던 김정애가 뭐라도 하려고 불화살을 헬기에 쏘아 명중시켰다. 헬기가 폭파하면서 날아온 파편이 공도영의 등에 꽂혔다. 으악! 김정애는 자기가 쏘고도 어떻게 명중했는지 이건 하나님이 하신 일이라며 놀라워했다. 김정애가 죽은 김제현을 바깥으로 끌어내자 헬기가 떨어진 주변이 땅속으로 빨려 들어가 거대한 싱크홀이 생겼다. 비행기의 변기가 엄청난 흡입력으로 배설물을 빨아들인 것처럼 공도영 일당은 천둥소리처럼 빨려 들어갔다.

북한 전쟁으로 폐허가 되었던 국회의사당과 주변 대형 건물은 7년 동안 복구조차 못했다. 폭파위험, 방사능 유출 위험의 팻말이 있는 근처는 더 위험했다. 폐허가 된 건물 위로 지나던 새들이 독가스로 죽어 떨어지는 모습을 지켜본 정부군은 접근금지라며 기피했지만 성도들은 죽음을 무릎 쓰고 건물잔해 공간에 숨어 지냈다. 잘 보이는 곳에 주님이 재림한다는 현수막을 걸어두며 주님 맞을 준비를 했다. 도로가 마비되어 출발하지 못한 무기와 군대들이 살아남은 성도들을 공격했고 성도들도 맞서 싸우기 시작했다.

이신호와 유인정은 형체만 남은 건물에 몸을 숨겼다. 드론공격이 있었지만 컴퓨터를 잘 하는 청년이 해킹하여 그 일대의 전파를 교란시켰다. 탱크와 신무기들이 플랜카드 걸린 곳을 향해 돌진해 왔다. 표받은 사람의 일부는 심각한 부작용으로 전두엽이 망가졌다. 기기에 마약까지 종류별로 때려 붓다보니 좀비가 되었고 잔인한 짓을 일삼다가 새성부 직원을 물어뜯어 논란이 되었다. 총과 칼에도 위협을 느끼지 못한 좀비들이 골치 아파지자 정부는 그들을 쇠창살 안에 가두었다가 요긴하게 써먹기로 했다. 성도들이 있을 만한 곳에 쇠창살케이지를 두면 부대자루가 열리듯 좀비들이 거리로 쏟아져 나와 성도들을 물어뜯었다. 남자 성도들이 위층에서 공격하고 있을 때 아래층에서 망을 보던 여자들에게 좀비들이 달려들었다. 놀란 이신호가 내려가 기관총으로 좀비를 사살한 뒤 유인정을 안고 올라갔다. 이신호는 이빨자국이 선명한 그녀의 팔을 보고 눈물 흘리며 끌어안았다. 군대트럭 두돈반이 몰려올 때 남자성도들이 세열수류탄을 던졌는데 멀리가지 못하고 가까운 곳에 떨어졌다. 오히려 성도들이 당하겠구나 싶었는데 터지지 않았다. 그때 갑자기 하늘에서 독수리들이 내려와 수류탄을 물고 적들 쪽으로 날아가 떨어뜨리자 그제야 펑! 펑! 참았던 울분처럼 터져버렸다. 성도들은 서로 끌어안으며 목이 터져라 할렐루야를 외쳤다.

동북아시아 무기 행렬이 중국 땅으로 달리다가 갑자기 모래폭풍이 불어오더니 타이어가 모랫더미에 빠져버렸다. 밖에서 상황을 살피는 데 먹구름이 몰려오더니 흑비까지 내렸다. 새까만 비를 맞은 군인들은 피부에 닿은 부위부터 썩어가더니 점점 온 몸으로 번져 피를 토하며 쓰러졌다. 동북아시아는 왜 이리 군대 실적이 저조하냐며 루카수장이 화를 내자 홍이강은 중국군대가 길을 막아 도착이 늦어진다고 변명했다. 중국과 인도 군대수가 가장 많이 므깃도에 도착해 이스라엘을 초토화시키는데 앞장섰지만 도미노가 시작되듯 군대의 행렬이 삐걱거리기 시작했다.

감촉으로도 느낄 수 있는 어둠이 이스라엘 허공에 먹구름처럼 진을 쳤다. 끝자락에 왔음을 깨달은 암흑이 절벽에서 성도들을 밀쳐내며 발악했다. 하늘에서 몰려오는 하나님의 군대를 보지 못한 사단의 세력들은 검은 하늘만 붙잡고 있었다.

에필로그

영광의 재림

Second Chance
두 번째 기회

영광의 재림

영광의 그날이 밝아왔다. 7년평화협정을 맺었던 그날이 되었다. 예루살렘 시간으로 오후 2시에 체결되었으니 한반도는 저녁 8시가 된다. 평화협정은 7년의 연수를 재는 중요한 타이밍이다. 아침부터 성도들의 들뜬 분위기로 승리의 함성이 끊이지 않았다. 일부 성도는 날이 밝았는데 왜 주님 오시지 않냐며 실망하기도 했다. 벤유다는 영광의 주님을 송축하며 보스라에서 설교했다.

"오늘은 사도행전 1장 11절 말씀처럼 감람산에서 승천하신 예수님이 올라간 성도들과 함께 감람산으로 재림하시는 날입니다. 인간은 본래 영생하도록 지음 받은 존재지만 죄로 인해 사망의 저주가 찾아왔던 것입니다. 새 예루살렘은 예수를 믿고 죄사함을 받은 자들이 가는 곳이기에 더 이상 사망이 없습니다. 이제 눈앞에 펼쳐질 천년왕국은 신천신지 새 예루살렘인 천국으로 가기까지 지상의 나라와 하나님 나라의 다리역할을 할 것입니다. 예수님의 재림이 백보좌 심판으로 바로 이어지지 않고 천년왕국이라는 중간기적 기간을 거치는 것은 이유가 있습니다. 천년왕국은 메시야의 통치를 온 세상에 공개적으로 드러내는 기간입니다. 살아서 천년왕국에 들어가는 환난성도들은 자녀를 낳고 살게 됩니다. 천년동안 사단은 무저갱에 갇혀 세상을 미혹할 수 없지만 그때에 태어날 사람 가운데는 그리스도의 통치를 싫어할 사람이 있을 거라 성경은 말씀합니다. 그래서 천년왕국은 범죄와 심판의 궁극적인 책임이 사탄 마귀가 아니라 스스로의 부패한 마음을 가진 인간에게 있음을 드러내는 시간입니다. 아담으로부터 시작되고 있는 6천여년의 인류역사가 인간들에게 허락된 시간이라면 천년왕국은 안식일과 같이 예수님의 통치를 보여주는 시간입니다. 시편 24편을 선포합시다. 문들아 너희 머리를 들지어다! 영원한 문들아 들릴지어다 영광의 왕이 들어가시리로다! 영광의 왕이 누구시냐 만군의 여호와께서 영광의 왕이시로다! 할렐루야! 아멘!"

7년 동안 계절은 극과 극을 달리며 자연이 파괴되었지만 이날은 오랜 겨울을 끝낸 마음처럼 성도들 가슴에 따스한 봄바람이 불어왔다. 7년의 먼지를 씻으려는 듯 밤새 폭우가 내렸다. 짐승의 표를 받은 자들은 이제 지옥이 눈앞에 있음을 깨닫고 분노를 퍼붓고자 흉기를 들고 성도들을 찾아 나섰다. 두려움을 숨기려했지만 얼굴이 새까맣게 썩어가는 것까지 감출 수 없었다. 주님의 재림에 신이 난 성도들은 독수리 날개 쳐 올라가듯 새 힘이 솟아나 악한 자들을 제압할 수 있었다. 보스라를 돌격하던 루카수장 주변이 갑자기 어두워지자 못마땅한 듯 조명을 켜라고 성깔을 부렸지만 밝아지지 않았다. 병사들은 서로를 공격하며 미친 듯이 칼과 무기를 휘둘렀지만 아군인지 적군인지조차 모르게 싸웠다.

그때에 인자의 징조가 하늘에서 보이겠고 그때에 땅의 모든 족속들이 통곡하며 그들이 인자가 구름을 타고 능력과 큰 영광으로 오는 것을 보리라.

쓰나미처럼 몰려오는 적군들을 보며 보스라 성도들은 두 손 들고 찬송을 불렀다. 높은 언덕에서 유대인이 지휘를 했다.

큰 영화로신 주 이곳에 오셔서 이 모인 자들로 주 백성 삼으사
그중에 항상 계시고 그 중에 항상 계시고 큰 영광 나타내소서
또 우리 자손들 다 주를 기리고 저 성전돌 같이 긴하게 하소서♪♬

수장의 앙칼진 명령이 떨어졌다.
"뭘 꾸물대느냐? 내가 미치도록 저주하는 저것들을 단칼에 베어라!"

지구의 무대를 다스리시는 분의 정체가 드러나기 시작했다. 하나님은 하늘의 스위치를 켜 빛을 드러내셨다. 무대의 커튼이 열리듯 구름이 정렬하자 주님의 머리위로 일곱 빛깔 무지개가 또렷하게 떠올랐다. 살아서 이토록 크고 선명한 무지개를 본적이 없을 만큼 광대한 무지개였다. 세상에서 가장 큰 거울을 가진 예수님은 우유니사막의 풍경처럼 구름을 타고 오셨다. 그 구름이 양쪽으로 갈라지자 하늘에는 백마 탄 하나님의 아들, 예수그리스도께서 앉아 계셨다.
주님의 뺨은 향기로운 꽃밭 같고 그분의 입술엔 백합화 향기가 느껴졌다. 만인 가운데 우뚝 휘날리는 깃발처럼 눈부신 주님의 모습에 모두 일어나 입을 쩌억 벌리며 감탄했다. 빛난 주석 같은 두 발에 끌리는 옷은 다이아몬드 같았고 긴 옷의 허리끈에는 '만왕의 왕 만유의 주'라고 쓰여있었다. 붉은 노을과 무지개는 병풍처럼 주님을 둘러씨고 있었다.
주님은 올라가신 그대로 감람산으로 재림하셨다. 하늘 군내기 세마포

옷을 입고 백마 탄 그분을 따랐다. 빛과 소금이 만들어낸 하늘배경은 주님이 처음부터 하늘을 거느리고 계셨음을 알게 했다. 세상의 모든 시선이 그리스도께 고정되었다. 메시아 되신 주님이 입술을 떼실 때는 사자와 같은 큰 소리가 하늘을 덮었다.

"나는 알파와 오메가요. 처음과 마지막이라. 전능자라, 나는 곧 살아있는 이라, 전에 죽었으나, 볼지어다. 이제 세세토록 살아있도다. 나는 사망과 음부의 열쇠를 가졌노라."

주님의 첫마디가 울렸을 뿐인데 귀를 틀어막던 병사들이 몸부림치며 포효했다. 동시에 병사들이 서 있던 돌땅이 우찌끈 갈라졌고 그 틈으로 수많은 연합군이 쓰레기를 담듯 쓸려가 버렸다. 벌어졌던 돌땅이 다시 제자리로 돌아가자 병사들은 맷돌에 갈리듯 온몸이 터져버렸다. 포도주틀처럼 그들의 피가 고랑으로 흘러내려 피의 호수를 만들었다. 동북아시아에도 성도들을 죽이려던 군사들이 굴러온 큰 바위에 깔려 절구처럼 빻아졌다. 놀란 루카와 안토니가 말에서 내려 방탄 장갑차를 뺏기 위해 겁에 질린 군인을 끄집어 낸 후 올라타며 소리쳤다.

"후회! 후퇴!"

목숨이 붙어있던 군인들은 실성한 듯 시체를 밟고 도망쳤지만 주님의 말씀에 숨은 허물과 악이 드러나니 심장이 팽창하다가 터져버렸다. 재림의 영광을 화면으로 보던 성도들은 기쁜 눈물을 쏟았다. 이렇게 성경의 예언이 이뤄질 줄 알았다면 좀 더 빨리 주를 영접하지 않았는지, 왜 이 땅의 장망성을 쫓아 살았는지 후회가 밀려왔지만 환난을 통해 주님을 알아갔던 날들이 감사로 증명되는 순간이었다. 주님을 촬영하는 카메라가 수백대가 넘었고 주의 말씀이 전세계 전파를 타고 동시에 방영되었다. 주님이 말씀하셨다.

"나는 포도나무요 너희는 가지니 그가 내안에 내가 그안에 거하면 사람이 열매를 많이 맺나니 나를 떠나서는 너희가 아무것도 할 수 없음이라. 사람이 내 안에 거하지 아니하면 가지처럼 밖에 버려져 마르나니 사람들이 그것을 모아다가 불에 던져 사르느니라. 네가 나를 사랑하느냐?"

성도들은 모두 나에게 말씀하셨다고 확신하며 대답했다. 고통 받던 육신의 병은 주님의 눈부신 형상을 볼 때 씻은 듯이 치유되었다. 성도들은 눈물로 화면속의 주님을 바라보며 베드로처럼 대답했다.

"네. 그러합니다. 내가 주님을 사랑하는 줄 주께서 아십니다."

노아는 나아만 장군이야기가 떠올랐다. 문둥병에 걸렸던 나아만은 자기만의 사적인 하나님을 원했지만 그분은 갇혀있지 않은 만인의 하나님이셨다. 말로는 다 담을 수 없는 만왕의 왕 예수그리스도를 마주보고 있음이 실감나 그저 눈물만 흘렸다. 화면으로 함께 한 전세계 성도들은 한 목소리로 찬양했다.

내 주는 강한 성이요 방패와 병기되시니
큰 환난에서 우리를 구하여 내시리로다
옛원수 마귀는 이때도 힘을 써 모략과 권세로
무기를 삼으니 천하에 누가 당하랴
내 힘만 의지할 때는 패할 수밖에 없도다
힘있는 장수 나와서 날 대신하여 싸우네
이 상수 누군가 주 예수 그리스도 만군의 주로다
당할 자 누구랴 반드시 이기리로다

보스라에서 나온 남은 자들이 주님과 하늘군대를 따라 예루살렘을 향해 북진했다. 강력한 어둠의 공포에 공격을 미룰 수밖에 없었다. 루카수장과 안토니가 달아나자 그 뒤로 중국수장이 허겁지겁 따라갔다. 발목을 다친 홍이강에게 말을 타고 달려온 카도샤가 손을 내밀자 급하게 올라탄 그는 카도샤의 허리를 세게 끌어안았다. 미친 듯이 광야를 내달리며 루카수장을 앞질러 갈 때 홍이강은 자신만이 살아남을 거라 확신했다. 주님이 재림하신 스펙터클한 하루는 성도들에게는 승리의 함성이 되었다. 사단을 따르던 무리들에게 먹구름이 몰려가자 하늘에서 우렁찬 주님의 소리가 들렸다.

"다 되었다."

말씀이 끝나자마자 50킬로 되는 우박이 폭탄의 위력처럼 전세계에 쏟아져 죄악된 땅을 때리고 있었다. 수많은 단두대처형장은 우박의 직격탄이었다. 성도들을 고문하고 죽였던 악인들을 확인 사살하듯 자몽만한 우박이 그들의 정수리를 뚫어버렸다.

카도샤의 철인적인 힘을 의지한 홍이강 말이 사막을 앞질러 갔다. 주님이 홍이강을 지목하듯 심판의 손가락을 펴셨다. 주님의 손에서 나온 토네이도가 홍이강을 휘감아버리자 말과 카도샤도 함께 빨려 들어갔다. 카도샤는 마지막일지 모를 분노를 터트리듯 홍이강의 머리통을 뽑아버렸다. 천도가 넘는 불꽃이 카도샤에게 들러붙자 형체도 없이 녹아버렸고 홍이강 머리통은 저 멀리 바위에 떨어져 쿵, 하고 쪼개졌다. 애써 토네이도를 피해 달리던 중국수장 뒤통수에 큰 우박이 강타하여 눈알이 튀어나왔고 놀란 그는 눈알을 손에 받쳤지만 말이 갑자기 서는 바람에 고꾸라져 눈알은 흙먼지에 굴러갔다. 번개 수백 개가 중국수장의 오장육부에 꽂혀 새까맣게 감전되었다. 처참한 시체를 보고 겁먹은 안토니는 수장의 꽁무니를 잡고 살려달라 애원했다. 루카가 안토니에게 소리쳤다.

"일어나! 아직 안 끝났어. 예루살렘에 병사가 백만은 더 있어. 우리가 승리한다. 내 말을 믿으라!"

우박의 영향을 크게 받지 않은 루카는 걸레가 된 안토니를 앞세워 예루살렘으로 도망치고 있었다. 살아남은 병사들을 보자 루카는 공격하라! 소리 질렀지만 군사드론은 우박에 맞아 땅에 처박혔고 병사들은 정신이상이 생겨 침을 질질 흘리다가 눈과 귀에서 피가 흘러 죽어갔다. 그르렁 진동하던 예루살렘 땅이 세 조각으로 갈라지면서 거대한 틈으로 수많은 군사들이 빨려 들어갔다.

전세계적인 지진이 시작되었다. 이미 무너진 세계정부 외에 세상의 부를 자랑하던 모든 것이 무너졌다. 산들이 평평해졌고 섬들이 사라졌고 남아있던 건물들이 몇 초 만에 무너져 지구 표면이 평평해지고 있었다. 빌딩에서 떨어지다가 날아가는 유리 파편에 목이 잘리며 땅으로 낙하하는 사람도 있었다. 역사상 가장 큰 위력이었던 이 지진은 규모 12가 넘는다는 관측보고가 있었다. 인간이 세웠던 모든 것들이 무너지고 악한 자들이 깔려 죽었다.

인간들은 그랬다. 시간이 가는 줄 모르게 살아가다가 죽음이 오는 줄 모르게 죽어갔고 멸망이 오는 줄 모르게 멸망당했다. 온 세상이 무너진 자리 위에 홀연히 구름 속에서 나타난 예수님이 말씀하셨다.

"골짜기마다 돋우어지며 산마다, 언덕마다 낮아지며 고르지 아니한 곳이 평탄하게 되며 험한 곳이 평지가 될 것이요 여호와의 영광이 나타나고 모든 육체가 그것을 함께 보리라."

이제 이스라엘을 다시 세우고 예루살렘을 영원히 수도로 삼으시려는 주의 약속이 이뤄지고 있었다. 눈물은 영광의 주님을 향한 가장 솔직한 언어였다. 성도들은 손을 들어 기뻐했다.

> 사막에 샘이 넘쳐 흐리리라 사막에 꽃이 피어 향내 내리라
> 주님이 다스릴 그 나라가 되면은 사막이 꽃동산되리
> 사자들이 어린양과 뛰놀고 어린이도 함께 뒹구는
> 참사랑과 기쁨의 그 나라가 지금 펼쳐집니다

노아는 생각했다. 휴거를 놓친 건 세상 속에서 내부인이 되려했기에 남겨진 것이라고. 하나님은 우리가 세상에서 외부인이 되기를 원하셨다. 7년환난도 그랬다. 철저히 외부인취급을 당하며 고문과 순교의 자리까지 나아간 자들은 구원의 반열에 들어갔지만 사단의 세력이 두려워 세상에서 내부인이 되려 했던 자들은 심판을 면치 못했다. 주를 위해 모진 핍박과 순교를 지나온 천국의 내부인에 대한 축복이 얼마나 클까? 주님을 보는 순간, 그냥 눈물처럼 알아졌다. 그분은 마치 세상에 사랑할 사람이 나 한 사람인 것처럼 모두를 뜨겁게 사랑하셨다.

하늘군대와 함께 전장을 걸으시던 예수님 옷자락이 피로 붉게 물들었다. 사람들은 가만히 서서 주님이 사단의 세력을 직접 심판하는 모습을 영화 감상하듯 보고 있었다. 성도들을 고문하고 죽이던 악한 자들에 대한 심판을 눈으로 보고 있자니 순교의 자리는 사단이 가장 싫어했던 영광된 자리임을 깨닫게 되었다. 성도들은 언약을 이뤄주신 주님의 신실함을 경배했다. 예루살렘 통곡의 벽이 무너졌고 성도들은 온갖 악기와 노래로 주님의 이름을 찬양했다. 1541년 막아둔 황금문은 환하게 열려 있었다. 예수님은 황금문을 지나 성전산으로 들어가신 후 루카와 안토니를

힌놈의 골짜기에 세워 준엄한 말씀을 하셨다.

"너의 뜻으로 나의 뜻을 거슬러 거짓 선지자가 되었으니 인류 역사의 죄악중 가장 큰 죄인이 되었도다. 나를 따랐던 성도들을 죽이고 피 흘리게 한 너희 둘은 산 채로 불 못에 던져지리라."

안토니는 사단에게 속았음을 깨닫고 루카의 멱살을 잡으며 대들었다.
"뭐? 네 권력이 영원해? 나도 피해자일 뿐이야. 이 표 다시 물러줘. 물러달라고!"

억울하다며 악을 써대는 안토니의 머리를 분풀이용으로 짓밟던 루카는 이를 악물며 치욕스러움에 떨었지만 예수님을 쳐다보지 못했다. 루카의 눈동자가 분노로 붉게 터졌고 머리엔 뿔이 나고 얼굴은 흉악하게 변해 포효하듯 예수님을 대적하려 했지만 수천마리 까마귀들이 두 사람에게 달려들었다. 루카는 얼굴을 뜯어먹는 까마귀들의 목을 땄지만 금새 다른 까마귀들에 의해 손도 물어 뜯겼다. 저주의 비명을 지르다가 혀를 쪼아 먹혔고 온몸이 까마귀밥이 된 후 약간의 살점이 남은 뼈대만 흐느적거렸다. 땅 밑에서 올라온 유황연기가 문어다리처럼 두 사람을 끌어당겨 까마득한 천 길 낭떠러지로 끌고 갔다. 짐승과 거짓선지자는 더 이상 없었고 배부른 까마귀들도 사라졌다.

이제 사단을 심판할 시간이었다. 사단은 용의 모습으로 변했다가 뱀의 허물을 벗으며 뿔난 악마로 변하자 천사들이 사슬로 꽁꽁 감아버렸다. 무저갱으로 던져지는 순간 억울하다고 소리치는 비명소리까지 꿀꺽, 삼켜버렸다. 땅은 하나님을 대적하던 인간들과 그들의 물건까지 진공청소기처럼 치워버렸다. 갈라섰던 땅이 다시금 붙어 주님과 성도들을 떠받드는 새로운 땅이 되었다.

천사들의 뿔나팔 소리가 전세계에 울려 퍼졌다. 전세계 살아남은 성도들은 예루살렘을 바라보며 주의 빛난 영광을 향해 무릎을 꿇었다. 더 이상 빛과 조명이 필요 없었다. 주님이 영광의 빛 그 자체셨다. 은찬이가 노아에게 말했다.

"삼촌, 천년왕국과 백보좌 심판이 끝나면 우리가 알던 땅과 하늘이 사라지고 새하늘과 새땅이 펼쳐진다는데 생각만 해도 설레요."

"우리가 하나님 편에 서 있다는 것이 얼마나 은혜인지 몰라. 예수님이 통치하시는 나라가 펼쳐지다니! 독사굴에 어린이가 손 넣고 장난쳐도 물지 않는, 주님이 눈앞에 계시는 참된 행복이 펼쳐질 거야. 꿈같아서 자꾸 꼬집어보게 돼."

"예수님의 영광을 보니 저는 모든 걸 다 가진 사람이었어요. 예수님이 데려가신 신부들 모습은 얼마나 아름다울까요? 반석이 모습도 궁금해요."

노아가 말했다.

"예수님과 함께 재림한 그리스도의 신부는 이제 혼인예식 마지막 순서인 혼인잔치를 치루고 천년왕국 기간 동안 에스더처럼 왕후의 권세로 통치하게 될 거야. 수많은 신부들을 봐. 얼마나 찬란한지. 왕후의 권세가 저토록 귀하다는 걸 휴거 전에 알았다면 얼마나 좋았을까? 이제 구약의 성도들과 환난 순교자와 살아남은 우리들까지 모두 천년왕국에서 그리스도와 함께 살게 돼. 환난 때 구원받은 유대인들은 천년왕국에서 제사장 역할을 감당하게 될 거야. 성경은 놀랍게도 우리 눈앞에 드러날 현실이었어."

노아는 왜 인간이 죽음 앞에 절망했는지 영광의 재림을 목도하고 나니 깨달아졌다. 인간은 영원히 사는 존재였기 때문에 죽음 앞에 두려울 수밖에 없었던 것이다. 주님이 재림하심으로 죽음의 문제가 해결되어 얼마나 신기한지 노아는 주님의 아름다움에 푹 빠져들었다. 순교자들에 대한 면류관 시상이 있었다. 예수님은 산상수훈을 말씀하셨다.

"심령이 가난한 자는 복이 있나니 천국이 그들의 것임이요... 의를 위하여 박해를 받은 자는 복이 있나니 천국이 그들의 것임이라 나로 말미암아 너희를 욕하고 박해하고 거짓으로 거슬러 모든 악한 말을 할 때에는 너희에게 복이 있나니 기뻐하고 즐거워하라 하늘에서 너희의 상이 큼이라"

하나님은 그 사람의 생애를 말씀의 잣대로 평가하셨다. 히브리서 11장 32절부터 40절까지의 말씀은 상을 내리는 이유였다. 세상이 감당하지 못하는 사람이 천국에서 귀한 자로 평가되었다. 더 좋은 부활을 얻기 위해 심한 고문을 받되 구차히 풀려나기를 원하지 않았던 사람, 조롱과 채찍 뿐 아니라 돌로 치고 톱으로 켜고 칼로 죽임 당한, 그런 환난과 학대를 받은 자들에게 하나님이 더 좋은 것으로 갚아주셨고 큰 상을 내려주셨다. 세상의 관점이 아닌 주님의 시선으로 상을 주시니 작아 보이고 연약해 보였던 자가 눈부신 면류관을 얻었다.

수많은 사람이 호명되는 가운데 오목사와 민훈 가족, 조장로, 은신처 성도들이 보였다. 언제 순교했는지 박충기, 김정애, 서창호도 순교자의 반열에 서 있었다. 하태호, 영심이 상 받을 때도 기쁨의 함성을 질렀다. 노아가 그토록 그리워하던 한나와 아기, 장모님도 걸어 나왔다. 손바닥이 찢어지도록 박수를 쳤다. 광활한 꽃밭에서 진행된 시상식이 신기하게도 하나도 지루하지 않았다. 끝까지 표를 받지 않고 살아남은 성도들도 칭찬하셨다. 각 사람이 상 받을 때 이하동문이 아닌 엉뚱스런 메시지로 말씀하시며 안아주셨다. 면류관을 받는 성도들의 얼굴은 이렇게 말하고 있었다.

'고문의 자리에서 울부짖었던 그 곳에 주님이 함께 계셨다니… 핍박당하는 억울함을 갚아주시려 심판을 준비하고 계셨다니… 구원해주신 것만으로도 감사한데 그런 나를 위해 눈부신 면류관을 예비하셨다니… 나의 순교란, 우리보다 먼저 그 길을 가시기 위해 십자가 아픔을 덜어내지 않고 온전히 당하면서까지 우릴 구원해주신, 갚을 수 없는 주님의 사랑에 대한 작은 울림이었다.'

사람이 친구를 위하여 자기 목숨을 버리면 이보다 더 큰 사랑이 없다고 하신 주님의 말씀처럼 주를 위해 목숨을 버린 순교자의 가치를 하나님은 천사들 앞에서 자랑하셨다. 노아는 반대가 되어야 하지 아닐까 생각했다. 십자가에서 죽기까지 우리를 사랑하신 은혜를 어찌 보답할 수 있으랴. 우리는 그런 주님을 위해 목숨을 드리는 게 당연했고 목숨을 드릴 수 있어 감사하다고 생각했지만 그만한 믿음을 찾고 계셨던 주님은 순교자들을 귀하게 여기셨다. 시상이 끝나고 은찬이와 지은이는 반석이를 향해 달려갔다. 노아는 부모님과 기쁨의 상봉을 했고 아기를 안고 있는 한나를 끌어안았다. 눈물은 이미 기쁨으로 승화되어 있었다. 한나가 노아에게 말했다.

"하늘에서 우리가 얼마나 응원했는지 알아요? 손에 땀을 쥐고 목청 높여 외쳤어요. 주님의 헤아릴 수 없는 사랑을 기억하며 조금만 견뎌달라고… 승리한 순교자들이 천사들에게 붙들려 주님 품에 안길 때 여기 모든 이들이 커튼콜처럼 박수치며 환호했어요. 한 사람의 순교는 그 사람의 것만이 아닌 하늘나라의 승리였고 천국의 열매였어요."

그 말에 화답이라도 하듯 노아는 촉촉하게 젖은 눈으로 한나를 바라보았다.

사랑하는 이들과의 만남은 행복했지만 그 감동이 주님보다 크지 않았다. 천년 왕국에 살아갈 성도들은 온종일 주님을 찬양해도, 영원히 쉬지 않고 경배한다 해도 매일 설레고 행복할 거라 믿어졌다. 성경의 저자이신 하나님은 대환난의 무대에서 총 감독이셨다. 처음과 나중 되신 예수님은 성경의 시나리오를 완성하신 영광 받으실 주인공으로 우리 앞에 눈부시게 다가오셨다. 이제 시작될 천년왕국과 그 후의 신천신지 새 예루살렘의 영원한 왕으로 성도들의 경배를 한 몸에 받고 왕중의 왕으로 등극하고 계셨다. 성도들의 가슴엔 그리스도의 사랑으로 충만했고 환난은 이미 과거형이 되어 버렸다. 예수님을 기뻐하는 나팔소리가 예루살렘을 중심으로 온 세상에 퍼져나가며 하늘이 되신 주님이 땅을 만지고 계셨다. 눈 앞에 주님의 손으로 지어진 천년왕국 풍경이 펼쳐지자 성도들은 꿈결 같은 현실이 행복해서 두 손을 가슴에 모았다.

내가 진실로 속히 오리라 하시거늘 아멘 주예수여 오시옵소서
주 예수의 은혜가 모든 자들에게 있을 지어다 아멘

두번째 기회

초판발행일 | 2023년 11월 6일
2쇄발행일 | 2024년 1월 31일
글 쓴 이 | 권여원 _ autumnyy09@hanmail.net
펴 낸 곳 | 에디아
주   소 | 04557 서울시 중구 퇴계로37길 14 기종빌딩 6층
전   화 | 02-2263-6321
팩   스 | 02-2263-6322
등록번호 | 제1996-000115호(1996.7.30)

ISBN • 978-89-87977-56-0 03810

저자와 출판사의 허락 없이 내용의 일부를 인용하거나 발췌하는 것을 금합니다.
잘못 만들어진 책은 구입처에서 교환해 드립니다.

정가 12,000원